U0024340

聖壇前的創作

20年代基督教文學研究

李宜涯　著

自序

李宜涯

　　人生的際遇真的很難說！我是中文系的畢業生，但卻從事新聞工作多年，採訪寫作一度成為本業，對於刊物的編輯與出版更因有實務經驗，有相當的敏銳性與深入的了解！而在於學術界的路途上，因為碩、博士論文主要集中在唐宋元明俗話小說的研究，一直從事中國中古時期俗文學的研究，並因喜好，兼及中國現代文學研究，但從未想到有一天會從事近代中國基督教出版事業的研究。而後因緣際會，發現這個領域有很多值得研究的地方，與我的宗教信仰又相符合，於是又逐漸轉向了此方面的研究；近四、五年來，更集中在民國時期基督教期刊的研究；而這本書就是這四年多來的結晶。

　　當進入了基督教界的出版世界之後，才發現這久被忽視的領域中，原來另有天地。其中不但是有經典、思想與著述，蘊含著生命的意義與真理的傳播，更反應出時代的脈動。而有多少基督教的文字工作者，在此嘔心瀝血。可是，這些刊物在宗教的層面覆蓋下，往往被認為是宗教的宣傳品，無法與一般文學作品相比，甚至被輕看與嘲笑。

　　基本而言，民國時期基督教期刊內容，大部分是以神學探究、門徒造就、宣揚教義、信徒生活等為主；只有少數的小說與零散的詩或散文或隨筆填補其中。基督教文學的身影若顯若暗，似乎難成主流。但是進一步細觀這些文藝色彩濃厚的作品，或宣教、或評析文化、或批判、諷刺教會現象，儼然形成另一類型的基督教文學，

其寫作筆法、批判思維，與 20 年代的時代氛圍與文學潮流吻合，基督教文學其實是與時代並肩齊行的，對基督教的發展與當代文學也有影響力。在這樣的發現下，引發我對 20 年代基督教文學研究的絕大興趣。自此在四、五年中，將教學、行政外的時間，大都投入這領域的研究。

　　書中有部分章節，曾經在國內外學術研討會上發表過，都獲得相當的鼓勵與好評，所以更堅定我願意結集成冊，把自己的心得貢獻於學術界；也期盼拋磚引玉，引發更多在此方面的研究。

　　研究民國時期基督教出版的重大困難，就是國內外迄今還沒有一個圖書館能夠收藏所有的期刊或相關書籍。所以在研究過程中，除了自己必須到耶魯大學與史坦福大學的圖書館、上海檔案館與上海圖書館等地收集資料外，還承蒙此領域的學者代為蒐集相關資料，本文第五章使用到的部分重要史料，就是委託香港的李金強與邢福增教授，提供極為罕見的趙紫宸詩集。其它還麻煩過很多未曾謀見的圖書館及檔案館的館員提供資料，在此要特別謝謝他們的協助。

　　國內外對於教案或是教會歷史的研究上，雖然在學術界算是冷門，但是經過幾十年來的努力，已經累積很多的著作和成果，而且有越來越多的人投入。但是在中文的基督教文學與文藝方面，可以說是冷門中的冷門，它必須跨文學、歷史、宗教、甚至於神學領域。除了研究的難度外，同行更是稀少，是以在研究的過程中倍覺辛苦，甚至有時會質疑研究這種小眾宗教文學的意義？思考它倒底有什麼重大的價值和貢獻？但在同行的協助與鼓勵下，我還是一步步的邁出去，去年向國科會提出的基督教青年會出版刊物的研究計畫，也幸獲通過；對於投入這冷門領域的研究，也是一大肯定。或許可以套句基督徒常用的話，神在凡事上自有其奇妙的祝福與帶領。

　　在過去十年中，曾經數度兼任行政職務，經常忙碌於教學與行政中，很難完全盡心寫作研究。所以在過去四年多來，每年的寒暑假都赴美國，在舊金山涼爽舒適的環境中，安靜下來，專心這本書的寫作。尤其是有一個暑假，在加州大學柏克萊分校（University of California-Berkeley）的中國研究中心（Center for Chinese Studies）擔任客座研究員，使得這本書能大致定稿，故在此我也要特別感謝中原大學的研究獎助與加大柏克萊分校中國研究中心的協助。

　　外子王成勉投入教會史研究二十多年，在中國教會史的領域上是資深的學者，也經常在中外的刊物上發表文章。由於他對於歷史的熟稔，使我在研究上的有關歷史背景部分可以省力不少，而能專心投入基督教文學的研究，故亦特此感謝他的協助與鼓勵。其實回想過去學術生涯，一路走來，不知受惠於多少人，深恩負盡，實難以一一道謝，就在此祝福他們都有平安喜樂的人生。

2010.9.1 於舊金山

目　次

第一章　緒論

一、失聲的文類──基督教文學的類別歸屬問題

　　在西方文學中，基督教文學是一個明確的，公認的文學類別。凡熟悉西方文學的學者，沒有誰會否認西方文學與基督教信仰之間存在的密切關係。因為不懂上帝、基督在西方人心中的份量，就無法了解但丁的三界之遊，更無法了解安娜‧卡列尼娜的絕望；不懂西方的天國之念，也很難理喻一些與基督教信仰恰成對立的西方文學，包括文藝復興時期的人文主義者的信念等。因為基督教信仰中的罪與罰、聖與魔、死亡與復活、恩典與救贖之類的基督論、人性論與拯救論，早已深深的影響著西方各階層的人士，在長達數千年的基督教信仰中，產生了許多膾炙人口又撼動人心的作品，自然而然形成極為重要的文學類別，也是一個絕無疑義，大家都公認的文學現象。

　　但是，當提到在中國文學分類下的各種文學時，基督教文學卻是一個不被注意、不被認可或不被列入的文類。更值得注意的是，如果我們檢討「宗教文學」這個類別時，可以發現中國文學中的佛、道文學，好像比比皆是。不論詩、詞、小說、戲劇，都有極出色的表現，作品也相當的多，如唐代的變文、元代的平話小說、明代的《西遊記》與《封神演義》等，可見得宗教文學是被認可與接受的。而三言二拍、《紅樓夢》，以迄《鏡花緣》，亦常穿插一些仙佛的思想和用語。舉凡中國宗教的一些神蹟奇事、感人故事、禮儀器物、

宗教情操和宗教的慶典儀式等，也都是可以存在於文學中而且為大家所接納。可是，「基督教文學」──這個與佛教文學、道教文學有著同質表現的文學文類，卻難以見諸於中文書寫的各種文學史中。不但如早期劉大杰的《中國文學發達史》沒有基督教文學的類別，甚至連受過西方訓練，又熟稔西方文學的夏志清教授在其《中國現代文學史》中，亦不提任何此類的中文著述。即如坊間常用的維基百科的中文版，亦沒有「基督教文學」的詞項，但是在英文版中，卻對於 Christian Literature 有詳盡的介紹。

　　也許有人會認為基督教是外來宗教，入華的時間太短，以致影響不大。但是基督教入華也有相當長的一段時間，如果基督教的前身──景教，於一千多年前（唐代）入華不算外，從明末的耶穌會士入華，至今亦有 400 多年；至於 1807 年入華的基督新教，至今也超過了 200 年。在這些期間，直接間接的留下了非常豐富的著作，卻似乎從來沒有被中國文學界加以接納和討論。

　　更進一步來說，很多中國近代的作家，不但是基督徒，而且大量的創作，甚而成為文壇重量級的人物。如早期的老舍、許地山、冰心、郭沫若、郁達夫，到近現代的蘇雪林、王鼎鈞、朱西甯、蓉子、張曉風、杏林子、鍾肇政、王文興、陳映真、高大鵬、陳惠琬、陳韻琳等，也算是人才濟濟。照理說，基督教文學也應該受到關注，或是至少被現代文學史等相關著作所提及。但一般來說，基督教文學很明顯的仍未能蔚成風潮，獨立成為一重要文類，也無法在中國文學史中自成一格。

　　基督教文學至今之所以沒有成為一個重要的文學類別，應存在下列幾個原因：一、在近代歷史中，中國信奉基督教的人口、始終是屬於小眾的。在 1949 年以前，天主教與基督新教的人口均不超過百萬，而在台灣的基督教徒也始終沒有超過百分之五，在

這種人單勢孤的態勢下，自然較難引起各方注意。二、在晚清基督教再度入華時，剛好是西方強權的擴張之時，一方面因文化與宣教觀念的差異，產生很多教案，另一方面，基督教往往被視為是隨著洋槍大炮進入中國的「洋教」，不但在眾多教案中，讓清朝政府屈辱的應付外人，更挑戰著深植中國的儒家思想與社會制度。可以說當時的人是把「反外」和「仇教」當作是連在一起的口號與思維。這種民族情緒一直延續到 20 世紀，甚至在進入 21 世紀還可以看到這種思想的殘餘。[1]三、對於基督教文學的內涵與範圍難以有清楚的界定。就是我們看到過去一些出名的作者是基督徒，同時也有一些作品是帶有基督教的色彩，但是如何對中文的「基督教文學」這名詞加以界定，卻是一件很困難的事，也困擾著過去許多與從事此方面的研究者。可以說迄今還沒有一個為大家所共同接納的「基督教文學」的名詞定義。這或多或少也影響到學界對這方面的認知與研究的興趣。當然，缺乏大量、有系統、重量級的與基督教內容相關的精彩作品，也是基督教文學在面臨歷史定位時，必須面臨的嚴酷挑戰。

---

[1] 過去有很長的時間，一般社會上多認為基督教是隨洋槍大砲入華，並且興起眾多教案，嚴重傷害國人感情。但是在專門研究晚清的學術界中，並不如此單純的解釋教案的問題。研究晚清教案有兩位代表性的人物，一位是中央研究院近史所的呂實強教授，他指出傳教士僭越官際，干涉官司，以及教民借勢欺人，固然是引起仕紳不滿，但是中國官場推託，陋規習俗，仕紳特權，以及民間迷信習俗等，亦是造成教案的因素。詳見：呂實強，《中國官紳反教的原因（1861-1874）》（台北：中央研究院近代史研究所，1973）。而國外學者柯文（Paul A. Cohen, 另名柯保安）則指出，中國一直有一個正邪區分的傳統，而這傳統在十九世紀時，提供了反基督教的理論基礎與動力。詳見 Paul A. Cohen, "The Anti-Christian Tradition in China," *The Journal of Asian Studies*, Vol. 20, No. 2（Feb., 1961）, pp. 169-180；後在其專書中亦再闡發此論點，見 Paul A. Cohen, *China and Christianity; the missionary movement and the growth of Chinese antiforeignism, 1860-1870*（Cambridge, Harvard University Press, 1963）.

二、基督教文學的定義

　　當「基督教文學」這一名詞在被用在中文的作品時，使用者多是根據自己主觀的見解來界定。因此缺少統一性，也沒有與西方「基督教文學」的觀念有緊密的接軌或對比。近年有學界人士與學術書籍採用此名詞，並試圖加以定義，可以說是很大的進步，但是一方面是定義還不夠周延，另一方面相關論述還不夠多，還有待相關學界在此方面的繼續努力。其實隨著研究者逐漸增加，「基督教文學」的名詞定義將成為不可避免的議題。

　　「基督教文學」早先常會與「基督教題材文學」的意涵相混淆。一般人均認為凡是以基督教作為反映對象的文學作品，都可統稱為基督教文學；但這樣的定義，有學者認為太簡易。過去在香港中文大學任教並任香港嶺南學院文學院院長的梁錫華教授，曾試為基督教文學下一個界定：「我想大膽為基督教文學下一個簡單的定義，就是：客觀上有助闡明或宣揚基督教的文學。」[2]在此基礎上，梁錫華做了五點具體說明：（1）作品即使不是出自基督徒之手，但若能起定義所提那點作用的，可以統稱為基督教文學。（2）作品即使出自基督徒之手，但內容大部分不起定義所提那點作用的，都不合稱為基督教文學。（3）取寓言證道，或講信仰見證的文學作品，也屬基督教文學。（4）取聖經作為素材的文學作品，要以不悖聖經基本教訓的才算基督教文學，否則不是。（5）討論基督教文學的雜文、隨筆等，原則上不算基督教文學。[3]

---

[2]　梁錫華，《己見集・多角鏡下的散文》（香港：中國學社，1989），頁50。
[3]　梁錫華，《己見集・多角鏡下的散文》，頁50。

　　由於梁錫華是倫敦大學的博士，主修文學，故其「簡單的定義」和具體的說明，已經相當程度的闡明了基督教文學的特質和內涵。他以「客觀上有助闡明或宣揚基督教」作為評量基督教文學的基本標準，比起一般人以作者是否為基督徒來區分其作品是否為基督教文學，要來得恰當。[4]但是其不將討論基督教文學的雜文、隨筆算為基督教文學，則有討論的空間。梁氏的文集在二十多年前出版，一方面他沒有注意到中國在 20 世紀初期以來的作品多為短論、雜文的形式；另一方面他沒有預料到二十多年後的今天，輕薄短小的文章大行其道，在西方也不例外，連基督教界的名家寫作亦走此道。例如英國著名的文學家路易斯（C. S. Lewis），就有一系列的短篇名著。故很難把雜文、隨筆排除在基督教文學之外。

　　大陸一位年輕的學者劉麗霞，在其博士論文改成的專書《中國基督教文學的歷史存在》中，也試圖對基督教文學加以定義。她指出：

　　　　對「基督教文學」的界定，目前學界仍缺乏統一的認識。本書中所說的「基督教文學」這一概念，包括狹義與廣義兩種含義。狹義的基督教文學，是指包含聖歌（讚美詩）、禱文、宣道文等在內的傳統意義上的基督教文學；廣義的基督教文學則指基督教著作家基於基督教精神而創作的具有文學要素的一類文學。其中，除了前面所說的傳統意義上的基督教文學，還有純文學層面的基督教文學。無論是狹義的基督教文學還是廣義的基督教文學，其本質都是對基督教信仰的回應，只不過狹義的基督教文學更強調對信仰的直接傳達，而

4　王列耀，《基督教與中國現代文學》（廣東：暨南大學出版社，1998），頁 164。

基督教純文學則注重潛移默化地影響人們的思想，兩者最終是殊途同歸。[5]

　　劉麗霞是南京大學的博士，在其撰寫博士論文時，受惠於南京大學所藏豐富的民國期刊，當然了解民國時期基督教期刊的特色。但是她極為含蓄的用「對基督教信仰的回應」一詞來界定基督教文學的本質。讀者若不是閱讀過這方面的期刊，恐怕難以全面的了解這句話的言外之意。因為在民國時期，特別是在 1920 年代，基督教在受到五四運動以及後來的反教風潮下，有很大的自省。在教會刊物中，常有用小說、雜感與議論的方式來批判與諷刺教會，應是用以針砭教會、改革教會之用。這是當時基督教期刊的重大特色，也是基督教文學在中國的特色之一。具有這項特色的寫作，實已超越了梁錫華教授對基督教文學簡單的界定，也沒有很好的在劉麗霞的界定中呈現出來。

　　這種差異很清楚的顯示在坊間常用的維基百科之中。如前所述，維基百科的中文版沒有「基督教文學」的詞項，但是在英文版中，卻對於 Christian Literature 一詞有詳盡的介紹。其界定為「基督教文學是涉及基督教主題的寫作，採用了基督教的世界觀，而由廣泛的各種文體所組成。」[6]在文體的類別中有：聖經類（Scripture）、基督教非小說類（Christian non-fiction）、基督教寓言類（Christian allegory）、基督教小說類（Christian fiction）、基督教詩歌類（Christian poetry）與基督教戲劇類（Christian theatre）。而在「基督教文學」

---

[5]　劉麗霞，《中國基督教文學的歷史存在》（北京：社會科學文獻出版社，2006），頁一。

[6]　"Christian Literature is writing that deals with Christian themes and incorporates the Christian world view. This constitutes a huge body of extremely varied writing." "Christian literature," Wikipedia, the free encyclopedia, http://en.wikipedia.org/wiki/Christian_literature

的著名作品（Notable works）中，則列了許許多多膾炙人口的著作，如：奧古斯丁（Augustine of Hippo）的《懺悔錄》（The Confessions of St. Augustine），托馬斯阿奎那（Thomas Aquinas）的《上帝之城》（City of God），但丁（Dante Alighieri）的《神曲》（The Divine Comedy），密爾頓（John Milton）的《失樂園》（Paradise Lost）與《複樂園》（Paradise Regained），約翰本仁（John Bunyan）的《天路歷程》（The Pilgrim's Progress），狄更斯（Charles Dickens）的《聖誕頌歌》（A Christmas Carol），以及路易斯（C. S. Lewis）一系列的作品等。[7]

　　相對來說，中文基督教文學作品自然是顯得貧乏，在類別與名著上都遠不能與西方的基督教文學相比，或許這也是過去在中文上沒有辦法做一個完全定義的原因。過去學術界亦有用「基督教文字事工」來稱呼，但是基本上這是教會界的用語，不易為一般人所接納和了解。但是若沒有將基督教文學加以界定，則勢必無法進行此方面的申論。

　　在基督教學界極富盛名的 Alister E. McGrath 教授（倫敦大學國王學院），在他主編的專書中，用三大分類來包括他書中的基督教文學。第一類是「專門為基督徒的需要所寫的文學作品——如祈禱文，靈修作品和證道文」；第二類是「一般性的文學作品（如故事和詩歌），其並不是特別為基督教的信仰所寫，但是卻受到基督教思想、價值觀、形象和敘述所塑造或影響」；第三類是「與基督教思想、人物、學派或機構互動的文學作品，其通常是由那些認為自己是基督教的觀察家或是批評家所寫的。」[8]這樣的基督教文學

---

[7]　Ibid.

[8]　關於 Alister E. McGrath 教授所使用界定這三類文學作品的原文為 1. Works of literature which are specifically written to serve the needs of Christians –

的分類與界定，很能澄清一些爭議的觀點，非常有助於用中文來界定範圍。

　　現在參酌各家對於基督教文學的界定與觀念，配合中國基督教刊物出版的特質，本書在使用「基督教文學」這個名詞時，將其範疇包含下列三種：一是作者是基督徒，因有虔敬信仰，經心靈內化而在文字中顯現基督精神的文學作品；二是作者為基督教徒，有意用各樣式的文學作品來傳教，內容在於宣揚福音，勸人信主，宗教目的大於一切。三是作者未必是基督徒，但受到基督教的影響，在創作時不拘文體，反映出基督教的精神，不論內容是議論、諷刺或宣揚，也無論其目的在釋放情感、彰顯教義或是改革教會，也都可歸類於基督教文學。

　　所以要將第三類納入基督教文學的範疇，主要是中國自晚清以來的特殊環境使然。自進入 20 世紀以來，中國信徒在基督教信仰上逐漸成熟，開始有傳教與參與教會工作的使命。一些中國教會界的菁英份子對於傳教士把持教會，誤解中國文化，鄙視華人牧師與信徒的情況感到不滿，同時痛心中國信徒不求進步，牧師仰賴國外經費，以及教會機構不求改進的狀況。在五四時期的愛國情緒，以及 1920 年代反基督教的刺激下，他們藉由文字發聲，以詩歌、散文、小說、禱詩、議論，以及聖經故事改寫等方式來表達，而文中或正面直述他們的意見，或是借用感懷的方式顯於詩詞，亦或是採

---

such as prayers, devotional works, and sermons. 2. Works of literature in general – such as stories and poems – which are not specific to the Christian faith, but which have been shaped or influenced by Christian ideas, values, images, and narratives. 3. Works of literature which involve interaction with Christian ideas, individuals, schools of thought, or institutions, often written by those who would regard themselves as observers or critics of Christianity. 見 Alister E. McGrath（ed.）, *Christian literature: an anthology*（Malden, Mass.: Blackwell Publishers, 2001）, Preface, xiv-xv.

諷刺與反諷的筆法，皆是對教會的反應，雖然筆法不同，表達或許對於部分教會人士感到刺耳，但是目的都是在求教會的好處。更進一步來說，這些作品是這時代最有特色的地方，也是民國時期基督教會以及基督教文學創作極有特色的部分，所以不能把這些作品排斥於基督教文學之外。

三、中國基督教文學的歷史發展

　　本書就是在探討 1920 年代的基督教文學，而以當時的幾份重要教會刊物為對象。雖然中文的第一份雜誌《察世俗每月統計傳》，就是基督教的傳教士在晚清所出版[9]，但是中國基督徒自己開始大批參與寫作，則是自 20 世紀開始，在寫作內容上也大為開展，除了有相關的文藝創作外，一些基督徒基於自己宗教的思維，寫出對人生的感懷和對周遭環境看法，甚至也有可能是受到國家環境的刺激因而反映出基督徒的愛國救國之道等的文章議論，也可常見於教會刊物之中。這使基督教文學的範疇擴大，脫離純文學狹隘的範疇，不但為基督教文學在早期的成型有著寬廣的奠基，並可彰顯出其特色。

　　從基督教文學在中國的發展來看，亦可突顯 1920 年代基督教期刊中作品所代表的意義。如從事華文基督文字出版工作多年的蘇文峰，從教會出版的內涵上來劃分基督教文學的歷史。他認為從基督教 1807 年進入中國至今共分為六個時期：奠基期 1807-1842；傳譯期 1842-1919；自立期 1919-1949；轉型期 1949-1970；起飛期

---

[9] 19 世紀的教會出版，可以說都操在傳教士的手中，連中文小說都不例外。可參見：韓南（Patrick Hanan）著，徐俠譯，〈中國 19 世紀的傳教士小說〉，《中國近代小說的興起》（上海教育出版社，2004）。至於對十九世紀基督新教出版刊物的討論，參見白威淑珍與費正清合編之書：Suzanne Wilson Barnett and John King Fairbank（eds.），*Christianity in China: Early Protestant Missionary Writings*（Cambridge, Mass.: Harvard University Press, 1985）。

1970-1989；發展期 1989-2007。並以圖表列出從時代環境看基督教出版刊物的走向。[10]

奠基期 1807-1842	清廷閉關禁教 西方帝國主義擴張 屬靈復興南洋華僑社會 拓展與禁教相峙
傳譯期 1842-1919	簽訂傳教保護條約，開放宣教 太平天國、義和團、民國成立 歐美宣教熱潮 外在文宣大門打開
自立期 1919-1949	五四運動、白話文運動、新文化運動 非基運動 北伐、抗戰、國共內戰 教會復興、佈道團 西方文化信仰滲入
轉型期 1949-1970	中華人民共和國成立 海外華人教會面對族群整合及神學建設 海外出國熱 華人神學、基督教文字事工建立
起飛期 1970-1989	亞洲經濟起飛 北美華人教會生根建造 神學教育受重視，神學期刊 大陸改革開放 海外華人文宣展開
發展期 1989-2007	海內外基督教熱 中國大陸經濟、建設起飛，出國熱 全球化關係／觀念科技發達 海內外教會交流頻繁、宣教異象 全球華人文宣的繁榮

[10] 轉引自施瑋，〈華文基督教文學淺議〉，《舉目》，第 28 期，2007 年 11 月，頁 15-16。

　　從這張圖表中，可以看到華文基督教出版事業的軌跡：從關到開；從外到內；從文化移植到本土文化自生；從區域到普世。同時也可以對應看到基督教文學發展與演進的過程，那就是基督教文學真正走向有自己風格，型塑出其獨有的有若「兩刃之劍」[11]的思想與對基督教理解的模式，是在 1919-1949 年的自立期間。這段期間，有二個重大的運動影響當時，一是五四運動與新文化運動，在文學、宗教、文化與科學精神上衝擊著基督教；二是非基運動，特別是其中國家主義的刺激。這使得基督教知識分子感觸良深，從而反省教會之立場與改革。「文變染乎世情」，基督教文學在大時代的變動與推引下，無可避免的形成其特有的樣式，其中尤以 1920 年代最為特出。

　　「自立期」所以重要，也可以從教會文宣策略的進展來看，就是前面所述 20 世紀中國興起的一批教會界知識分子，參與了文字出版工作，力求文宣的「本土化」，開始接手過去傳教士所主導的一切。[12]他們參與的層面非常廣，從翻譯聖經、註解聖經、改寫聖

---

[11] 「兩刃之劍」一詞，是出自 Lewis Stuart Robinson 所寫的博士論文 "Double-edged Sword: Christianity and Twentieth-century Chinese Fiction."（Ph. D. dissertation, University of California, Berkeley, 1982）。中譯本為路易士‧羅賓遜（Lewis Stewart Robinson）著；傅光明、梁剛譯，《兩刃之劍：基督教與二十世紀中國小說》（臺北：業強出版社，1992）。本書主要在探討基督教與廿世紀的中國小說。作者認為「五四」以來的中國作家對基督教的態度是矛盾的，反映在作品裡，有幻滅和批判，也有肯定的評價。作者運用榮格心理學與基督教義相結合的「雙刃劍」式的理解方式，分析中國作家對基督教的反應，以及對宗教題材的運用。

[12] 從 19 世紀開始，由於西學東進，中國門戶大開，基督教會文化傳教的策略與來華傳教士積極投入出版工作。一些來華的傳教附屬機構如益智書會、中國書報會，特別是廣學會，通過出版漢譯西方基督教經典著作、編輯發行刊有基督教文藝內容的報紙雜誌等途徑，起到了很大的促進作用。不過在教會出版上，在華傳教士與他們母國的差會有看法和作法上的不同見解。參見 John Tsz-Pang Lai, "Christian Literature in Nineteenth-Century China

經、論述神學，到政教關係、國家大事的論述，民生、社會的改革，以及教會拓展、宣教工作、信徒造就，以迄小說、散文、詩歌、戲劇，無所不包。這些寫作的廣度，在相當大的程度上，符合了上述的基督教文學的內涵。當然，在深度上無法與西方一千多年的基督教文學相比，但是絕對是綻放的新芽，為中國文學帶來了一股新意。

　　此時期最值得一提的，就是新興的基督教文字工作機構──「文社」，此外，相關的社團還有「生命社」與「真理社」等，他們與 19 世紀就成立的「廣學會」不同，致力出版刊物，如《文社月刊》、《生命月刊》、《真理週刊》、《真理與生命》半月刊等。許多教會界的知識份子在這些刊物上發表文章，除去對神學的闡釋與對基督教理論的論說文外，還有一些是非常希望基督教能在中國廣傳，對教會的制度與人事，有著恨鐵不成鋼的強烈情緒，因而化做深刻的批判與嘲諷的文字，這些文字，透過小說、散文、白話詩，甚或隨筆的雜文的方式表達出來。更有一些基督徒以辦雜誌的方式表達對同胞的關懷與祖國的熱愛，其內容雖多為論說文，但內容中的諄諄告誡，與綿綿不盡的基督愛人情懷，充分表達出人文的精神，如晏陽初創辦的《基督教青年會駐法華工週報》即為很好的例子。從本書作者的觀點來看，這波從 20 年代興起的基督教文學的浪潮，都代表著當時極富生命意義的文字創作。

四、本書章節要旨

　　本書即是以 1920 年代最具有代表性的幾份刊物做為對象，來探索當時基督教文學的內涵與意義。由於這些刊物內容的豐富性，

Missions – a Priority? or an Optional Extra?" *International Bulletin of Missionary Research*, Vol. 32, No. 2（April 2008）, pp. 71-76.

實難以用單一的角度或文學理論來加以概述，故本書將分別五個層面來切入討論。

　　第一部分是探討國家主義對基督教文藝作品的影響。《真理週刊》主要是一群在平、津地區知識分子所自辦的刊物，由於是週刊，又密切的反應國事，可以看出這群基督教徒強烈關懷著國家情勢，並以基督徒的身份加以建言或評論，而這一份的刊物，處處瀰漫著國家主義的情緒，自然也影響到其中的文藝作品。到底這批年輕的基督徒知識分子的心聲為何？如何借用文學的才情來展現他們對時代的呼聲？又如何在新舊文學之交展現他們對國家與基督教的忠誠？是一個極有趣又值得探索的題目。

　　第二部分則是檢視《真理週刊》中的文論，看他們所提出的政教關係的論述為何？如何呼應國事與時代？又如何在宗教上自省與批判？本章特別借用現代國家主義的要素來透析他們的立場。同時根據現代學者的看法，國家主義可以借用外國文化，以謀國家的好處，則《真理週刊》用基督教的精神來融入國家主義，則可以稱之為宗教國家主義。這也可以更深入的了解 1920 年代基督教文學與國家主義的關係。

　　第三部分則是接著討論當時教會作品中非常有趣的「諷刺」現象。這部分是以《文社月刊》為研究對象。該月刊的主旨即是在力倡基督教文字的本色化，其目的在於能吸引國人，便於傳教。在這份極重視文字寫作的刊物中，出現不少諷刺小說，此一方面與五四時期流行的諷刺筆調相呼應，而另一方面，也是教會提供出不少寫作的材料。然而，將此筆法應用在描寫教會的腐敗面，在教會界激起很大的風波，但是也突顯出當時基督知識分子自省的一面，這則是 1920 年代基督教文學的另一特色。

　　第四部分則是對「宗教詩」的討論。基督徒情感最高的昇華，就是化為詩歌來謳歌上帝，聖經中的《詩篇》就是最好的例子，其中包含對上帝的讚美與崇敬，信徒的自勉與對自己過錯的懺悔，或是顯現出內心中至高的喜樂。此章即是以趙紫宸在《生命月刊》中的詩歌作為研究的材料。趙紫宸是教會界與學術界的名人，擔任過許多重要職務，而更以新派神學的主要人物著稱。他早年曾在《生命月刊》發表了許多詩歌，這些詩歌是他回國初期在東吳大學任教時的作品。這段時期，他將時間、生活與工作都投入在與宗教相關的事務上，由於念茲在茲都在宗教，他的詩可以說反映出非常虔敬的「生命」。

　　而這樣「生命」的展示，也正是基督教文學中的重要部分。

　　第五部分是討論基督教文學的社會服務。基督教宣教的特色，並不是只向知識分子或社會菁英來傳教，它更注意到社會的平民百姓，特別是關切那些弱勢人群。而基督教文學的特色也因此有走向社會大眾的一面，甚至透過基督教的出版來幫助他們、教育他們、引領他們，以塑造出一個富有基督教精神的和諧互助社會。基督教青年會在一戰時於歐洲所創辦的《華工週報》，就是一個非常罕見的例子。當時中國的一批知識分子前往歐洲戰地，以基督教的精神、青年會「德智體群」理想，創造出一份服務十幾萬中國工人的刊物。他們用淺顯的文字，通俗的用語，來教導近乎文盲的中國工人，讓他們學習到世界、國家大事，認識到參與國事共創現代社會的責任，也感受到愛與關懷。這種平民文學的創作，在教會界是創舉，在當時的中國文學中亦是極為特殊的例子。

　　此書部分章節的初稿，曾在一些中外研討會發表，承蒙學界先進多所建議，並提供資料；而後文稿均做了大量的增補與修正，在觀念與結構上，也與過去的文稿有所不同。唯書中所有的寫作與解讀，還是應由作者自己承擔，也請學界不吝批評指教。

第二章 國家主義下的繆思
——《真理週刊》的文藝作品

一、前言

　　研究基督教在華的歷史與影響，在過去 3、40 年已有豐盛的成果，而在近年尤其成為學術界一股蓬勃發展的趨勢。[1]但是在基督教文學、基督教中文期刊，以及在華基督徒作家的研究上，卻相對較為稀少。[2]即使如此，在近年出版有關基督教文學與文藝的

---

[1] 關於基督教在華史的研究回顧，在西元 2000 年以前，中文書目可以參見王成勉，〈基督教在華史中文書目選要〉，收入於王成勉譯，魯珍晞（Jessie G. Lutz））原著，《所傳為何？基督教在華宣教的檢討（*Christian Missions in China: Evangelists of What?*）》（台北：國史館，2000 年），頁 247-273；西文的書目回顧，則為同書中魯珍晞的兩篇文章，魯珍晞，〈早期基督教在華史之史料與論著〉，頁 211-220；與〈一九七〇年以來的西方著作〉，頁 221-246。近年相關書目，可參見：張先清編，《史料與視野：中文文獻與中國基督教史研究》（上海：上海人民出版社，2007 年）。

[2] 國外學者先有這方面研究的推動，最早介紹傳教士 19 世紀中文著述的書，是由白威淑珍與費正清合編的論文集，Suzanne Wilson Barnett and John King Fairbank（eds.），*Christianity in China: Early Protestant Missionary Writings*（Cambridge, Mass.: Harvard University Press, 1985）。後來有兩本相關的美國博士論文被翻成中文，分別為 Lewis Stuart Robinson, "Double-edged Sword: Christianity and Twentieth-century Chinese Fiction." （Ph. D. dissertation, University of California, Berkeley, 1982）。中譯本為路易士·羅賓遜（Lewis Stewart Robinson）著；傅光明、梁剛譯，《兩刃之劍：基督教與二十世紀中國小說》（台北：業強出版社，1992 年）。另一本為 Hoi-lap Ho, "Protestant Missionary Publications in Modern China, 1912-1949: A Study of Their Programs, Operations and Trends." （Ph. D. Dissertation, University of Chicago, 1979）。中

研究中，也已經注意到基督教文學有其特色和貢獻，而中國亦有不少著名的作家是基督徒，或受到基督教的影響。[3]在過去的眾多研究中，20 年代創刊的《真理週刊》，卻沒有受到特別的關注，可能是一方面其單獨存在的時間不長，只出版了 3 年 157 期；另一方面是它往往被視為政論性的基督教期刊，故其中的文藝作品還未為學者所注意。

　　《真理週刊》是 1923 年由 7 位中國基督徒所創辦的雜誌，雖然其單獨發行的時間只有幾年（後與《生命月刊》合併），但其為 20 年代基督教界一份非常突出，也非常受到教會矚目的刊物。它有二個特色，一、純粹為國人出資辦的刊物，沒有外國人參與，自編自寫，立場不受外人影響，主要在對時論發表意見，具有強烈的

　　譯本為何凱立著；陳建明、王在興譯，《基督教在華出版事業，1912-1949》（成都：四川大學出版社，2004 年）。稍後的著作有：王成勉，《文社的盛衰：二〇年代基督徒本色化之個案研究》（台北：宇宙光出版社，1993 年）；馬佳，《十字架下的徘徊：基督宗教文化和中國現代文學》（上海：學林出版社，1995 年）；王列耀，《基督教與中國現代文學》（廣州：暨南大學出版社，1998 年）；王本朝，《20 世紀中國文學與基督教文化》（合肥：安徽教育出版社，2000 年）；吳國安，《中國基督徒對時代的回應（1919-1926）——以《生命月刊》和《真理週刊》為中心的探討》（香港：建道神學院基督教與中國文化研究中心，2000 年）；喻天舒，《五四文學思想主流與基督教文化》（北京：崑崙出版社，2003 年）；高旭東，《中西文學與哲學宗教：兼評劉小楓以基督教對中國人的歸化》（北京：北京大學出版社，2004 年）；李熾昌主編，《文本實踐與身份辨識：中國基督徒知識份子的中文著述，1583-1949》（上海：上海古籍出版社，2005 年）；段懷清、周俐玲編著，《中國評論與晚清中英文學交流》（廣州：廣東人民出版社，2006 年）；劉麗霞，《中國基督教文學的歷史存在》（北京：社會科學文獻出版社，2006 年）；陳偉華，《基督教文化與中國小說敘事新質》（北京：中國社會科學出版社，2007 年）。

3　近年著作已經論述過一些基督徒作家及受到基督教影響的作家，例如路易士・羅賓遜的著作中研究了郁達夫、郭沫若、冰心、許地山、茅盾、魯迅、胡也頻、楊儀、老舍、蕭乾、巴金等。羅賓遜著，《兩刃之劍：基督教與二十世紀中國小說》。另一位中國作者的書中，也研究了魯迅、周作人、許地山、冰心、茅盾、巴金、沈從文、徐訏、無名氏、蘇雪林等作家。馬佳，《十字架下的徘徊：基督宗教文化和中國現代文學》。

愛國主義精神。二、創辦及日後加入這刊物的
中國人，多是當時社會上的菁英份子，如燕京
大學的吳雷川、劉廷芳、李榮芳等人，與北京
基督教青年會的幹事，如徐寶謙、張欽士、胡
學誠、吳耀宗，均是學術界與教會界知名人士。

▲《真理週刊》
　第一卷之封面

　　正因為《真理週刊》表現了中國基督徒關心
國事與宗教自主的特性，而在眾多的時論與教
義探討的文章中，又夾雜一些文藝作品，說多不多，但是也不能說
少，每隔一、兩期也有一些新詩、散文與小說點綴其中，特別引人
注意。故本章即以《真理週刊》中的文藝作品為主，探討這段新舊
交換時期，在強烈愛國主義與宗教情操影響下的文人，是如何用文
藝作品表達他們對國事的關切與教義的傳播，他們的文藝創作是如
何承續當時萌芽的文學形式，與當時五四新文學的特色有何關連之
處，從而了解所謂「基督教文學」在當時的發軔與形成。

二、《真理週刊》的源起與發展

（一）時代背景

　　首先，就文學發展的時代背景來看，1920-1921 年間，在胡適
的倡導下，白話文正式在學校教育系統裡得到了全面推行。文學革
命的成功是新文化運動一個至關重要的部分。它完成了一次在書寫
交流方面的革命，從而在改變中國人的思維方式上起到了非常重大
的作用。這種新的表達媒介後來成為傳播新思想新觀念的有力武
器。[4]文學革命所取得的立竿見影的效果明顯表現在期刊的數量陡

---

[4]　何凱立著，陳建明、王再興譯，《基督教在華出版事業，1912-1949》，頁 17-18。

增。1917 年之後的短短 4 年裡，約有 400-600 種期刊出版，而其中只有一兩種沒有採用白話文。儘管這些期刊後來大都停辦了，但無論如何，這些現象已經清楚地表明了中國的知識覺醒。[5]

而在這段時期，也是基督教在中國快速發展的時期。1911-1922 年間，皈依基督教的人數增加了近 20 萬，幾乎相當於以前一百年中皈依人數的總和。[6]此後，在 1920 年代爆發了反基督教運動，其中幾股特出的反教浪潮，分別為 1922 年反對在清華大學召開「世界基督教學生同盟會議」，1924 年的收回教育權，1925 年的「五卅慘案」，[7]以及 1927-1928 年的北伐時期的反教活動。[8]在反教情緒到達

---

[5]　何凱立著，陳建明、王再興譯，《基督教在華出版事業，1912-1949》，頁 17-18。

[6]　梁家麟指出，自義和團事件結束後，民教衝突陡地減少，大規模的教案甚少發生；加上民國成立後，採教自由政策，傳教工作再無重大的政治障礙。因此，此階段為中國教會發展的第一個黃金時期。信徒人數有大幅增長，由主後 1900 年的 95,943 人（另一記載為 112,808 人）激增至主後 1920 年的 366,527 人，增長達四倍之多。梁家麟，《福臨中華──中國近代教會史十講》（香港：天道書樓，1988 年），頁 128-129。

[7]　「五卅慘案」係指 1925 年 5 月，上海租借區的日本紗廠與中國工人因薪資起衝突，中國工人代表顧正紅被殺。而租借當局未能秉公處理，導致大批學生在 5 月 30 日示威遊行，結果遊行隊伍遭英警下令射擊，造成學生死傷達 30 餘人的慘劇。

[8]　一般而言，「反基督教運動」可以分為三期。第一期是指 1922 年當「世界基督教學生同盟（World's Student Christian Federation）」會議將在清華大學召開時，引起上海的一群學生以「非基督教學生同盟」的名義發表宣言，譴責資本主義與被認為與資本主義相關的基督教。這些批評人士還將宣言通電其它一些城市的學生。再北京亦引起「非基督教大同盟」的組織，來譴責宗教與基督教，主要是從不合科學與不講人道為出發點。第二期的反教浪潮起自 1924 年，主要來自教育界。他們提出「國家教育權」的主張，認為教育為救國、建國之必須，必須從私人手中收為國有。他們特別批評教會學校的教育，指責教會學校強迫的宗教課程，以及學校未重民族精神。由於教育界的呼籲，最後造成北京政府與國民政府先後頒布對私（外）人辦學的相關教育規定。第三期的反教行動主要是受到 1925 年「五卅慘案」的影響，各界的批評從反帝擴大到被認為與帝國主義關係密切的基督教。後來隨著北伐的開展，國民黨中的部分人士與共黨分子特別攻擊教會、破

頂峰時，8,000 多名在中國的新教傳教士中約有 5,000 人被迫暫停傳教。[9]種種的阻礙，雖然暫時抑制了基督教在中國快速的成長與擴張，但是也加深教會界的自省，進而出現了許多時論性的言論與文字。

　　從 1910 年代的晚期開始，在華教會就已經出現了教權轉移的情況。根據記載，這一變化過程進行得很緩慢。1915 年新教教會中有中國牧師 764 人，到了 1920 年時這個數字上升到 1,305 人。大大增加中國信徒擔負傳教工作的比例。直到 1922 年，中國基督教事務大部份還是由外國傳教士來管理和支撐。外國傳教士在宣教領導機構中占有 2/3 的席位，與此相對應，他們也提供了 2/3 的經費。幾乎所有基督教機構的首腦都是由外國人來擔任。[10]

壞教產，甚至造成教會人士被殺害。一直到 1927 年 3 月的「南京事件」引起外國領事抗議以及國民黨清黨後，擾亂行動才逐漸消沉下去。過去有關 1920 年代「反基督教運動」與中國基督徒回應的研究，可參閱：林榮洪，《風潮中奮起的中國教會》（香港：天道書樓，1980 年）；查時傑，〈民國基督教會史（三）：非基運動與本色化運動時期，1922-1927〉，《國立台灣大學歷史學系學報》，10、11 期合刊（1984 年 12 月），頁 375-435；葉仁昌，《五四以後的反對基督教運動──中國政教關係的解析》（台北：久大文化，1992 年）；楊天宏，《基督教與近代中國》（成都：四川人民出版社，1994 年）。英文的著作主要有：Tatsuro Yamamoto and Sumiko Yamamoto, "The Anti-Christian Movement in China, 1922-1927," *The Far Eastern Quarterly*, vol. XII, no. 2（February 1953）, pp. 13-147; Yip Ka-che, *Religion, Nationalism and Chinese Students: The Anti-Christian Movement of 1922-1927*（Bellingham, WA.: Western Washington University, 1980）; Samuel D. Ling, "The Other May Fourth Movement: The Chinese Christian Renaissance, 1919-1937."（Ph. D. dissertation, Temple University, 1981）; Jonathan T'ien-en Chao, "The Church Movement 1917-1927: A Protestant Response to the Anti-Christian Movements in Modern China."（Ph. D. dissertation, University of Pennsylvania, 1986）; Jessie G. Lutz, *Chinese Politics and Christian Missions: The Anti-Christian Movements of 1920-1928*（Notre Dame, IN.: Cross Cultural Publications Inc., 1988）.

[9]　路易斯・羅賓遜原著，傅光明、梁剛譯，《兩刃之劍──基督教與二十世紀中國小說》，頁 16-17。

[10]　何凱立著，《基督教在華出版事業，1912-1949》，頁 48。作者指出，20 世

外國在華的差會及其所建立的教會，對中國的基督徒而言，有利有弊。這樣的教會固然在經費方面無庸擔心，但在言論自主方面，卻往往受到在華差會立場的影響，無法暢所欲言。差會與中國基督徒兩者之間的矛盾與差異，就在國情與文化的不同。著名的教會歷史學家魯珍晞（Jessie G. Lutz）曾一針見血地提出基督教信仰與中國民族主義無法相融的關鍵問題：「中國基督徒既是中國人，又是基督徒，他們常覺得無法調和中國民族主義與基督教信仰之間的矛盾。」[11]因此，中國在 20 世紀 20 年代，也就是 1922 年第一次爆發「非基運動」的深層原因，就有學者認為主要是中國出現了民族主義的勃興，以及伴隨著新文化運動而產生的批判性態度。[12]

在這樣的氛圍下，中國基督徒知識份子面對時局的轉變與差會的強勢，所採取的回應方式中，最重要即在建立發聲的管道，而在當時就是創辦刊物，來表達看法，激發思想，「以謀求中國教會的進化，與社會的改造」。[13]

在 1920 年代以知識份子和青年學生為訴求的基督教期刊中，一般認為較為有名的為下列四種：一、《青年進步》；二、《文社月刊》；三、《真理與生命》；四、《天風》。[14]而《真理週刊》則是《真理與生命》的前身。

紀 20 年代的中國教會從領導權和經費來源兩方面來說，都基本上是一個外國組織。教會中所謂的「本地工人」或「本地助手」，其涵義仍然表示為從屬於外國傳教士指導之下。而這種現狀，就連當時的外國傳教士們自己也表示悲嘆。直到 1927 年以前，還從未出現過中國人廣泛擔任教會領導的情況。就在這一年，「非基運動」爆發，導致大批傳教士被強行驅逐。

[11] 路易斯‧羅賓遜著，《兩刃之劍──基督教與二十世紀中國小說》，頁 16。
[12] 何凱立著，《基督教在華出版事業，1912-1949》，頁 49。
[13] 這是〈生命社規〉中的第二條宗旨。
[14] 何凱立著，《基督教在華出版事業，1912-1949》，頁 230。作者表示，選擇它們的理由為：一、讀者面廣；二、題材廣泛；三、內容包含了著名傳教士和中國教會領袖活動訊息，是很好的史料；四、這些期刊容易獲得。

（二）成立源起與成員特色

　　《真理與生命》月刊，是由北京的兩個基督教團體──即「生命社」與「真理社」共同主辦的一份雜誌。事實上，這兩個組織曾分別有自己的刊物《生命月刊》（1920-1926）和《真理週刊》（1923-1926）。1926年，這兩個組織在確認雙方的神學觀點沒有衝突的基礎上，決定將出版工作聯合起來，把兩份刊物合併為《真理與生命》（Truth and Life），而主要目標是在實踐和學習的基礎上，促進對中國教會存在問題的討論。[15]

　　《真理週刊》由真理社發行。真理社成立於1922年，成員為吳雷川、寶廣林、張欽士、彭錦章、吳耀宗、陳國梁與胡學誠等7人。其中胡學誠也是《生命》月刊的重要編輯，但《生命》月刊有外國人參與，非純粹的中國人自辦刊物。這7人「時常聚談，每談必及教會或國家問題。討論愈久，興味愈濃」，於是「謀永久結合之必要」，時約1922年12月。團員「相約每週集會一次，以研究教會、國家等問題。每次聚會，人人都『大放厥詞』，信仰問題，教義問題，教政問題，以及政治，經濟，社會等等問題，無不研究」，經過一番討論後，他們決定「先從文字事業入手，發行一種週刊」，那就是1923年4月1日出版的《真理週刊》。原本沒有名稱的小團體以週刊之名，命名為「真理社」。[16]

　　教會的問題與中國的時局，是這些人最為關心的，所以，《真理週刊》的宗旨就定為：「聯合信徒同志，以耶穌無畏的精神，為真理作證，謀教會革新，促中國改造。」[17]

---

[15] 何凱立著，《基督教在華出版事業，1912-1949》，頁239。
[16] 以上內容參見吳國安，《中國基督徒對時代的回應（1919-1926）──以《生命月刊》和《真理週刊》為中心的探討》，頁58-59。
[17] 見《真理週刊》，第1卷，第23期（1923年9月2日）及以後各期的封面。

　　《真理週刊》在創刊時只有 7 個人，後來陸續增加，如李榮芳、劉廷芳、徐寶謙及簡又文，在最多時也不過 11 人。但成員來來去去，這只是名義上的人數，胡學誠與吳耀宗在 1924 年 8 月赴美哥倫比亞大學進修，所以《真理週刊》直到 1926 年 3 月與《生命月刊》合併為止，在中國的人員最少 6 人，最多不過 9 人。不過，成員出國仍會為週刊寫稿，如胡學誠和吳耀宗 2 人赴美後，仍為週刊撰寫文稿。[18]他們持之以恆的連續出版了 157 期的週刊，[19]以這麼少數目的人力來出版一份長達 3 年的週刊，耐力與能力實在驚人。

　　11 位《真理週刊》的成員們，背景各異，來自各方，有國外留學回來的人士，如李榮芳、寶廣林、劉廷芳、徐寶謙、簡又文；也有晚清的進士，如吳雷川；還有在青年會工作的幹事，如吳耀宗、胡學誠、張欽士、徐寶謙等。他們不僅是中國教會史上的名人，有些更是中國近代史中的名人。[20]像吳雷川（1870-1944），本名吳震春，28 歲時進士及第，後進入翰林院；民國成立後，任北京中央政府教育部參事。他是一位在新舊時交替的代表性人物；45 歲時受洗，

---

[18]　在《真理週刊》1925 年 3 月 29 日出版的〈兩週年紀念特刊〉中，胡學誠發表一篇文章〈六個月來所見的美國教會〉，吳耀宗也寫了〈紐約生活的一瞥〉。胡學誠，〈六個月來所見的美國教會〉，《真理週刊》，第 2 卷，第 52 期（1925 年 3 月 29 日），第 5-7 版。吳耀宗，〈紐約生活的一瞥〉，《真理週刊》，第 2 卷，第 52 期（1925 年 3 月 29 日），第 7-8 版。

[19]　《真理週刊》每年出版 52 期，3 年共有 156 期。但是在第二年的最後一期（1925 年 3 月 22 日）出版後，下一週出版了紀念特刊（1925 年 3 月 29 日），然後第 3 年第 1 期，則在 1925 年 4 月 5 日出版。故實際上出版了 157 期。

[20]　對於這些基督徒知識分子的綜合介紹，可見 Yu-ming Shaw, "The Reaction of Chinese Intellectuals toward Religion and Christianity in the Early Twentieth lCentury," in James D. Whitehead, Yu-ming Shaw, N. J. Girardot（eds.）, *China and Christianity: Historical and future Encounters*（Notre Dame, Indiana: The Center for Pastoral and Social Ministry, University of Notre Dame, 1979）, pp. 154-182；吳國安，《中國基督徒對時代的回應（1919-1926）──以《生命月刊》和《真理週刊》為中心的探討》，頁 60-80。

皈依了基督教，成為中國基督徒中僅有的具進士身分者。1926 年，
吳雷川開始參與燕京大學的校務，並於 1929 年出任燕京大學的校
長，一做五年，是燕大第一位華人校長。[21]如徐寶謙（1892-1944），
是位飽受中國傳統儒學和西方學術薰陶的學者，曾赴美哥倫比亞大
學留學，獲得哲學博士學位。在燕大執教 11 年後，基於鄉村建設
的理想，放棄高薪的教職，前往江西黎川從事農村重建的工作，後
再返回上海滬江大學及復旦大學任教，是一位實行家，鄉村服務與
文字傳道是他生命中的至愛。[22]又如劉廷芳（1892-1947），是美國
耶魯大學心理學與教育學博士，1920 年回國，在燕京大學任教，
擔任《生命》月刊主幹，又因獲得燕大校長司徒雷登（John Leighton
Stuart ,1876-1962）賞識，1921 年起擔任燕京神學院院長。[23]他是
一位相當出色的學者，在繁忙的教務外，還多方參與華北地區及全

---

[21] 事實上吳雷川擔任校長，並無實權，當時學校大權多操在校務長司徒雷登之
手。有關吳雷川對此事之態度，可見：Philip West, "Christianity and Nationalism:
The Career of Wu Lei-ch'uan at Yenching University," in John K. Fairbank（ed.），
The Missionary Enterprise in China and America（Cambridge, MA: Harvard
University Press, 1974）, pp. 226-246.。關於燕京大學之辦學，可參見 Philip
West, *Yenching University and Sino-Western Relations, 1916-1952*（Cambridge:
Harvard University Press, 1976）。另外，Arthur Rosenbaum 教授為 *The Journal
of American-East Asia Relations* 學報主編一期燕京大學研究的專號，主題為
Yenching University and Sino-American Interactions, 1919-1952，登記出版為
vol. 14（2007），該專號實際在 2009 年才出版。

[22] 吳國安，《中國基督徒對時代的回應（1919-1926）──以《生命月刊》和
《真理週刊》為中心的探討》，頁 67-69。見查時傑，〈徐寶謙〉，《中國基督
教人物小傳》（台北：中華福音神學院出版社，1983 年），頁 227-236。

[23] 司徒雷登本人有一本回憶錄：John Leighton Stuart, *Fifty Years in China: The
Memoirs of John Leighton Stuart*（New York: Random House, 1954）。其生
平研究，請見：Yu-ming Shaw, *An American Missionary in China: John
Leighton Stuart and Chinese-American Relations*（Cambridge, Mass.: Council
on East Asian Studies, Harvard University, 1992）。該書之中譯本為：邵玉
銘，《傳教士‧教育家‧大使──司徒雷登與中美關係》（台北：九歌出版
社，2003 年）

國性基督事業，始終致力於提升基督教神學教育的水準，特別致力於文字事業。他的文筆極佳，《生命月刊》、《真理週刊》及之後的《真理與生命》中，許多極具份量的文章均出自他的手筆，內容廣及神學、教育、文學、時事等方面，篇篇思路清楚，條理井然。[24]

　　雖然，他們背景各異，來自各方，但是他們有三個共同點：第一，所有《真理週刊》的成員都是中國人，第二，他們都是基督徒，第三，他們都是關切國事，願意藉文字表達救國之道的文人。他們都是受過相當教育的知識份子，就某個角度來說，他們代表著當時中國基督徒的菁英份子，特別是當時都居住在北京一帶。身為20世紀初年的「中國高級知識份子」，在外是國際風雲詭譎，與帝國主義勢力在世界各地擴張、發展，而在內則是國家分裂，政治不昌，又有軍閥亂政的局面，再加上傳統的「士以天下為己任」的驅使下，他們有心也有使命感的要發出適切的回應。而他們又具有基督教的信仰與「基督徒」的身份，面對非基運動的衝擊及教會與帝國主義糾纏不清的關係，他們自覺有義務作出適切的回應。在這樣雙重身份的背景下，他們主導的《真理週刊》，就有著特殊的意義。[25]

▲《真理週刊》第一期中的發刊辭

　　過去學術界還沒有專門對《真理週刊》研究的專著，學者往往把把《真理與生命》當做一體來研究。事實上這種作法甚為不

---

[24] 吳國安，《中國基督徒對時代的回應（1919-1926）——以《生命月刊》和《真理週刊》為中心的探討》，頁74-75。近年關於劉廷芳的研究，參見吳昶興，《基督教教育在中國——劉廷芳宗教教育理念在中國之實踐》（香港：浸信會出版社，2005年）。

[25] 吳國安，《中國基督徒對時代的回應（1919-1926）——以《生命月刊》和《真理週刊》為中心的探討》，頁81。

妥，如同前述，「生命社」（生命團契）開始於 1920 年，但是，到
1923 年時，「生命社」中的部分成員，另行組織「真理社」，發行
《真理週刊》。而到了 1926 年，這兩個刊物才合併，變成了《真理
與生命》。由於《生命月刊》出版的較早，後來又這兩刊物合併了，
故學界多不重視「真理社」的組織及其訴求。值得我們特別注意的，
就是為何一些「生命社」的中國基督徒，在原本是中外基督徒合作
的「生命社」之外，要另起爐灶發行《真理週刊》？其實他們就是
要能夠放手表達不同的訴求。所以不對「真理社」與《真理週刊》
單獨進行研究，是無法看出他們的訴求與心聲。

（三）《真理週刊》的內容與特色

　　《真理週刊》的內容共分為六項：一社論，二說教，三教會新
聞，四國內外大事記，五隨感錄，六雜俎。它的發刊辭說：

> 我們分列這六項的意思是，一方面用基督教眼光，評論國家社
> 會間種種事實，造成公正輿論，一方面本著現代的需要，研究
> 基督教會中一切組織規制，以及遺傳的信條和解釋是否確當，
> 使一般社會明白基督教的真精神，並藉以謀教會的改造，又方
> 面介紹新聞和各種知識，並貢獻我們隨時的感想，使教會所
> 有的信徒，多得著參考和研究的材料，見聞不至於錮蔽。[26]

　　《真理週刊》並未將文藝列為相關內容重點，凡屬於隨感或
新詩等文學性的體材，都放在五、六兩項。尤其是新詩，前面的
總標題就是「雜俎」二字。文藝作品在當時，仍是傳統儒學中所謂
的「雜家」。

---

[26] 〈真理週報發刊辭〉，《真理週刊》，第 1 卷，第 1 期（1923 年 4 月 1 日），
第 1 版。

發刊辭中，也說明刊物名稱訂為「真理」的原因，是因為耶穌曾說過：「我為此來到世間，特為給真理作見證。」[27]發刊辭解釋如下：「這話是回答彼拉多說的，當時彼拉多問他是否為王？耶穌卻回答這樣的話意思是說唯有真理是世界的王，人人都當順服。我們用這名稱，正是勉勵我們自己，無論對於教會或社會上的事，都要奉真理為王，奮發無畏的精神，放膽評論，決不敢偏袒顧忌，苟且附和，違反真理。」[28]因此，針對教會或社會上的事，只要認為不合乎道理，「放膽評論，決不敢偏袒顧忌」，筆鋒辛辣，句無空意，即使是當成補白用的「雜俎」──今之可謂文藝作品，不論新詩、隨感、小說，乃至遊記，也都是意有所指，別有用心，而不是為為文藝而文藝。這樣的「文以載道」，成為《真理週刊》的特色。

在《真理週刊》第 1 年的第 40 期中，胡學誠寫了一篇〈對西國傳教士們說幾句不客氣話〉，最能表現這些身為基督徒的中國知識份子對西方傳教士的「放膽評論」。胡學誠針對當時「臨城慘案」[29]發生後，局勢動盪，人心不安，有西國傳教士主張「引本國軍隊為護符」，他於是寫道：

> 我們中國人並沒有請你們來作佈道事業。你們的來，是因為你們對所信的宗教的熱忱，受耶穌的選召，作他的使者，傳福音給萬民聽的。你們未來以先，中國內地的不安寧，物質文明的不發達，是你們所已經知道的，所以你們來中國，並

---

[27] 此句話出自約翰福音 18 章 37 節：「彼拉多就對他說、這樣、你是王麼。耶穌回答說、你說我是王，我為此而生、也為此來到世間、特為給真理作見證，凡屬真理的人、就聽我的話。」比拉多是羅馬帝國猶太行省的執政官，當時耶穌被猶太人的大祭司送交比拉多來審問。

[28] 《真理週刊》，第 1 卷，第 1 期（1923 年 4 月 1 日），第 1 版。

[29] 「臨城慘案」又稱「臨城劫車案」，指的是 1923 年 5 月 6 日在山東省臨城所發生的火車劫持案，由當地人士孫美瑤（1898-1923）等人策動，因車廂中有許多國外旅客，所以撼動國際，當時也稱為「民國第一大案」。

不是要得安逸；乃是要犧牲受苦。那末，在這種情形之下，
祇有兩種方法，是你們所應採取的：

一、你們若不願犧牲，不能受苦，最好買船票回國去享平安
　　的幸福，何必在此日夜擔憂的受苦呢？

二、你們既抱了宏願，來傳福音，這樣請你看看教會的歷
　　史，福音的使者，是多半歷經人間痛苦的。請你和中國
　　人一同受苦。[30]

　　胡學誠的結論是：「總之，要傳教，就須忘了武力、安逸……
等等。」[31]如此率真、辛辣的言論，不僅在一般基督教的刊物中是
看不到的，即使在與《真理週刊》同時代又有相同會員所辦的《生
命月刊》中，也是看不到的。其中很可能的原因，就是「生命社」
有傳教士的成員，而在支持《生命月刊》背後的組織中，西方傳教
士扮演的角色相當重要。

　　對當時社會風氣的批評，《真理週刊》也毫不留情。吳耀宗的
文章〈到那裡求道德去？〉，其中有：

……社交公開，男女同學是很好的，為什麼現在竟鬧的滿城
風雨？男學生見了女學生就失了魂似的，一天想著看電影，
逛公園，作情詩寫信求婚，簡直把功課放在九霄雲外！

從前沒有所謂新文化運動的時候，學生對於宿娼，賭博等
事，還存著幾分戒懼的心，不敢公然的去作；為什麼現在公
寓裡，寄宿舍裡竟大張旗鼓叫私娼，打麻鵲？還有好些效哲
學家羅素去自由戀愛，半明半暗的同居？[32]

---

[30] 胡學誠寫了一篇〈對西國傳教士們說幾句不客氣話〉。胡學誠，〈對西國傳
　　教士們說幾句不客氣話〉，《真理週刊》，第 1 卷，第 40 期（1923 年 12 月
　　30 日），第 4 版。

[31] 胡學誠，〈對西國傳教士們說幾句不客氣話〉。

[32] 吳耀宗，〈到那裡求道德去？〉，《真理週刊》，第 1 卷，第 42 期（1924 年 1

　　《真理週刊》高舉「真理」大纛,甚至連對基督教義都敢提出質疑。如在第1年的第42期,刊出「問題求答」,很多在基督教中敏感的話題都提出,要求讀者能按所知回答。這些問題,有的至今仍沒有很好的解釋,如:「上帝是至善的,為什麼要創造魔鬼以害人?」「基督雖尊一主,為什麼要分這麼多的宗派,這些宗派現在還有存在的價值嗎?若否,應當如何除去宗派?」「猶大賣主,是上帝的意旨嗎?若是,猶大還可定罪嗎?」而這樣的問題,在第1年第42期中便列有62條之多。[33]

　　《真理週刊》不斷強調的「真理」基礎,其實,他們也認為基督教可以在中國文化的情境下生存與發展。例如成員中的吳雷川,即在《真理週刊》中不斷為文倡論基督教與儒學的融合。在他發表大量的文章中,從建構以儒學為本的本色化基督教,到可以在華進行激烈的社會主義立場都有,使他被看為「現在教會界中最有思想的一人」[34]。而這樣的態度與立場,再加上其他成員對西方傳教士、教會、教義,乃至社會不良風氣的批判,使得《真理週刊》充滿著國家主義的色彩,在20年代的基督教刊物中,獨具風格。

三、《真理週刊》文藝作品特性

　　文藝並非是《真理週刊》的主要訴求管道,但文藝顯然也是這些國家主義者抒發情懷的一種方式。他們往往以新詩的形式,發抒其內心性靈的呼喊與求告,一方面用來傳播教義與堅定信心,另一

[33] 吳耀宗,〈到那裡求道德去?〉。
[34] 應元道,〈二十餘年來之中國基督教著作界及其代表人物〉,《文社月刊》,第1卷,第5期(1926年4月),頁33。

方面也表達對教會與時局的不滿。在總共 157 期的週刊的文藝作品中，新詩是主體，其他依次為隨感、遊記和小說。但在隨感中，也多有藉新詩的形式顯現者。散文有一些，但文質並茂的散文則看不到。至於小說，最多 5 至 7 篇，大多為短篇小說，但結構與形式皆很鬆散，內容也不夠精彩。整體上可以看出，五四新文學中的新詩運動對他們的影響顯然最大。

　　如前所述，《真理週刊》由於編輯成員的特別，內容充滿著國家主義的色彩，因此，不論是新詩，或是隨感、遊記和小說，這些配合著時論，作為補白用的文藝作品，基本上也如同其他文章一樣，文以載道，句無空意，針對性很強。綜合來看，具有下列三種特性，一是宗教情懷的特性，二是關切國事的特性，三是針砭教會的特性。現分析如下：

（一）宗教情懷的特性

　　在《真理週刊》中，有許多文藝作品，充份的表現出作者對基督教的宗教情懷。它們最常以詩，直接衍伸聖經之本事，如劉廷芳寫的〈被賣的那一夜——一九二五年受難節作〉，他將自己設想在耶穌被賣的時日中，從他的眼中看耶穌如何被門徒出賣；接著他又用擬人化的角度，用耶穌的眼睛來看出賣他的人。[35]詩中所敘述的就是聖經中所描寫的耶穌受難的經過。這是一首標準的宗教文藝詩。文藝在為宗教服務，中國基督徒嘗試用新詩的筆法，將當年在耶路撒冷發生的事繪繪出來，表達他們深切的宗教情懷。

　　將文藝宗教化，最明顯的是吳雷川，這位晚清時期的第一位，也是唯一的一位基督徒的翰林，從第 1 年的第 37 期（1923 年 12

---

[35] 劉廷芳，〈被賣的那一夜——一九二五年受難節作〉，《真理週刊》，第 3 卷，第 3 期（1925 年 4 月 26 日），第 2 版。

月9日）起，到同年第52期（1924年3月23日）止，將基督教中最為信徒所知的禱告——「主禱文」的每一節，化變成長詩，總共寫出了七首。[36]吳在嘗試，將感觸化為新詩，從今天來看，其文體不新不舊，有若禱詞，但也突顯新時代新文藝創作起步時的風貌。

吳雷川也創作一些「頌詞」，主要在歌頌耶穌基督。如吳雷川曾用本名吳震春，發表了三十四行長的「耶穌復生頌詞」。第一段如下：

> 懿歟盛哉。
>
> 耶穌至聖，師表群倫。
>
> 想當年傳天國福音，箴膏盲，起癈疾，發墨守，奮身孟晉。
>
> 祇落得荊棘冠，懸木架，埋石窟，舉世無親。
>
> 陰霾滿布真光隱。
>
> 門徒絕望，慈母寒心，
>
> 其餘仇敵方稱慶。
>
> 卻不道生機復發，大地同春。[37]

作者的古文底子佳，但用在新詩體中，文白相雜，如從「想當年」到「奮身孟晉」，讀來異常拗口與突兀。雖然可知作者努力在將教義調和在文學或文藝作品中，但似乎缺少了圓融和感人的氣

---

[36] 據《聖經》記載，門徒請求耶穌指導禱告，耶穌便教導他們一個模範禱告。主禱文記載於新約聖經馬太福音6章9至13節，為登山寶訓的一部分；和合本聖經譯本（普遍使用的版本）如下：「我們在天上的父，願人都尊祢的名為聖，願祢的國降臨，願祢的旨意行在地上，如同行在天上。我們日用的飲食，今日賜給我們，免我們的債，如同我們免了人的債，不叫我們遇見試探，救我們脫離兇惡，因為國度、權柄、榮耀，全是祢的，直到永遠。阿們！」吳雷川七首長詩的題目分別是「我們在天上的父」、「願人都尊祢的名為聖」、「願祢的國來到」、「願祢的旨意行在地上如同行在天上」、「我們日用的糧食今日賜給我們」、「又求饒恕我們的罪如同我們饒恕得罪我們的人」、「不叫我們遇見試探拯救我們脫離兇惡」。

[37] 吳震春，〈耶穌復生頌詞〉，《真理週刊》，第2卷，第4期（1924年4月20日），第1版。

息，詩的節奏與韻味也是十分造作，但這也是 20 年代基督教文學的特色之一。

吳雷川所展現出宗教情懷的新詩，還有在第三年寫的「耶穌復活歌」，這也是一首四十二行的長詩。這回，吳雷川用的是純白話文，在第三段中，吳雷川如是寫著：

> 耶穌說：
> 「一粒麥子不落在地裡死了，仍舊是一粒。
> 若是死了，就生出許多子粒來，
> 捨生命的要保守生命到永生。」
> 耶穌既勝了死的鋒鋩，
> 就為人類開了永生之門。
> 所以他是復活了。[38]

這可說是一首散文詩。但不論文體為何，吳雷川顯然不在最先考慮寫出一首優秀美好的新詩，他的目的，只在如何用較抒情的寫法，直接表達出他熱愛基督教的情懷。

除了直接表達宗教情懷，也有一些新詩，稍為含蓄，但仍不斷利用隱喻來宣揚教義。如蔡錫山的〈遊牯嶺〉，表面上寫至江西廬山遊玩心得，但詩中所反映的則是作為基督徒的領受。不同一般文人，至形似牯牛的廬山上，所感受的就如蘇東坡所言「不識廬山真面目」，是文學性的，而蔡錫山則是宗教性的：

> 世人都說不見你的真面目，
> 那知你已為世人負軛了數千年！
> …………

---

[38] 吳雷川，〈耶穌復活歌〉，《真理週刊》，第 3 卷，第 2 期（1925 年 4 月 12 日），第 1 版。

　　靜靜地坐在藤轎裡的青年！

　　莫怪我瞎說你是癱子，

　　但願你得到了『起來，拿你的褥子回家去罷』的吩咐後，

　　我還在這裡看你拿著褥子跑回家去！[39]

　　這段詩體形式的遊記，是借用了聖經中癱子得到醫治的故事。新約聖經敘述耶穌進迦百農講道時，有4個人抬一個癱子來見祂。因人多不得近前，就拆了房頂，把癱子連所躺臥的褥子都縋下來。耶穌見他們的信心，就對癱子說：「我吩咐你起來，拿你的褥子回家去罷。」那人就起來，拿著褥子當眾走出去。[40]這個故事一方面是敘述這個癱子和他朋友，向耶穌追求醫治的信心與努力，另一方面也是向那些不相信耶穌的人顯示耶穌的能力。很有趣的是，這位作者連身在廬山，都會聯想到聖經的故事。第一，他把「不識廬山真面目」的說法，當做是人們多不知基督教或是福音。第二，是把坐轎登山的遊客，聯想成昔日被四個朋友用褥子抬來的癱子。第三，則是希望上帝施行拯救，讓這些遊客如同癱子被醫治一樣，能夠得到救恩回家。這篇遊記可以說當時一些基督徒常把所思所見，都做了基督教的聯想，在行文中有意無意的寫作出來。

　　表現宗教情懷的還有散文。在《真理週刊》中的散文，多以「隨感」代表，內容不外乎日常所見、所遊、所感，但字裡行間仍是隨時隨地在用文藝的筆法宣揚基督的教義與精神。

---

[39]　蔡錫山，〈遊牯嶺〉，《真理週刊》，第3卷，第7期（1925年5月17日），第2版。

[40]　聖經有幾處提到這個故事，見《馬可福音》，第2章，第1-12節；《馬太福音》，第9章，第1-18節；《路加福音》，第5章，第7-26節。如聖經《馬太福音》第9章，第6、7、8節記載：但要叫你們知道，人子在地上有赦罪的權柄；就對癱子說：「起來！拿你的褥子回家去吧。」那人就起來，回家去了。眾人看見都驚奇，就歸榮耀與神，因為他將這樣的權柄賜給人。

如吳耀宗寫了一篇文章〈天橋幾分鐘的觀察〉。他說用了「幾分鐘」逛了一逛北京的天橋,「唱戲的,唱大鼓的,賣卜的,賣藥的,變戲法的,賣吃食的,賣茶的,賣零碎應用品的,種種色色,無所不有」。但作者記得有人說:「這種人的生活是糞坑裡蛆子的生活」,於是發抒無限的感慨:「我們的國家成了共和國了,……新文化的聲浪鼓盪全世界了……只可惜天橋的生活,實質上還是『糞坑裡蛆子的生活』,沒有人注意他們」。於是作者大聲呼求:「我盼望中國多有鄭俠‧迭更司(Charles Dickens)亞當女士(Jone Adams)那樣的人,出來作『平民之友』!」[41]與前位作者同樣的,吳耀宗也是在天橋看到人群之後,感觸到形形色色的人都生活在悲慘之中,也就是沒有享受到上帝的救恩,所以既為他們可憐,又迫切希望有人能出來,廣傳福音給自己的同胞。故在文章最後一段,作者乾脆直引聖經馬可福音 6 章 30-42 節上的話語,作為結束:「耶穌出來,見有許多的人,就憐憫他們,因為他們如同羊沒有牧人一般,於是開口教訓他們許多道理……他們都吃,並且吃飽了。」

(二)關切國事的特性

《真理週刊》中的散文,除了宣揚教義,它也表達對國事的關懷。在「隨感」中可以常看到一些短文,為社會現況與國局時政發出知識份子的呼號與憂心。

如吳雷川在第一年「隨感」中寫的「香山慈幼院」,此篇內容描述他參訪此育幼院的情形,但他的重點不在育幼院的「地址宏敞,空氣新鮮」,也不在院長的熱心幹練。他是看到育幼院建築與設備「都注重外表,偏於華美,不合孤兒的身份」。於是,他認為

---

[41] 吳耀宗,〈天橋幾分鐘的觀察〉,《真理週刊》,第 1 卷,第 14 期(1923 年 7 月 1 日),第 3 版。

「這也是不能不受批評的。所以，我每聽見人稱頌育幼院，就要發生一種反感。有時聽見人為這些孤貧的兒女擔憂，說，他們倆既不能在院裡養育一生，一旦出院，恐怕處於現時的社會中，得不著合宜的生活，我也是抱同樣的隱憂。」作者再由此衍伸，表示「中國辦事人的大病，是假公濟私，貪圖財利，其次，就是祇求一己的虛名，而不為多數人謀相當的實利。」最後，作者的結語是：「我因著對於慈幼院的感觸，更聯想到在社會上辦理一切事業的人，我就要為中國社會的前途痛哭。」[42]從文中可以看到作者思緒的流轉，從宏敞的慈幼院，想到此與中國的社會現狀不符，再進而思慮到國人虛浮、好利、好名的毛病，最後竟要為「中國社會的前途痛哭。」

　　吳雷川這種在訪遊的時候，都會將思緒拉到對國家社會的關懷，事實上，也就如他的基督教信仰一樣，其思維始終是以國家和時事為重。如有學者指出，他對基督教的著眼點，就是「基督教較之其他宗教和中國舊有的中國傳統，更能為國家的變革提供具體有效的貢獻。因此，他閱讀《聖經》是要讀出經文的當下意義，……印證經文與現時代觀念的契合。」[43]

　　「基督教較之其他宗教和中國舊有的中國傳統，更能為國家的變革提供具體有效的貢獻」，也可以說是《真理週刊》這批人士共同的認知。胡學誠在第一年聖誕節寫下的雜感，其中就有這個觀念：

> 禮拜堂中，「阿利路亞」，「天上榮光歸真主，地下平安人蒙恩」，「和平之君」……等等的歌聲，震動屋瓦，大有和平的氣象。但是環顧國內，土匪橫行；連年兵禍；政客，武人日

---

[42] 吳雷川，〈香山慈幼院〉，《真理週刊》，第 1 卷，第 15 期（1923 年 7 月 8 日），第 3 版。

[43] 梁慧，〈中國現代的基督徒是如何讀《聖經》的？──以吳雷川與趙紫宸處理《聖經》的原則與方法為例〉，李熾昌主編，《文本實踐與身份辨識：中國基督徒知識份子的中文著述，1583-1949》，頁 319。

事掠奪，甚至醜態百出，遺羞中外；勞工勞農之所得，祇供少數軍閥、財閥的揮霍。國外呢？國際間侵略的手段更加屬害，德法的仇恨日深；墨西哥的革命又起；資本家和勞動者的爭鬥愈烈。我們所得的平安是什麼？和平又在那裡呢？……朋友們，不要忘記，這個節令，是要我們紀念那來傳窮人的福音，充滿愛心，犧牲一切的耶穌的誕生。[44]

聖誕節本是教徒慶祝耶穌誕生，帶給世人和平與永生的節日。但是，在身處國家動亂的時代，中國這批國家主義的基督徒，念茲在茲的，是內有軍閥亂政、土匪橫行，外有帝國主義、資本主義在各方面的侵略與剝削，使得他們在聽到頌讚聖誕的歌聲時，感受到的是國家的困境與自身的責任感。

基督救人救世的精神與教義，在充滿國家主義情懷的中國基督徒的心中，成為 20 年代混亂世局中能安慰人心的最大救贖。他們相信，只要世人能夠信仰與紀念犧牲一切的耶穌，國家才能得救，社會才能安寧，世界也才能和平。如同吳雷川在衍繹主禱文中所言：

我們願你的國來到，就是願這世界改造。

這世界現在有許多的國，一方面是保護人民的安寧，又一方面是引起人群的紛擾。

雖然有法律、政治、文學、藝術，以及一切的禮教，在各時代中遞演而進化，卻終久沒得無黨無偏的正道。

惟有你的靈能啟發愚昧，你的光能消滅黑暗，你的愛能化除凶暴。

所以我們願你的國來到。[45]

---

[44] 胡學誠，〈聖誕節的雜感〉，《真理週刊》，第 1 卷，第 39 期（1923 年 12 月 23 日），第 4 版。

[45] 吳雷川，〈主禱文論詞之三——願你的國來到〉，《真理週刊》，第 1 卷，第

　　其實聖經中的「國」，指的是天國，並不是在世上建立一個基督教的國家。但是這些愛國主義的作者，對當前的中國太過失望，遂把耶穌在「主禱文」中那句「願你的國降臨（來到）」，做了現實世界的引申，一方面是表達對當代國家、社會的不滿，另一方面則是願神的大能來掃除現世的黑暗與凶暴。

　　在週刊中，屬於文藝性質的文體，還有遊記。有趣的是這些遊記，篇篇都帶有國家主義的色彩。風土人情反而不是他們記載的重點，而目光的焦點是在政治氣氛。如張欽士的〈滬遊雜感〉，一開始就說明：「我這次到上海，本是赴青年協會所召集之全國學生事業幹事會，並不是去遊歷。」，但沿途所見，卻是「十一日夜過蕪湖，船客又特別加多，幾無立足地，於是官艙客廳中充滿了軍人的吵鬧聲和咳吐聲。同時還有鴉片的氣味薰鼻，麻將牌的聲音盈耳。我臥讀大會宣言。有一茶役站在我的旁邊說：『這是中國的縮影。中國非外國人管理不可』。此時我適讀完該宣言對內實行改造的一段，心中發生無限的感想。那段宣言說：『在此黑暗昏沈之中國，必須有一次絕大之改革運動，在人民精神上作一次掀動，以斬絕當道亡國之志願，滌光國民亡國之志願，掃除中華亡國之氣象』。」[46]

　　在《真理週刊》的成員中，基督教青年會的幹事佔相當多的比例。當時青年會是一個強調提振青年道德精神，同時又以基督教精

---

40 期（1923 年 12 月 30 日），第 2 版。聖經中記載耶穌教導的主禱文為：「我們在天上的父，願人都尊你的名為聖，願你的國降臨，願你的旨意行在地上，如同行在天上一樣。我們日用的飲食，今日賜給我們，免我們所欠的債，如同我們免了人的債，哈利路亞。不叫我們遇見試探，救我們脫離兇惡，因為國度、權柄和榮耀，全是你的，直到永遠。我要一生一世尋求，在主殿中瞻仰榮美，因為國度、權柄和榮耀，全是你的，直到永遠。」《馬太福音》，第 6 章，第 9-13 節。

[46] 張欽士，〈滬遊雜感〉，《真理週刊》，第 3 卷，第 46 期（1926 年 2 月 14 日），第 2 版。

神來改革社會的教會組織。而青年會幹事也多是菁英份子，無怪乎他們看到社會亂象，就會有極深的感觸，發筆為文時，很自然的就把他們宣言的內容寫出來，和讀者分享。

《真理週刊》充分顯現了知識份子對社會現況與國局時政的關心與憂心。五四時代知識份子的良心也從他們字裡行間清晰可見。或許是宗教的情操與堅貞，使他們更擔負起對國家民族一往情深的使命感與責任心。

（三）針砭教會的特性

諷刺，在 1920 年代時，已經成為基督教所辦刊物中常可見到的筆法。照理說，基督徒所諷刺的，應是一些不信教的「外邦人」，但有趣的是，成為被諷刺主體的反而是教會的本身，或是某些自認為基督徒的人，或是千里來華傳教的洋教士。換言之，基督或是基督徒並不是他們非難的對象，是教會或教徒遭到譴責。原因或許是由於耶穌基督精神的道德品行的高標準下，更對照出基督徒身上的種種矛盾。因此，諷刺的重點是放在基督徒身分上，而非基督教本身。有學者在概括討論當時的基督徒作家後，表示幾乎所有這一時期看上去是反基督教的小說，都有這種傾向。[47]

《真理週刊》中，有一些這類的諷刺性文藝作品，數量和諷刺的力道也許不能同後來創刊的《文社月刊》相比，[48]更不能同老舍的小說相比[49]，但其表現的諷刺意涵與辛辣文筆，仍令人驚異。

在新詩部份，覺華寫了一首「我懷疑了！」，用以諷刺崇洋媚外與一些帶著西方驕傲的傳教士：

---

[47] 路易斯・羅賓遜著，《兩刃之劍——基督教與二十世紀中國小說》，頁 152。
[48] 關於《文社月刊》的諷刺性文藝作品，請參見本書之第四章。
[49] 值得一提的是，老舍也是《真理週刊》的作者之一，曾用本名舒慶春投稿，惟當時並未寫諷刺性的文藝作品。

> 在昔時；我確信凡是帶著「洋」字色彩的，都是至好無比，
> 但如今我懷疑了！在昔時，我確信凡是中國的文化事物，都
> 是可厭棄的，但如今我懷疑了！
> 在昔時，我確信凡是西人來華傳教，都是出於犧牲博愛的
> 心，幫助中國，謀求幸福。但如今我懷疑了！
> 在昔時，我確信凡是基督徒都是救國救世的中堅份子，但如
> 今我懷疑了！[50]

這首新詩是有時代背景的。1925 年爆發「五卅慘案」，租界英警打死遊行的工人與學生，激起國人強烈的排外與愛國情操。在教會界亦是引起很大的反響，有甚多的中國基督徒大聲疾呼要訴求正義，同時對於部分不肯表態的傳教士憤加批評。這首新詩，從作者的筆名到詩篇名稱，以致其中的「一唱四嘆」，均充份將詩的諷刺性發揮到極致。

又如蔡錫山寫的短詩〈真理〉：

> 真理！真理！
> 你在那裡？
> 我要找你。
> 你在人們的口裡嗎？
> 可是我只聽得你的腳聲。
> 你在一行一行的字句裡嗎？
> 可是，我只看見你的後影，
> 你在人們的心裡麼？
> 可是，我只見你來了又回去的足跡。[51]

50　覺華，〈我懷疑了！〉，《真理週刊》，第 3 卷，第 16 期（1925 年 7 月 19 日），第 3 版。
51　蔡錫山，〈真理〉，《真理週刊》，第 3 卷，第 19 期（1925 年 8 月 9 日），第

　　這首詩亦是諷刺當時政治混沌，黑白不分，真理其實不在那些不肯挺身而出，不肯主持正義的人士的心中。

　　在第2年第29期，許佐同寫了兩首短詩，第一首四行「牧人」，第二首六行「狗」。「牧人」寫的很白話：

　　牧人為羊而有呢？
　　還是羊為牧人而有？
　　牧人食羊的肉！
　　⋯⋯穿羊的皮！[52]

　　這是一首暗諷教會牧師或是傳道人的詩。在基督教信仰中，牧人最早是指主耶穌，後來就引伸為凡為主耶穌照養信徒的人，稱為牧人，如牧師、傳教士，信徒則喻為羊。「牧人食羊的肉！／⋯⋯穿羊的皮！」這樣的諷刺，是何等尖銳的批判與控訴。至於「狗」：

　　一隻看家的狗，
　　蹲在門前看守；
　　見了著破衣的人，
　　狂吠不休！
　　見了穿麗服的人，
　　點頭搖尾的迎送！[53]

　　如果看得懂第一首，對第二首來說，就更容易了解作者對一些教會牧師勢利眼的嘲諷。在基督徒辦的刊物中，出現這樣的詩，顯

---

　　4 版。
[52] 許佐同，〈詩一（牧人）〉，《真理週刊》，第2卷，第29期（1924年10月12日），第4版。
[53] 許佐同，〈詩二（狗）〉，《真理週刊》，第2卷，第29期（1924年10月12日），第4版。

示這些人士對當時教會一些現象沈痛的反省，也願意誠實面對腐敗。他們藉由文藝，表達對教會的不滿。

《真理週刊》中的「雜俎」，有一些是小說。有趣的是，在第一年和第二年，「小說」的名稱並未出現，相關的內容與文體則被歸納於「雜俎」之中，其文意清淡，情節平板，內容仍以諷刺教會牧師為基調，但用語大膽，較後來出版含有許多深刻諷刺文章的《文社月刊》有過之而無不及。其比刊載許多諷刺性文藝作品的《文社月刊》早發行三年，可以說《真理週刊》開基督教諷刺文學風氣之先。

試看第一年第 16 期中的〈原來如此〉一文，作者胡白以小說筆法，用第三人稱寫一青年學子希真，在禮拜日的早上，在床上翻來覆去，不想去教會上主日學。同房的彼得要他去，理由是：「查經有得，上帝一定祝福你，將來更可以受聖靈的感動，在牧師面前受洗入教做聖徒：生可以得教會幫助讀書，好像我一樣，死可以升……」，希真終於聽勸，走出寢室，「他們同學都已排好隊伍，老師監督他們直到那暮氣沉沉的禮拜堂去了」，「禱告完了，有的仰頭挺坐，有的仍是低著頭。希真瞪目注視良久，十分疑訝，後來見他們竟叩頭似的俯瞰胸前，或沈思似的頭垂肩上，希真經過長久的思索，始終不敢斷定他們是已入黑甜鄉了！」[54]這段描述，還只是在舖陳，諷刺信教的人信仰不純，而教會學校以逼迫的方位要求學生去做禮拜，但死氣沉沉的禮拜堂，只是成了眾人熟睡的場所。

作者接著開始進一步的展開他的嘲諷，把目標轉向華人的牧師。作者藉黃牧師在講道中所發出的議論，開始諷刺當時有人提倡

---

[54] 胡白，〈原來如此〉，《真理週刊》，第 1 卷，第 16 期（1923 年 7 月 15 日），第 3 版。

的「教會自立」,「他們只在形式上求新棄舊,試問他們有什麼力量?」[55]而創辦《真理週刊》的這些基督徒,正是在當時要求教會本色化的中堅份子。他們最看不起的,就是那些仰人鼻息的傳教士,不謀把教會自立發展的中國牧師。他們透過犀利的文筆,諷刺那些依附在洋人教會下的中國牧師,不僅不謀自立,還看不起對教會自主的訴求。

小說的最後高潮,是作者連洋牧師也一併批判。在黃牧師「議論」完了之後,作者接著寫:

> 講完了,那滿面鬍鬚的藍睛牧師站立用他的濫調祈禱道:「上帝呵!我們都是你的子女,望您祝福我們互相親愛,大家犧牲為教會服務……現在世界是紛擾的很,求上帝早日助興那強大的國家,消滅那沒能力的國家,以免爭鬥日多,沒有和平的日子……呵們!」[56]

這個故事在突顯他們對當時教會的不滿,無論是教會的勢利眼,教會傳達訊息的偏差,以及教會中一些人想利用教會來謀求好處,都是基督教改革者以及《真理週刊》想要批判的地方。而他批判的對象,其中也包括了外國來的傳教士,相信這也是一些基督徒要另起爐灶,成立真理社與《真理週刊》,以便暢所欲言的原因。

基本上,這些諷刺性、喻義性極強的小說,與五四時期的文藝作品的風格是一致的。只是,這些小說由於過於直接和沒有充分刻劃性格的人物描寫,降低了其文學價值。

---

[55] 胡白,〈原來如此〉。
[56] 胡白,〈原來如此〉。

四、小結

　　《真理週刊》，這份 20 年代以時論為主的基督教刊物中，不時看到一些為數不是很多的文藝作品穿插其中。它們的主體性不是很強，也不佔有固定版面，謂之「雜俎」，並不為過。但是，由於時代與宗教背景的因素，卻使這些「文藝雜俎」具有一些指標性的意義。

　　首先，就文體而言，此時期正處於新舊交接的時代，這些作品表現出很多交錯的現象。他們其中多有古典文學的基礎與根基，但是又受到新文學的衝擊，所以在文體上文白交雜使用，在用字上既愛用典寓意，但又時而平舖直敘，可以說是五四以後文人寫作的共通現象。第二，在表達觀念上，也是看到中國文學與西方文學的交錯。中國文學的涵意與聖經的典故，可以穿插在他們的寫作之中。第三，也是教會刊物所有特有的，就是將對中國的思緒與對基督教的忠誠交錯在一起，愛國與愛教是同樣的重要，甚至希望可以融合成一個共同的目標。

　　其次，就中國教會史的角度來看，此時也剛剛進入一個新的時期。中國基督徒剛開始有人在學術、社會地位，以及經濟能力上得到良好的基礎。他們企望有一個發聲的場所，能不受干擾的表達自己對於國家與教會的關切，進而產生衝擊與貢獻。《真理週刊》就是一個這樣的產物。這些基督徒知識份子自己出錢出力，暢所欲言，抒發感情，交織出當時年輕一代中國基督教知識份子的心聲。

　　文人論政往往忘不了自己的文學才情，但是在展現自己的藝文著述時，卻又掩不住自己關心國事，關切教會的心理。《真理週刊》就是在這種情況下出現，以時論為主、藝文為輔的基督徒論壇。而

在其中的文藝作品，夾雜著強大的國家情懷，寫作時會直接間接的將思潮投射到國事與宗教。但是這絕不是將文藝用來為國家或宗教服務，而應該說是基督徒知識份子念茲在茲的關心他們國家與宗教，自然而然化育出來的結晶。縱使他們的文學手腕並不高明，文學技巧亦非純熟，但卻是真實的愛國情懷，這也是當時基督教文學的特色，謂之為國家主義下的繆思，當可以清楚的反映《真理週刊》這批作者的寫作思維。

　　進一步來說，他們的信仰也使得他們的作品呈現出一種交錯的情況，他們用中國的言語來表達國外所傳入基督教的思想，嘗試著用文學或文藝的方法來闡述、謳歌與傳達他們的宗教感情與張揚宗教情操。或許今天從文學的寫作，或是從基督教的教義來看，他們的作品顯得很不成熟，但是他們的確反映了那一代基督徒文人的嘗試和努力，也是一種時代的見證，而對於他們作品的分析討論，也讓我們注意到一段發展中的基督教文學。

　　從中國「副刊文學」的發展上，也可以印證「繆思」在《真理週刊》中所扮演的角色，其實是與大時代的發展息息相關。中國的報紙有「副刊」二字正式見諸報端，始自 1921 年創刊的《北京晨報副刊》，由主持編務的孫伏園提出。從此副刊才逐漸發展開來，副刊的內容不再是一些「滿紙街談巷議，隱私祕聞，兼載詩詞、小品、樂府、傳奇之類帶有消閒性作品」，反而是強調有思想與內容的文藝作品。[57] 這樣大的編輯變革，顯然影響到《真理週刊》的編輯們，使得文藝作品在《真理週刊》中的角色，也開始朝「有思想與內容的文藝作品」方向走。但由於吳雷川、吳耀宗等人，畢竟不

---

[57] 關於中國副刊之發展，請參見：李宜涯，〈從副刊發展看副刊文學的演變〉，宋如珊、劉秀美編，《海峽兩岸華文文學學術研討會論文集》（桃園：中國現代文學學會，2004 年），頁 31-55。

是文學家，所以在質的方面不如一般報紙的副刊，但在形式、風格
與內容方面，幾乎與當時的報紙副刊相同。兩者之間，均有「文以
載道」的理想與方向，只是在實質表現上，《真理週刊》中的文藝
作品宗教性、時論性較強，但是功用絕不只是「補白」而已。

　　最後，就利用文藝作品針砭教會的角度來看，這還是草創時
期，但是能夠運用「諷刺」與「反諷」的寫作手法，已經是基督教
文學的一大創舉，相信這也是《真理週刊》何以要中國基督徒獨立
自辦的原因之一。但這畢竟是初創與嘗試時期，「諷刺」與「反諷」
的文藝作品極少。不過也極可能是他們大膽的開風氣之先，使得後
來的教會刊物中有越來越多這類的寫作出現，成為1920年代基督
教文學的特色之一。

第三章　宗教國家主義
——再論國家主義光譜下的《真理週刊》

一、前言

如前所述,《真理週刊》是一群基督教知識分子在五四運動後所創辦的刊物。其在教會史上的重大意義,一方面是創辦者均為教會界的著名人物,另一方面則是這些人物本著關心國事的立場來寫作。在當時大多數的教會刊物,均有著教派背景,同時又多為外人、外力所參與的情況下,一份完全由中國基督徒知識分子獨立創辦的週刊,就顯得特別突兀。前章已經對《真理週刊》的文體、編輯特色、政教關係,

▲內容充滿宗教國家主義的《真理週刊》

以及對教會針砭的特性,加以論述。然而,還值得注意的是,在當時強大的國家主義浪潮下,知識分子鮮有不受衝擊與反省的。那麼,這一份與時代互動有密切關係的週刊,是如何來反映基督徒知識分子的立場呢?故本章將從國家主義的視角下,進一步的來檢視與討論這份刊物。

二、清末以來國家主義的肇興與影響

　　中國的國家主義肇始於19世紀末20世紀初，所以產生有它的歷史背景。晚清列強侵略中國，中國被強制性地納進現代民族國家的行列。甲午戰爭後，人民對清政府失去信心，然而又必須於列強環伺的國際社會裏，尋求生存的空間。國家主義就經由梁啟超等人介紹下，進入中國。由於時代背景的因素，能積極在國人的著作中萌芽發展，此即為中國國家主義的開端。然早期對於國家主義的討論與寫作，只限於一些與西方接觸過的知識分子，還未成為普遍的現象。

　　及至民國成立，國家主義慢慢形塑成為中國人追求和運動的方向。除了列強之因素外，尚有其他多元產生的原因。根據陳啟天《國家主義運動史》的界說，1923年流行國家主義乃迫於當時中國的需求，其原因有四個；一、從1919年到1923年，新文化運動的結果，將舊思想、舊制度與禮教打碎，使思想陷入無政府狀態，然而，立國不能沒有一種中心思想，用來團結人民。因此，須提倡適合國情的國家主義；二、當時軍閥混戰，使國人認為再不出來管政治，政治就要來管人民，中國人要有國家觀念；三、歐戰結束後，國際形勢使中國受辱，要想改造中國，必須將一個不獨立、不統一的國家，化作獨立、統一的國家。非得實行國家主義，方能成功；四、五四運動後，共產主義輸入中國，要在國內掀起亂子，不得不提倡國家主義，反對共產黨[1]。

　　國家主義的興起，亦影響到清末民初文學的發展。當時主張國家主義者如梁啟超提倡「新民說」；1923年12月2日，曾琦、李璜、左舜生於巴黎秘密成立國家主義性質的組織「中國青年黨」；

---

[1]　陳啟天，《國家主義運動史》（上海：中國書局，1929年），頁83-88。

1924 年 10 月 10 日，又在上海創辦《醒獅週報》，宣揚國家主義；另外，張君勱、張東蓀的國家社會主義派，以及林同濟、雷海宗、陳銓為核心之戰國策派，全面公開宣揚「國家至上」的思想。其中，梁啟超與聞一多等人的國家主義活動，則與中國現代文學產生密切關係。梁啟超以為有國民後，方有國家。民族國家未來命運取決於野蠻部民能否轉變成現代的國家，這一過程就是「新民」成立[2]，梁啟超深信報刊為國家有機體內的血液，能通過辦報紙，來培養國民的國家思想。例如，《新民叢報》中，即出版〈新小說〉，以小說為中心，在國家主義訴求下，把詩歌、散文、戲劇各文類等「文學」，結合民族國家，生發出「中國文學」的觀念[3]。

　　國家主義的討論，亦在國外的知識份子中造成風潮。大約 1924 年至 1932 年之間，聞一多等留美學生便集合於芝加哥，鼓吹國家主義革命為基礎，成立「大江會」，引領政治與文學的思潮，探討文化與國家主義的關係[4]。「大江會」的國家主義定義為：「中國人民謀中華政治的自由發展，中華經濟的自由抉擇，及中華文化的自由演進。」[5]希望通過文化宣揚國家主義，他們劇作《荊軻》、《西施》等，常顯現出鮮明的國家主義色彩，從中挖掘出忠於國家的精神，透過戲裡角色，用直白方式，直述國家至上的想法。此外，詩作裏，也慣用長城、黃河、泰山等充滿國家想像符號，為國民心理

---

[2]　王向陽，〈淺論「新民說」中的國家主義思想〉，《華東師範大學學報》，第 35 卷，第 1 期，2003 年，頁 57-63。另可參考：施華，〈梁啟超國家主義思想析論〉，《南京政治學院學報》，第 118 期，2004 年，頁 67-70。王向陽，〈梁啟超政治小說的國家主義訴求〉，《文學研究》，第 12 期，2006 年，頁 86-91。

[3]　王向陽，〈國家主義與中國現代文學觀念的確立〉，《懷化學院學報》，第 26 卷，第 4 期，2007 年，頁 53。

[4]　潘皓，〈聞一多「文化的國家主義」再讀解〉，《江西社會科學》，第 3 期，2002 年，頁 390。

[5]　聞黎明，《聞一多年譜長編》（武漢：湖北人民出版社，1994 年），頁 276。

認同，提供象徵對象，形成共同凝聚力。國家主義和中國現代文學結合，實變成一股獨立的文化潮流[6]。

三、《真理週刊》對國家主義的關注

在這種國內外知識份子都轟轟烈烈討論國家主義的情勢下，於1923年由基督教知識份子所創辦的《真理週刊》，也不能自外於時代的大環境。週刊中的許多文章，不但是經常的直接使用到「國家主義」這個字眼，更是無期不有的議論國家與社會的大事，可以說是充分展現自古以來知識份子關切國事的情懷，只是他們多了基督教的認識與立場。

《真理週刊》在創刊時，就可以發現國家主義的思想深深的主導著週刊的發行。其中無論是議論文章，或是文藝作品，都不斷的在體現這種思維，成為該週刊最顯著的現象。事實上，《真理週刊》自發刊開始，就一直非常關切國家狀況。〈真理週刊發刊辭〉即說：「中國政局、社會的道德腐敗已達到極點，我們做基督徒的既受了建設天國的使命，抱改造社會的宏願，對於這樣的時局，應當時時與以警告，喚醒那迷夢沉沉，忠厚老實的同胞，振起他們的精神，一同來建設我們理想中的國家。」[7]〈如是我聞〉說：「『醒獅』是幾位信仰國家主義者所經營的週刊，他們的標語是：『內除國賊，外抗強權。』他們信仰的單純與向前的努力，確是令人欽敬！」[8]在《真理週刊》，〈再質國家主義者〉一文裏，亦有討論民初國家主義產生

---

[6] 王向陽，〈國家主義與中國現代文學觀念的確立〉，頁54。

[7] 編輯部，〈真理週刊發刊辭〉，《真理週刊》，第1卷，第1期（1923年4月1日），第1版。

[8] 方止，〈如是我聞〉，〈真理週刊發刊辭〉，《真理週刊》，第3卷，第21期（1925年8月23日），第4版。

的因素。其說：「中國近數十年來，事事仰外人鼻息，國民生活悉顯變態。今幸一般有識之士提倡國家主義的運動，主張打倒帝國主義，廢除不平等條約，以期我國在國際間，達到真正獨立、自決的地位，是種運動之富有可能性，因不得言凡有血氣者都應積極贊助。」[9]

《真理週刊》既是基督徒知識份子所創立，故他們在論述國事，關心社會之際，自然不會忘記自己宗教信仰的立場與使命。1923 年 4 月 1 日，週刊創立，受到當時濃厚國家主義的影響下，除了倡言為建設理想中國而努力外，亦一直關心教會的時代任務。他們認為基督教徒既領受建設天國的使命，同樣要改造社會，造就出理想的國家，就如同天國一般。因此，《真理週刊》中〈信仰與政治〉一文便說：「基督的福音是社會的福音，基督的天國是人世的天國。」[10]〈愈下山〉說：「人人想上天堂，誰在葡萄園裏做那神聖的工作。」[11]設若一位信徒願天國降臨，可是完全不管社會、國家事務，那禱告內容如何實現？中國信徒願人世成天國，願意中國得救，才有「中華歸主運動」，方有天國的到來。[12]

值得注意的是，《真理週刊》並不是一份盲目的護教愛國的刊物。他們以知識份子的立場有為有守，一方面能據實檢討列強侵華的事實，但是另一方面也澄清這與基督教教義無關。例如有一位作者朱延生，在他的文章〈向「非基督教運動」諸君頂一句嘴〉即直言：「對排斥帝國主義的外人，我信自己沒吃過什麼『迷魂藥』，不

---

[9]　徐寶謙，〈再質國家主義者〉，《真理週刊》，第 3 卷，第 24 期（1925 年 9 月 13 日），第 1 版。

[10]　寶廣林，〈信仰與政治〉，《真理週刊》，第 1 卷，第 2 期（1923 年 6 月 17 日），第 1 版。

[11]　蔡錫山，〈愈下山〉，《真理週刊》，第 3 卷，第 27 期（1925 年 10 月 4 日），第 2 版。

[12]　「中華歸主運動」是在 1920 年左右，基督教界的中國籍人士自立發起的宣教運動，顯示中國基督徒對宣教的認識和使命感。

甘作洋奴，賣國媚外，什麼英、美、法、日帝國主義者，對中國武力的壓迫，經濟的侵略，是不能隱飾的，也是有心肝的中國國民所痛心的事。」[13]

　　他們甚至對於傳教士偏護自己本國的行徑也直接的批判。例如在 1925 年發生的「五卅慘案」時，國內多指謫外強為帝國主義，簽訂不平等條約，侵害中國主權。這種評論波及倚靠不平等條約中「護教條款」的基督教會與教會機構。在教會中也有批評不平等條約的聲音，呼籲廢約與要求傳教士的支持。例如在《真理週刊》就有包德培所寫的〈傳教為什麼要列入條約〉一文。[14]也有中國基督徒看到若干傳教士不在「五卅慘案」時表態，一起來譴責英警官在學生遊行時下令開槍，致造成嚴重死傷。所以在《真理週刊》則有作者憤憤不平的以〈傳教士對於滬案之靜默談〉一文，來對此現象加以批評。[15]更有作者以諷刺的語氣來指斥教會中那些不肯表態者所造成的負面影響。例如，〈我懷疑了〉一詩說：「在昔時；我確信凡是帶著『洋』字色彩的，都是至好無比，但如今我懷疑了……在昔時；我確信凡是西人來華傳教，都是出於犧牲、博愛的心，幫助中國謀求幸福，但如今我懷疑了！在昔時；我確信凡是基督徒都是救國、救世的中堅份子，但如今我懷疑了！」[16]作者的言外之意就是說，傳教士並沒有抱著犧牲、博愛的心來華，也不是在幫助中國謀求幸福，而這樣更造成中國的基督徒沒有辦法成為救國、救世的中堅份子。

---

[13] 朱延生，〈向「非基督教運動」諸君頂一句嘴〉，《真理週刊》，第 3 卷，第 4 期（1925 年 4 月 26 日），第 3 版。

[14] 包德培，〈傳教為什麼要列入條約〉，《真理週刊》，第 3 卷，第 12 期（1925 年 6 月 21 日），第 2-3 版。

[15] 志忠，〈傳教士對於滬案之靜默談〉，《真理週刊》，第 3 卷，第 13 期（1925 年 6 月 28 日），第 3 版。

[16] 覺華，〈我懷疑了〉，《真理週刊》，第 3 卷，第 16 期（1925 年 7 月 19 日），第 3 版。

　　但是《真理週刊》也並不是只一味的強調反抗帝國主義。固然一些來華的西方傳教士被認為是帝國主義協助者，有礙基督教於中國傳播，但是他們並不代表著基督教。在 1922 年開始的三波非基督教運動中，《真理週刊》也會出面為基督教辯護，指出侵華的帝國主義實際出自於狹義的國家主義，而這也是在中國提倡國家主義時應注意的地方。[17]像是《真理週刊》中，〈兩封有研究價值的信〉說：「真正支配歐、美政治活動的不是基督教，乃是一種狹義的國家主義。狹義的國家主義，其結果必流於帝國主義與資本主義，此是歷史上的事實，今日國內一般智識界，極力倡國家主義，反抗外國侵略，因然是一種極好現象；然而稍一不慎，恐蹈外國覆轍。」[18]

四、國家主義光譜下的《真理週刊》

　　清末民初，出現許多討論國家主義的文章。但是國家主義這個概念，在討論的人士中未見得有相同的定義。孫中山把國家主義和民族主義劃上等號，稱為國族主義。用意乃想幫中國站起來，建立一個新的主權國家，以對抗西方侵略，故這樣人民集合體是欲建立國家，共同意志想建造一個國家的民族，稱為國族[19]。另醒獅派之曾琦亦給國家主義下一個定義：主張國家主義就是在一定領土之內，國民團結一致，求本國之進步，外禦異族之侵凌。更言國家主義乃為被壓迫國家之政治要求，其反國際主義[20]。而李璜〈釋國家

---

[17] 關於「反基督教運動」之內容與研究，請見本書第二章註八。
[18] 徐寶謙，〈兩封有研究價值的信〉，《真理週刊》，第 3 卷，第 28 期（1925年 10 月 11 日），第 2 版。
[19] 周陽山，《中山思想新詮：總論與民族主義》（台北：三民書局，1990 年），頁 13。
[20] 曾琦等著，《國家主義論文集》，收入《少年中國學會叢書》，第 2 集（上海：

主義〉則說明：國家主義意指有一定的人民，保有一定土地和主權，而此人民本著自愛的心情和生活條件，維護土地不容他人侵奪；主權不容干犯。經前人艱難締造，後人須世世保守，產生一種特殊文化貽留，以及感情的回顧。綜合上述定義，發覺他們對國家主義的內涵包括國民、土地、主權，最重要的是民族感情，而這感情則表現在愛國家，不受外人侵凌的愛國心上[21]。

　　事實上，國外學者已經指出，對於「國家主義」一詞的使用有某種程度的混雜性與模糊性，其可以指涉為某種被製造出來的語言認同；或屬於一種讓人團結的意識型態，它們根源可追溯至工業化前；或被當成工業化過程上，社會演化和賴以組織的原理。然鑑於各國的時空背景不一樣，提出來的義涵就會不同[22]。國內學者周陽

中華書局，1929 年），頁 148。

[21] 曾琦等著，《國家主義論文集》，頁 56。

[22] Ernst B. Hass, "What is Nationalism and Why should We Study it?," *International Organization*, vol. 40, no. 3（summer, 1996），pp. 707-709. 周陽山，〈國家主義淺釋〉一文有詳細討論國家主義的定義，其：「國家主義的定義，《辭海》說；『國家主義是政治上的一種主張，反對狹義的個人主義與廣義的世界主義，以國家統一，國權集中，安內攘外為目的。』《辭源》說：『其主旨在以保持國家生存為前提，對外抵抗強權，謀國家之獨立與自由；對內改造政治，謀國家之統一及民族之發展。』根據法國《百科辭典》，國家主義的定義為：『對於所隸屬的國家，所有的一切有一種明確的依戀心。』……再根據法國《拉魯斯大字典》的解釋：『國家主義是被壓迫的國性之政治的要求。』為被壓迫的國家便是那個國家的時代背景，它的政治要求便是解除國家所受的壓迫，以爭取國家的自由與獨立，或者剷除叛亂及地方割據勢力，完成國家的統一，怎樣爭取國家獨立和完成國家統一呢？只有以犧牲性代價，去反抗壓迫者，或摧毀統一國家的障礙，這就是國家主義者『內除國賊，外抗強權』的精神。」國家主義具備歷史性與民族性兩大條件：從歷史性言之，是由文化的演進，地理配合，經過悠久的時間與空間而形成政治性的國家意識；從民族言之，是由語言、文字、風俗習慣、社會環境、生活方式，經過長期薰陶，形成民族性與國家觀念，國家離不開民族，民族更離不開國家，國家是具有土地、人民、主權、組織之「有機群體」。周陽山，〈國家主義淺釋〉，《新中國評論》，第 25 卷，

山則在歸納過去各種說法後，認為「國家主義具備歷史性與民族性
兩大條件：從歷史性言之，是由文化的演進，地理配合，經過悠久
的時間與空間而形成政治性的國家意識；從民族言之，是由語言、
文字、風俗習慣、社會環境、生活方式，經過長期薰陶，形成民族
性與國家觀念，國家離不開民族，民族更離不開國家，國家是具有
土地、人民、主權、組織之『有機群體』。」[23]

第 6 期，1963 年，頁 13-14。高翠蓮，〈國家主義理論與中華民族自覺〉，《煙
台大學學報》，第 19 卷，第 4 期，2006 年，頁 442-447。吳小龍，〈國家主
義理論評析〉，《中國政治青年學院學報》，第 3 期，2004 年，頁 38-44。閻
建寧，〈試評國家主義派的政治主張〉，《石家庄經濟學院學報》，第 29 卷，
第 2 期，2006 年，頁 261-264。彭平一，〈論國家主義理論對梁啟超新民思
想影響〉，《湖南城市學院學報》，第 24 卷，第 4 期，2003 年，頁 82-86。
夏世忠，〈國家主派的民族主義思想評析〉，《馬克斯主義與現實》，第 3 期，
2007 年，頁 180-182。朱其永，〈醒獅派國家主義再評析〉，《青海師範大學
學報》，第 5 期，2009 年，頁 66-71。田萬燕，〈國家主義派的國家觀〉，《學
術交流》，第 6 期，2004 年，頁 1-5。郭洪紀，〈國家主義來源及早期型態〉，
《齊期哈爾師範學院學報》，第 5 期，1996 年，頁 1-7。史娜，〈從國家主
義到以人為本〉，《前沿》，第 256 期，2010 年，頁 21-23。吳紅宇，〈世界
主義與國家主義〉，《廣州市財貿管理幹部學院學報》，第 57 期，2001 年，
頁 2-5。郭洪紀，〈儒家民本學說的內在理路與國家主義型態〉，《甘肅社會
科學》，第 5 期，1996 年，頁 17-20。鄭正忠，〈國家主義與民族主義之異
同〉，《民主潮》，第 32 卷，第 10 期，1950 年，頁 5-9。白義華，〈國家主
義與民族主義〉，《民主潮》，第 34 卷，第 2 期，1950 年，頁 3-7。蘇嘉宏，
〈民族主義與國家主義的區別〉，《中山社會科學譯粹》，第 3 卷，第 1 期，
1988 年，頁 114-117。高永光，〈新國家主義研究興起的探討〉，《國魂》，
第 546 期，1991 年，頁 78-79。周慧玲，〈國劇、國家主義與文化政策〉，《當
代》，第 107 期，1995 年，頁 50-67。沈雲龍編，《國家主義論文集》（台北：
中國青年黨中央黨部，1983 年）。帕米爾書店編輯部，《國家主義》（台北：
帕米爾書店，1977 年）。Dudley Seers, *The Political Economy of Nationalism*
（New York: Oxford University Press, 1983）. Anthony D. Soneth, *Nationalism
in the Twentieth Century*（New York: New York University Press, 1979）.

[23] 周陽山，〈國家主義淺釋〉一文有詳細討論國家主義的定義，其：「國家主義
的定義，《辭海》說；『國家主義是政治上的一種主張，反對狹義的個人主義
與廣義的世界主義，以國家統一，國權集中，安內攘外為目的。』《辭源》
說：『其主旨在以保持國家生存為前提，對外抵抗強權，謀國家之獨立與自

　　近代學者 David Miller 在其有關國家主義的專著 *On Nationality*
中，指出了五點近代國家主義的意義，分別為：

（一）國家擁有明確的地域及人民，接受一個政府統治；

（二）政府控制機器包括公務人員及軍隊等；

（三）該國之主權受到國際認可，也就是擁有國家主義；

（四）國家之內的人民培養出一種具國家特性的社群感情；

（五）人民組成的社群願意共同分享權利和感情[24]

　　據 *On Nationality* 的說明，國家主義即是要包涵土地、國民、
政府、主權和能彼此分享的國家特性、感情。這五個面向即可以做
為檢視的標準，來查考《真理週刊》國家主義的性質。

由；對內改造政治，謀國家之統一及民族之發展。』根據法國《百科辭典》，
國家主義的定義為：『對於所隸屬的國家，所有的一切有一種明確的依戀
心。』……再根據法國《拉魯斯大字典》的解釋：『國家主義是被壓迫的國
性之政治的要求。』為被壓迫的國家便是那個國家的時代背景，它的政治要
求便是解除國家所受的壓迫，以爭取國家的自由與獨立，或者剷除叛亂及地
方割據勢力，完成國家的統一，怎樣爭取國家獨立和完成國家統一呢？只有
以犧牲作代價，去反抗壓迫者，或摧毀統一國家的障礙，這就是國家主義者
『內除國賊，外抗強權』的精神。」周陽山，〈國家主義淺釋〉，頁 13-14。
其它相關的研究，見高翠蓮，〈國家主義理論與中華民族自覺〉，頁 442-447。
吳小龍，〈國家主義理論評析〉，頁 38-44。閻建華，〈試評國家主義派的政治
主張〉，頁 261-264。彭平一，〈論國家主義理論對梁啟超新民思想影響〉，頁
82-86。夏世忠，〈國家主派的民族主義思想評析〉，頁 180-182。朱其永，〈醒
獅洐國家主義再評析〉，頁 66-71。田蒿燕，〈國家主義派的國家觀〉。郭洪紀，
〈國家主義來源及早期型態〉，頁 1-7。史娜，〈從國家主義到以人為本〉。吳
紅宇，〈世界主義與國家主義〉，頁 2-5。郭洪紀，〈儒家民本學說的內在理路
與國家主義型態〉，頁 17-20。鄭正忠，〈國家主義與民族主義之異同〉，頁
5-9。白義華，〈國家主義與民族主義〉，頁 3-7。蘇嘉宏，〈民族主義與國家
主義的區別〉，頁 114-117。高永光，〈新國家主義研究興起的探討〉，頁 78-79。
周慧玲，〈國劇、國家主義與文化政策〉，頁 50-67。沈雲龍編，《國家主義論
文集》。帕米爾書店編輯部，《國家主義》。Dudley Seers, *The Political Economy
of Nationalism*. Anthony D. Soneth, *Nationalism in the Twentieth Century*.
[24]　David Miller, On Nationality（Oxford: Blackwell, 1995），pp. 19-21.

（一）國民

　　國民是現代國家的主體，亦是國家最基本的組成分子。《真理週刊》出現多篇文章，特別指出國民對國家發展特別重要。〈六月來所見的美國教會〉一文說：「我們應當盡力教導國民，有國家的覺悟……將各國在中國的暴力驅除，使中國國力能與各國相抗。」[25] 〈奴性〉說：「這班人奴隸成性，固不足怪，可怪的是全國人民對於這班為國家丟盡了臉的官僚，未曾道過個『不』字，真是可嘆！」[26] 〈國民那裏去〉：「軍閥、官吏、議員等種種違法喪德的行為，沒有人去禁止他們，驅除他們，中華民國的民國到那裏去？要立民國，必定要有國民，中國的國民在那裏？」[27] 顯示國民在國家興盛中，應扮演重要的角色。

　　週刊宣示無論男、女，凡為公民，皆應站出來共謀國是。〈我們今後對於國事應有的覺悟〉一文裏，先敘述中國困境，指出中國國運真不幸，政治上稍稍露點曙光，就遇到一個大野心家袁世凱，因為要達成他的皇帝夢，不但使中國坐失建設的機會，並且為我們留下一種後患無窮的遺孽──軍閥，一切事業均為武人所佔據，而所有的禍患又無不為軍閥之所賜，中國的前途真是不堪設想。因此，在他們研究中國的問題時，深覺得中國今日極需一個強有力的國民團體，監督政府、執行國民的要求和願望。以為現在救急的辦法：就是所謂知識界速有一個大組織，對於國事表示積極的主張，督促政府，提高大多數國民程度，使全國國民都有干涉政治的知識

[25] 胡學誠，〈六月來所見的美國教會〉，《真理週刊》，第 2 卷，第 52 期（1925 年 3 月 29 日），第 7 版。

[26] 胡學誠，〈奴性〉，《真理週刊》，第 1 卷，第 10 期（1923 年 6 月 3 日），第 4 版。

[27] 胡學誠，〈國民那裏去〉，《真理週刊》，第 1 卷，第 17 期（1923 年 7 月 22 日），第 4 版。

和能力[28]。此外，週刊談國民義務和權力時，同時注意到女性的權力，〈論教會應重視女權〉中說：男、女平權，於經濟團體、政治運動之內，女性都應扮演重要的地位，聽到女子的聲音，婦女問題公然在社會中佔一個很重要的位置，代表世界文明史上一大進步，女性可把自己能力貢獻給社會國家[29]。週刊盡力把國民內涵與應負責任，擴及到各階層。

（二）國家意識與愛國心

1925年6月之〈時事述評〉就說明：中國人多年受外人的壓迫，幾乎習慣不察，但「五卅慘案」發生後，國民覺醒，一致反抗，可算是民國以來，第一次的國民大運動，屬於民氣興奮良好的現象，國民能否覺醒？保有愛國熱情？絕對影響到國家的獨立與運作。換句話說，即為主張國民必須投身社會服務，如果身為一位基督徒，希冀天國來臨，也必須要把現在世界轉變成如天國一樣的美好[30]。因此，〈天國福音──國民的職務〉就宣示：（一）國民是保存的鹽，藉著人的品格、抱負、奮鬥，保存社會不致朽壞；（二）國民又是調和的鹽，他非要離開世界，乃需要投身社會，調出和諧的滋味；（三）國民是顯露的鹽，須將這墨暗多罪的世界顯露出來，使人曉得某種罪孽；（四）國民是啟智的鹽，能開啟這無知的社會，使他們明白瞭解何為至善[31]。能做到以上的責任，便會如〈信教與

---

[28] 胡學誠，〈我們今後對于國事應有的覺悟〉，《真理週刊》，第1卷，第46期（1924年2月10日），第1版。

[29] 陳協東，〈論教會應重視女權〉，《真理週刊》，第3卷，第25期（1925年9月20日），第2版。

[30] 吳震春，〈時事述評〉，《真理週刊》，第3卷，第11期（1925年6月14日），第1版。

[31] 李榮芳，〈天國福音──國民的職務〉，《真理週刊》，第3卷，第13期（1925年6月28日），第3版。此處值得注意的是，聖經中特別提到基督徒應是

愛國〉一文所表示，可成為忠勇、衛國的義士[32]，畢竟愛國正是國民唯一的天職。

《真理週刊》對五四運動抱持著肯定態度。週刊中〈五四紀念愛國歌〉即在歌頌五四運動，說：「五四五四！愛國的血和淚，灑遍亞東大陸地。雄雞一鳴，天下白。同聲擊賊，賊膽悸。愛國俱同心，壯哉此日！壯哉五四！」「五四五四！真理的血和淚，灑遍亞東大陸地。掃蕩千古群魔毒，文化革新應運起。光大我國史，壯哉此日！壯哉五四！」[33]週刊承繼五四運

▲內文充滿國家主義的《真理週刊》

動的進化思想，把他以為可提昇國情的政黨政治、民主主義等政治思想，介紹到中國，宣稱如此，國家才可進化。更配合國家主義的實行，培養國人愛國心，內則能除去軍閥；外又能打倒帝國主義，這樣中國方能進步。週刊的思想與五四運動主張如出一轍，全引進國外學說。

雖然基督教是超越國界的信仰，但是當時《真理週刊》的作者是注意到國家和民族的特別性，例如〈基督教與民族的生命〉一文中提到：各民族都具其歷史、風俗、文明、語言、文字及人民特性，各應有獨立的存在。民族的生命實為全國人民生命所寄託，而且為全球人類總生命之基本分子。無論一般盛倡大同主義，主張打破國

世上的鹽，也就是表示基督徒平日行事為人應該讓人感受到與平常人不同，是能夠產生正面影響的。

[32] 吳震春，〈信教與愛國〉，《真理週刊》，第 3 卷，第 18 期（1925 年 8 月 2 日），第 1 版。

[33] 趙國鈞，〈五四紀念愛國歌〉，《真理週刊》，第 2 卷，第 6 期（1924 年 5 月 4 日），第 3 版。

家觀念及民族界限，怎樣鼓吹和怎樣努力，恐怕民族的生命終有獨立存在的地位。[34]

（三）國權

　　前文已經討論過，《真理週刊》非常注意列強侵華的事實。對於外人在「非基督教運動」中懷疑基督徒的國家立場，有作者立即回應道：「我信自己沒吃過什麼『迷魂藥』，不甘作洋奴，賣國媚外，什麼英、美、法、日帝國主義者，對中國武力的壓迫，經濟的侵略，是不能隱飾的，也是有心肝的中國國民所痛心的事。」[35]《真理週刊》的作者一方面批判帝國主義，另一方面也指責外強過去在華簽訂不平等條約，與對中國主權的種種侵害。[36]

　　但是《真理週刊》並不是只一味的強調反抗帝國主義，也有反省的一面。在週刊成立的第一年，即在〈國內大事紀〉中提出有關中外關係的意見，要求政府注意外債，不可到期債款無法償還，大失國際信用。而在爭取國權上，呼籲國內各團體集會，聯合作示威運動，一致願作政府後盾。[37]另外有〈再質國家主義者〉的文章，說明提倡國家主義的運動，乃為主張打倒帝國主義，廢除不平等條約，以期我國在國際間達到真正獨立自決的地位。故週刊認識到，雖然中國的衰弱是事實，但是中國正應極力謀求自立，不受他國挾制。[38]

---

[34] 簡又文，〈基督教與民族的生命〉，《真理週刊》，第 3 卷，第 21 期（1925 年 8 月 23 日），第 2 版。

[35] 朱延生，〈向「非基督教運動」諸君頂一句嘴〉。

[36] 包德培，〈傳教為什麼要列入條約〉。

[37] 誠，〈國內大事紀〉，《真理週刊》，第 1 卷，第 1 期（1923 年 4 月 1 日），第 1 版。

[38] 徐寶謙，〈再質國家主義者〉。

（四）政府與政治

　　除了國民角色外，當時中國的經濟狀況既貧而不均，所以政府的所作所為顯得非常重要，週刊同樣提出意見。中國不進步，正因退化了。〈村居雜感〉中舉出保存「國粹」的例子，說明不進步的原因。以國人在田中工作，使用的「耒」「耜」依然是《齊民要術》以前的耒、耜，或稱神農氏發明，或託黃帝發明，全非近代發明農器，美其名作保存國粹，恆久則使中國人的下意識退化，中國便處在絕望狀態況[39]。然中國之所以會變得落後、退化，正因中央政府以至各省、縣長官只知道圖謀自己的地位，幾乎沒有一個人留心民事，導致人民困苦日日增加，無可告訴。〈一九二五年的新覺悟〉同樣提出其看法，覺得軍閥、政客是中國紊亂不進步的主因，認為：「今日直軍，明日國民軍；昨日援浙，今日討孫……武力的無能，名位的無用，亦從未有今日中國政變舞台上，表演的傳神有趣了。」[40]〈這樣的國會還要得麼〉說：「現在這班議員不但不能替我們監督政府，解決國是，反到終日向政府、軍閥乞憐，並且為虎作倀，造成了許多罪惡。」[41]〈自命清高〉：「政局糟極了！大好山河都叫這班官僚、軍閥斷送了。」[42]軍閥與政客等「洪水猛獸」過多，使得國家充滿「死人的屍骨」，言明國家處於瀕死的絕望狀態。

---

[39] 昉，〈村居雜感〉，《真理週刊》，第 3 卷，第 9 期（1925 年 5 月 31 日），第 2 版。

[40] 竇廣林，〈一九二五年的新覺悟〉，《真理週刊》，第 2 卷，第 41 期（1925 年 1 月 4 日），第 1 版。

[41] 胡學誠，〈這樣的國會還要得麼〉，《真理週刊》，第 1 卷，第 4 期（1923 年 4 月 22 日），第 4 版。

[42] 胡學誠，〈自命清高〉，《真理週刊》，第 1 卷，第 19 期（1923 年 8 月 5 日），第 4 版。

　　至於如何讓政治清明？政府發揮功能來拯救國家？週刊一樣給予建議。國家處於多事之秋，政府必須整體加以檢討，以圖增加效能。如民國1923年〈國內大事紀〉一文，便提出全面的改革意見：1、內閣：不可破壞統一的招牌，盡力除去在軍閥武人的勢下，苟延殘喘局面；2、統一；不能成為武人、政客號召的工具，要究及實際，不讓國家分裂；3、財政：外債以關稅和鹽稅作抵押外，到期債款均無法償還，大失國際信用，加上托欠教育費用、各處軍餉，財政恐破產。須詳細計畫，勿使這種情況發生；4、學潮：五四運動以後，學生請願、示威求一致對付時局的方法，政府不應聯合外國，用武力打壓學生運動；5、外交：國內各團體集會，聯合作示威運動，一致願作政府後盾，政府不可麻木不仁；6、國會：快點將憲法制定，讓解決國是能有依據[43]。《真理週刊》實際上是對當時軍閥把持的政府，提出知識分子的建言。

　　為了使政治各方面更加上軌道，週刊主張中國需要有政黨存在。要如何行政黨政治呢？如〈結死黨〉一文說：「你若打算救中國，無論你從那一方面入手，改造社會也好，改造教會也好，改良政治也好，你若是單獨去進行，必定失敗，你必定灰心……個人救國簡直是個夢想，惟有團體救國，才是個可能。」[44]團體如何救國呢？即需要組政黨，而且屬於符合以下條件的政黨：（一）具備良心上有一種主張想去實行，就要去做，非把他實行，良心才不會不平安之精神；（二）只看是非，不管同異，若真是對的，就不惜屈己從人。因為「黨」非要尊大自己，壓倒他人，卻要變成服侍他人，最有用的工具；（三）所謂「黨」因然要重「事」，但更要重「人」，

---

[43]　誠，〈國內大事紀〉。

[44]　吳耀宗，〈結死黨〉，《真理週刊》，第1卷，第26期（1923年9月23日），第1版。寶廣林，〈基督徒政黨〉，《真理週刊》，第1卷，第13期（1923年6月24日），第1版。

使團體中每一個人全能夠發展他的人格，達到完美的地步，為黨犧牲；（四）所謂「黨」乃永遠謙卑的，與真理源泉、靈性養育等，全能合而為一[45]。依上述條件組成的政黨，週刊稱為「結死黨」。中國政治上最缺乏便是具備這四項條件，具做事能力的政黨，如果成立，為國家衝鋒陷陣拚命作事，中國才有盼望。

除了行政黨政治之外，週刊亦有支持孫中山之「民權主義」的文章刊出。宣稱民族主義非傳揚個人無限制的自由，乃恢復人民在政治上平等的地位。孫中山所謂政治地位平等實指人民行使政權，並非講人人擔任執行政務的能力全屬平等的。所以孫中山將政治分成：選舉權等政權，歸人民掌管，以及行政權等治權，歸政府執掌[46]。週刊覺得孫中山作為基督徒，信奉上帝，他的見解具一定的參考價值。

從以上的討論中可以看出，《真理週刊》所議論的內容，相當符合現代的國家主義的各項主要因素。雖然在各篇文章中沒有清楚的對土地或國家領土的觀念加以強調，但是自五四運動力爭山東租借地的思潮，對國土主權的爭取，已是所有知識分子的共識，難謂週刊作者在國家領域上有所忽略。

五、宗教國家主義的特色

雖然國家主義的理念相當複雜，但是，學者也指出，各種國家主義的學說也有共同的意識型態，如：愛國心、國家獨立、具民眾性，主張「人民」天生具備自決的權利、具前進性（progressive），咸認為藉著人類介入活動，歷史可變得更加美好等。[47]故國家主義在強

---

[45] 吳耀宗，〈結死黨〉。
[46] 張志新，〈為民眾奮鬥的偉人──孫中山〉，《真理週刊》。
[47] Ernst B. Hass, "What is Nationalism and Why should We Study it?," p. 712.

調國家的重要與提倡國民的愛國心之時，也對學習外國特色多表贊同。例如，一位研究專研國家主義的學者 Ernst B. Hass 特別對這個現象加以研究，探討「何者應該借自外國文化」這一面，認為可以把國家主義分成幾種類型：（一）自由派：借用外國文化是好事，自由派的國家應該互相借力；（二）馬克斯派：向其他馬克斯主義國家借用；（三）法西斯派：向其他法西斯派國家借用；（四）雜揉派：技術、制度甚至價值觀都可引用；（五）傳統派：只引用所需要的科技與制度，不借用價值觀念；（六）復古派：只引用科技，不援用制度及觀念。[48]如果把這個觀念套用在《真理週刊》上，則其在借用外國文化方面，強調基督教可救國，不礙國家主義發展，甚至有益協助國家獨立，把宗教糅合進國家主義主張，或可稱作「宗教國家主義」。

（一）融和基督教與國家主義的好處

　　《真理週刊》實為宣揚基督教而成立的刊物，所以基督教能否配合國家主義，跟著當時中國人一起救國，便是重要的課題。週刊非常重視這個議題的探討，如〈救國的基督教〉一文就總結當時國家主義發展下，基督教面臨的困境為：1、中國人認為信基督教的人，好像抽大煙，被毒質麻醉，不覺的生命苦惱，不去奮鬥惡運，信萬事天定，上帝主意，即屬亡國宗教；2、只教人預備上天堂，而不要人努力改造社會；3、教徒只在意得救與否？不注意社會之改良與國家的拯救；4、教民在外國傳教士保護下，無惡不作，多一個教民，中國便少一個國民；5、基督教和傳教士成「帝國主義的先鋒」或「帝國主義的偵探」，本來就不利於中國，他們不能替中國養成救國的人格[49]。另〈傳教為什麼要列入條約〉一文則指出：

---

[48]　Ernst B. Hass, "What is Nationalism and Why should We Study it?," p. 714.

[49]　簡又文，〈救國的基督教〉，《真理週刊》，第 3 卷，第 21 期（1925 年 8 月

傳教憑著個人的良心，要把自己平素經驗所信最善、最美的宗教，傳給教外的人，完全利他主義。如今外國人傳教，竟列入條約中，故中國人常誤認傳教屬於外人不平等條約中，欲攫取中國利益之一部分，當然和國家主義無法相融[50]。伴隨外人入侵中國，基督教的確獲得許多傳教上的方便，難怪國人產生誤解。

　　針對上述問題，《真理週刊》則刊登相應文章，分別解釋。〈基督教與中國時局〉說明：耶穌一生的志願是要建立天國，說得更清楚些，便想要改造社會，使天國降臨世界上。所以信徒想望天國，中國基督教徒必遵守耶穌教訓，以改進中國為目的，救濟中國困境[51]；〈基督徒救國〉指出：凡國民都當救國，基督徒也為國民，自然也當救助國家，融合基督教救國與基督救國主義，共同一致，唯實救助自己的國家，凡能救國，便可以說他是基督徒[52]；〈傳教士與治外法權〉主張：傳教士享有治外法權等權力，所居地位非正軌，欲挾外力以謀安全，應非難事，但這樣會玷污神聖事業，貽害中國國家社會及個人[53]。〈追求真理〉一詩又說：「你這愚昧而可憐的人呀；不是我的知心，如果我被你抓住，你的前途失去指導，世界進化就要停頓；那我便變成了軀殼，怎麼還會有生命！」[54]不啻在保證基督真理有助人間和國家的發展。

23 日），第 1 版。
50　包德浩，〈傳教為什麼要列入條約〉。
51　吳震春，〈基督教與中國時局〉，《真理週刊》，第 2 卷，第 36 期（1924 年 11 月 29 日），第 1 版。
52　吳震春，〈基督徒救國〉，《真理週刊》，第 1 卷，第 35 期（1923 年 11 月 25 日），第 1 版。
53　陳國榮，〈傳教士與治外法權〉，《真理週刊》，第 1 卷，第 35 期（1923 年 11 月 25 日），第 1 版。
54　健雄，〈追求真理〉，《真理週刊》，第 3 卷，第 50 期（1926 年 3 月 14 日），第 4 版。

　　為了讓中國人更瞭解基督教能與國家主義結合，能救國圖存，週刊舉了案例，希望讓非難者能釋懷。案例如下：1、孫中山乃基督教徒，他宣揚民族自由、平等，跟隨他革命者有一半屬於基督徒，週刊自信能幫孫中山的信仰為耶穌所傳之真道作證[55]；2、自滬案發生後，上海中華基督徒聯合會即大行活動，發電中、外信徒及外交當局，主張對英、日作嚴重交涉。發行《人道特刊》，用中、英文彙記滬案真象，號召當地及他處信徒募捐，援助罷工同胞。舉出基督徒愛國實例，正是釋疑最好方式。此外，〈隨想──信教與媚外〉又說：「原來他的熱心服務，不是要拯救中華，造福同胞，是為著外國人的面子，外國人面以何其大，中國的國運何其小，朋友裏面，既含著這種腐敗份子，也無怪乎一般非基督教運動者，有所藉口。」[56]極力告訴大家，基督教徒媚外實是少數人所為，這益加能看出週刊會通基督教和自己宣揚國家主義之努力[57]。

　　《真理週刊》裏的文章提到的國家主義，特別著力於基督教對於國家獨立，強化國民的意義。〈反基督教運動與國家主義〉又認為：基督教與國家主義本來不相違悖的，而國家主義之反對基督教，實因為它有侵略嫌疑，如果不平等條約廢除之後，外人不再在中國傳教，而基督教由中國人自傳，自然就沒有妨礙，信仰基督教的人正可在勵行國家主義的中國，作真正良好的國民[58]。《真理週

---

[55]　徐謙，〈我對於孫中山先生的信仰為耶穌所傳之真道作證〉，《真理週刊》，第 3 卷，第 3 期（1925 年 4 月 19 日），第 1 版。

[56]　靡，〈隨想──信教與媚外〉，《真理週刊》，第 2 卷，第 52 期（1925 年 3 月 22 日），第 3 版。

[57]　志新，〈京外各地信徒注義滬案之一斑〉，《真理週刊》，第 3 卷，第 13 期（1925 年 6 月 28 日），第 1 版。

[58]　吳震春，〈反基督教運動與國家主義〉，《真理週刊》，第 3 卷，第 39 期（1925 年 12 月 27 日），第 1 版。

刊》所揭示的國家主義，為人民組成民族，將生命財產寄託在上面，再由民族組織獨立的國家，而國裏人民有許多可資分享民族之特性的感情。其中，特別強調主權，故中國須打倒帝國主義，取消不平等條約及待遇，但這獨立國家內，需要有宗教存在，基督教正可傳播其內。

（二）教會改革以促成國人接納

《真理週刊》創刊即有維護基督教、宣揚基督教的目的。創刊之時，鑑於國事紛擾，又宣傳國家主義，如何調整兩者，將是他們努力的方向。列強侵略未停歇，故國家主義盛行，倡行國家主義為他們的共識，期待激發國民的愛國心，政府運作上軌道，主權保持完整。除了如前宣說基督教非列強前鋒，希望在人間實現天國理念外，週刊亦提出更具體的改革建議，盼望國人認同：外來基督教可與國家主義融合並行。意見如下：

1.成立「本色教會」或「自立教會」。當時中國教會都不是中國人的教會，除了少數獨立的「中華教會」及「自立會」以外，都包括差會──西人團體和中國信徒團體兩種份子，並已產生一些佈道上的問題。如〈討論差會和中國教會的關係的一個方法〉就列出中華全國基督教協進會提出的爭議點，例如，中國教會中應是幫助，不是阻礙中國教會的統一。縱使經費有一部分從西國差會得來，中國教會實當有全權自理等建議[59]。而 1924 年 5 月 11 日之〈新聞──關於中國教會和差會問題的意見〉則舉出：中華基督教信徒承認中國人的教會為全世界教會本體，中國教會是中國人的教會。因此，當以中國的國民信徒為主體，期望全國基督徒認定我們民

---

[59] 劉廷芳，〈討論差會和中國教會的關係的一個方法〉，《真理週刊》，第 2 卷，第 34 期（1924 年 11 月 16 日），第 1 版。

族、我們團體和我們自身之精神獨立的人格，覺悟我們救國、救民
的責任，因以努力建設中國的教會[60]。

　　改造差會，成立中華教會實在困難重重。如何才能成功？〈今
後有志建設中華教會者應有之決心〉一文便指明：當中人才最重
要，有相當之人才，則差會與教友等阻力自能剪除。所謂相當之人
才，其學識至低須與西國傳教士相等，方能接收西人所樹立之事
業，而不致有覆道之虞[61]。其時不只中國急須統一，保持主權完整，
於中華教會同樣興起統一風潮，排除西方差會，建立「本色教會」。
教會內一樣需要實行國家主義，這或許和國情有相通之難處，同病
相憐。

　　2.基督教與中國宗教、文化的融通。週刊以為真道必要在中國
結成善果，真宗必在中國大放光明。既是這樣，基督教於中國，都
需要與固有儒家、佛教、祖先信仰等融合。其舉一個例子：正如植
物的移種，若那地方的土質和氣候都不相宜，縱然用人工勉強培
養，暫時能夠發育，但它的種嗣決不能永久昌盛，必要改變原來體
質。因此，週刊強調基督教必與中國固有文化互相吸引、容納，才
可進行發展[62]。〈論基督教與儒教〉列舉與儒家融會之處：1.論性：
孔子論性，提出智、仁、勇，正如基督教的信、望、愛；2.論誠：
《中庸》說明「誠」，多半論天道，其實就是談上帝。「至誠無息」
等同基督教說的上帝永生；3.論忠、恕：盡己之心為「忠」，推己
及人是「恕」，猶如基督教以愛上帝為道的總綱。就像基督教吸收

---

[60] 編輯部，〈新聞──關於中國教會和差會問題的意見〉，《真理週刊》，第 2
　　卷，第 7 期（1924 年 5 月 11 日），第 3 版。

[61] 竇廣林，〈今後有志建設中華教會者應有之決心〉，《真理週刊》，第 2 卷，
　　第 9 期，（1924 年 5 月 25 日），第 1 版。

[62] 吳震春，〈論基督教與儒教〉，《真理週刊》，第 1 卷，第 43 期（1924 年 1
　　月 12 日），第 1 版。

儒家或儒家容納基督教，總可以說真道、真宗已大放光明[63]。〈論基督教與佛教將來的趨勢〉一文中，最重要乃表達：基督教和佛教的目的都集中於為社會服務，改革現世如實現天國、淨土世界，犧牲自己，服侍眾人。只要兩教的人識量寬廣，又恆心忍耐，互相融合便離我們不遠了[64]。

　　週刊更提出：祖先信仰非偶像崇拜。天主教耶穌會士利瑪竇來中國傳教，曾容許國人祭拜祖先，後遭教廷反對，使得傳教事業為之中斷，然中國人普遍都有祭祖之習慣，乃基督教佈道時，不得不面對的問題。〈中華基督徒祭祀祖先的問題〉便說明：1.中國制禮，寓天道於人事之中，教人藉著祭祀，永遠紀念祖先，不致忘本，絕非以祖宗為神；2.基督教所說不可製造偶像，向之敬禱，乃專指不可以偶像為上帝說。堅稱祭祀祖先不悖基督教教義，實屬中國自古相傳的美俗，教會萬不能加以禁止[65]。根據《真理週刊》會通基督教與儒、釋的看法，顯然基督教已不是外國人的產物，倒像掛著異名，呈現出中國文化本質的一個宗教，這樣當然可融進國家主義中，齊為維持中國主權完整而努力。

　　3.改革教會學校。五四時期各種思想不斷傳入中國，國家主義教育即形成一股思潮，流行起來。像 1924 年 6 月，鄭宗海於《教育叢刊》上發表〈教育上應有之國家主義〉主張：教育應有目的及國家統一精神，培養學生具愛國心[66]。這像愛國主義的教育觀，尤

---

[63] 吳震春，〈論基督教與儒教〉。

[64] 吳震春，〈論基督教與佛教將來的趨勢〉，《真理週刊》，第 1 卷，第 44 期（1924 年 1 月 27 日），第 3 版。

[65] 吳震春，〈中華基督徒祭祀祖先的問題〉，《真理週刊》，第 2 卷，第 3 期（1924 年 4 月 13 日），第 1 版。

[66] 鄭宗海，〈教育上應有之國家主義〉，《教育叢刊》，第 2 期，1924 年。關於鄭宗海等教育理念參考吳洪成之文的解說。吳洪成，〈試論近代中國國家主義教育思潮〉，《河北大學學報》，第 4 期，2007 年，頁 61-62。

其經過五卅慘案後，因國人排外情緒激昂，國家主義教育亦藉之披靡教育界，大有取代平民主義教育、實用主義教育，而主宰教育之趨勢[67]。《真理週刊》既然贊成國家主義，也期待教會舉辦的學校可符合此潮流，進行改革。

　　基督教會學校產生何弊端？欲如何進行改革？週刊皆有述及。於〈敬告基督教會辦學諸君〉一文提出總結性的看法，指出有四弊端：（1）外人自由設學，既不呈報我國註冊，復不受政府之考核，此侵犯國家教育主權；（2）外人辦理教育事業，跡近殖民，國人獨立精神全被撕滅，危害學生之國家思想；（3）外人民族性及國情和我國不同，常違反國家教育本義；（4）學校編制大抵任意配置，學科課程未能符合應具之標準，只重英文，不重國文的學習，忽略中國學生應讀之學科[68]。總之，認為教育權全應由政府收回[69]，國家不可偏袒任何宗教，要知中國和英、美情形不同，在西方國家裏，宗教不出於基督教，學校教讀《聖經》等課程，與人民信仰不大相反，然中國實呈現各種宗教並傳之狀，教育不可偏頗，涉及某個宗教[70]。鑑於諸問題，〈再論教會教育〉談到改變的方式：（1）教育部對於一切私立學校既有註冊規程，教會等私校必遵守；（2）中國教育法令禁止列讀宗教經典為正課，教會學校應須深加諒解[71]；〈敬

---

[67] 吳洪成，〈試論近代中國國家主義教育思潮〉，頁 61。楊思信，〈清季民初國家主義教育思潮及其影響述論〉，《兵團教育學院學報》，第 4 期，2008年，頁 15-20。

[68] 吳震春，〈敬告基督教會辦學諸君〉，《真理週刊》，第 2 卷，第 37 期（1924年 12 月 7 日），第 1 版。

[69] 吳震春，〈教會學校與中國教育的前途〉，《真理週刊》，第 2 卷，第 20 期（1924年 8 月 11 日），第 1 版。

[70] 竇廣林，〈中華基督教教育會當知道的幾件事〉，《真理週刊》，第 3 卷，第20 期（1925 年 8 月 16 日），第 1 版。

[71] 陳國梁，〈再論教會教育〉，《真理週刊》，第 2 卷，第 43 期（1925 年 1 月18 日），第 1 版。

告基督教會辦學諸君〉又列出：外人不得利用學校及其他教育事業傳佈宗教，未准註冊者，應由政府限令定期停辦、舉行任何典禮儀式，須遵守我國學校儀式規程辦理等 11 項規定措施[72]。週刊實認為一國之教育權必當統一，凡屬中國國民皆不容否認，教會當尊重我們主權，萬不可以倚仗從前所訂不平等條約，破壞中國國家主義教育進展。

六、小結

《真理週刊》所提出的國家主義內涵，從時間與內容的演進，可以發現三個階段，而各個階段也顯示了不同的特色。這剛好反映出一份基督徒創辦，又與時勢互動密切的週刊，如何呼應時代的潮流，一面積極的提出基督教有益國家社會的言論，一面又呼籲信徒共同改革教會，以更貢獻於國家與宗教。

一、其把民族與國家結合，在國家主義中，突出民族的地位，這方面和孫中山的主張相類似。如〈為民眾奮鬥的偉人──孫中山〉一文所說：「民族主義和國家主義很多相同的地方，而中山所以不稱他的主張為國家主義的緣故，他說：『由王道造成的團體便是民族，由霸道造成的團體便是國家。』霸道是不合民族自決的精神，所以他不主張用國家主義四字。」[73]然《真理週刊》為要特別強調民族團結一致感情，故於國家主義的論述裡，突出民族地位，同時週刊依然使用國家主義，不像孫中山用國族主義代稱國家主義。

---

[72] 吳震春，〈敬告基督教會辦學諸君〉。

[73] 張志新，〈為民眾奮鬥的偉人──孫中山〉，《真理週刊》，第 3 卷，第 32 期（1925 年 11 月 8 日），第 3 版。

　　二、在發生「五卅慘案」後，週刊更加強調民族主義和反帝國主義。《真理週刊》也能看到這樣的情緒，如 1925 年 6 月 14 日發表的〈時事述評〉指出：自滬案發生，國內各都市的學、商、工界及市民莫不起而援助，並有為國赴難等精神，中國多年受外人壓迫，遂促起大多數國民覺悟，一致反抗，可算是民國以來第一次國民大運動[74]；9 月 27 日〈時事述評〉又說：滬案發生後，國人對修改不平等條約的呼聲日益激振，我國政府應依國際平等的原則，引證五卅慘案的事實，正式向各國提出修廢不平等條約[75]。此外，〈上海租界捕房殺傷華人事感言〉[76]與〈當說的，就說！〉[77]皆主張滬地為爭國權而罷工的同胞，實令人同情，為一致對外之運動。「五卅慘案」促使國人反帝國主義，修改不平等條約的情緒高漲，讓《真理週刊》宣示國家主義時，特別標示反帝國主義這一部分。

　　三、基督教為西方傳教士傳入的宗教，在當時國家主義勃興的中國，特別受到很多責難。而《真理週刊》為宣傳基督教的刊物，欲解決上述問題，週刊首先宣說國家主義應包涵宗教，進而主張基督教可救國，有助於國家主義的發展。〈滬案與基督教的聯想〉說：「中國自有基督教以來，基督徒對國事如此熱心，結合團體加入群眾運動，這還是第一次的表現。」[78]〈救國的基督教〉說：「在他們所臚列基督教的罪狀中，有一疑是基督教是亡中國的東西，是帝

---

[74] 吳震春，〈時事述評〉。

[75] 方止，〈時事述評〉，《真理週刊》，第 3 卷，第 26 期（1925 年 9 月 27 日），第 2 版。

[76] 吳震春，〈上海租界捕房殺傷華人事感言〉，《真理週刊》，第 3 卷，第 10 期（1925 年 6 月 7 日），第 1 版。

[77] 包德浩，〈當說的，就說！〉，《真理週刊》，第 3 卷，第 17 期（1925 年 7 月 26 日），第 2 版。

[78] 吳震春，〈滬案與基督教的聯想〉，《真理週刊》，第 3 卷，第 13 期（1925 年 6 月 28 日），第 1 版。

國主義的走狗，這是很重要的，因今我國正當民族主義發達時代，基督教自然要受這一度嚴厲的試驗，看其是否的確能有助益於我國民族獨立中興的運動。自從滬、漢、粵各慘案發生後，這一試驗尤為緊張。」[79]週刊努力告訴國人，基督教有助國家獨立，有助對抗帝國主義；而同時又向基督徒呼籲，要改革教會與教會機構，以更符合國情，以貢獻於中國，呈現出「宗教國家主義」的特色。

　　另外，如前章所述，《真理週刊》內的文學作品亦充滿國家主義思想與宣揚基督教的理念。換句話說，其文學作品也是呈現出「宗教國家主義」之情況。總之，《真理週刊》的兩項志業，全都緊扣國家主義思潮，並深信全能達成。像是週刊中一篇擬喻式的文章〈春之花〉所說：「在嚴冬的時候，朔風怒號，大地凝結，草木的生機，似乎完全停頓，我們有時候覺得十分蕭索；但是我們若細細地去觀察。我們就知道在竟雪片紛飛，圍爐呵凍的時候，那孤挺的疏枝，早已含苞待放，風雪的摧殘，究竟不敵陽光的撫育；及至春回大地，嫩葉初開，春花怒放。我們覺得春風滿面，花鳥宜人。」[80]在寒冬中的國家與教會，受到猶如春風之國家主義吹拂，該文作者相信二者終將「含苞待放」，達到主權獨立，教會由國人自理之「春風滿面，花鳥宜人」的美好境界。這應該就是這一批基督徒作家在文學創作中所要表達的心聲吧！

---

[79]　簡又文，〈救國的基督教〉。

[80]　吳耀宗，〈春之花〉，《真理週刊》，第 2 卷，第 3 期（1924 年 3 月 30 日），第 3 版。

第四章　槍口向內？
——《文社月刊》的諷刺小說

一、前言

　　基督教自 1807 年入華以來，傳教士與中國信徒就開始注意到基督教的文字工作，除了開始將聖經翻譯成中文外，並開始撰寫單張、與各種傳教書冊，進行文字宣教的工作。然而長期以來，教會的文字一直不夠理想，不但在表達上過於洋化，更缺少令人感動的力量，一直為人所詬病。

　　到了 1920 年代，教會受到各種衝擊，除了五四運動與新文化運動，在國家主義與

▲《文社月刊》的封面兼目錄

文化思想的衝擊外，更有非基督教運動的挑戰，激起教會內自省的風潮。中國基督徒在 20 年代橫逆的環境下，展開了一場史無前例的本色化運動，並引起各地基督徒的回響與共鳴，一起熱烈的討論、推行與實施本色化思想與教會。這股本色化的浪潮，一直到 1920 年代末，才告一段落。

　　基督教會所用的「本色」一詞，其實長期以來並沒有嚴格的定義。從背景上來說，基督教經常被蒙上「洋教」的色彩，尤其在 20

世紀國家主義的浪潮下，教會人士自然思考應該將超越國界的宗教
予以本土化與本地化。就華人基督教領袖而言，則思索利用利瑪竇
（Matteo Ricci, 1552-1610）以來結合儒家思想與基督教教義的方
式，使得基督教能夠很自然的為中國人士所接受。所以融合本土文
化，適應當地情況來宣教，以及由中國人自己來承擔教會的經費、
行政與事工，是 1920 年代教會界談到本色時最常表達的觀念。[1]

　　雖然近年來學界對於中文的基督教文學與文藝都加以注意，
也有不少的專論出版，但是卻極少關注到《文社月刊》中的文藝
作品。[2]由於《文社月刊》是以提倡本色文學為職志，但其中有些

---

[1]　關於督教本色化的討論，尤其是文社月刊與文社成員對於本色化與本色
　　教會的觀念，可參見：王成勉，〈第五章、文社本色化思想之研析〉，《文
　　社的盛衰：二〇年代基督徒本色化之個案研究》（台北：宇宙光出版社，
　　1993 年）。

[2]　在《文社月刊》的專論上，曾有二篇文章分別在大陸與台灣出版，大陸的
　　作品是：周蜀蓉，〈本色化運動中的中華基督教文社〉，《宗教學研究》，2005
　　年，第 4 期，頁 88-93。不過內容並無新意；而台灣方面，則是曾陽晴的〈文
　　社月刊中聖經故事之改編與重寫研究〉，發表於中原大學所舉辦的「文本解
　　讀與經典詮釋──基督教文學學術研討會」（2010 年 4 月 17-18 日）。關於
　　其他研究 20 世紀基督教文學的論述，近年來大陸學者在此方面有不少專論
　　出版，如：馬佳，《十字架下的徘徊：基督宗教文化和中國現代文學》（上
　　海：學林出版社　1995 年）；楊劍龍，《曠野的呼聲：中國現代作家與基督
　　教文化》（上海：教育出版社　1998 年）；王本朝，《20 世紀中國文學與基
　　督教文化》（合肥：安徽教育出版社　2000 年）；王列耀，《基督教文化與
　　中國現代戲劇的悲劇意識》（上海：三聯書店　2002 年）；許正林，《中國
　　現代文學與基督教》（上海：上海大學出版社 2003 年）；唐小林，《看不見
　　的簽名──現代漢語詩學與基督教》（北京：中國社會科學出版社，華齡出
　　版社，2004 年）；李熾昌主編，《文本實踐與身份辨識：中國基督徒知識份
　　子的中文著述，1583-1949》（上海：古籍出版社，2005 年）；劉麗霞，《中
　　國基督教文學的歷史存在》（北京：社會科學文獻出版社，2006 年）。至於
　　台灣方面，鮮少研究民國時期的基督教文藝，僅有兩本碩士論文研究冰心
　　的作品：林巧茹，〈冰心文學基督教特色之研究〉，桃園：中原大學宗教研
　　究所碩士論文，2003 年；何佳樺，〈冰心小說研究〉，台中：東海大學中國
　　文學系碩士論文，2001 年。後者的討論很少與基督教相關。雖然有學者提

小說不在正面闡揚教義，反而是運用諷刺性的筆法，強烈的嘲諷教會、牧師與人性，其特色令人驚訝。小說是通過人物、情節和環境的具體描寫來反映生活的敘事作品，在虛構中尤其能突顯現實本質的殘酷。基督教刊物出這樣的小說，而又是基督徒所執筆，看起來好像是「打著紅旗反紅旗」；基督教刊物中的文藝作品，為何揚起一陣自諷風？原因何在？本章即以此為出發點，來研究《文社月刊》中小說的諷刺內涵與意義，從而一窺 20 年代基督教文學的特色。

二、文社與《文社月刊》

　　文社與《文社月刊》就是在這個大背景下的產物。1920 年初期，教會界已經開始注意到本色文字的缺乏。在當時教會聯合機構「中華基督教協進會」的召集下，來探討基督教文字的問題。一些著名的中國基督教和幾位外國傳教士在與會時[3]，覺得中國基督教文字非經本色化不可，因為當時「不獨文字上枯澀無生氣，即在思想上，尤其有生吞活剝的枘鑿」[4]，而咸認需要改革乃是非常緊急與重要之事。

　　從 1923 年開始的幾次會議，與會人士就已決定成立「中華基督教文字事業促進會」，由華人主其事，西人任顧問，並且徵求會

　　　到，基督徒的老舍也有用過諷刺的小說來寫教會，但是老舍的作品到 1930
　　　年代才出現，要比《文社月刊》晚了將近十年。見路易斯‧羅賓遜（Lewis
　　　Steuart Robinson）著，傅光明、梁剛譯，《兩刃之劍──基督教與二十世紀
　　　中國小說》（台北：業強，1992 年），頁 149-174。

[3]　　這些著名中外基督徒包括趙紫宸（1888-1979）、余日章（1882-1936）、
　　　誠靜怡（1881-1939）、樂靈生（Frank Rawlinson, 1871-1937）、司徒雷登
　　　（John Leighton Stuart, 1876-1962）、霍德進（Henry T. Hodgkin, 1877-1933）
　　　等人。

[4]　　沈嗣莊，〈本社一年回顧〉，《文社月刊》，第 11、12 卷合冊（1926 年 10 月），
　　　頁 1。

員與發行《文社月刊》。接著就在 1924 年 2 月 12 日開成立會，推
東吳大學文學院院長趙紫宸為社長與執行部長，另聘東吳大學宗教
科暨金陵神學院教授沈嗣莊為副總幹事來襄助。此時美籍成員均給
以重大的協助，在青年會工作的來會理（D. Willard Lyon, 1870-
1949）與協進會羅炳生（E. C. Lobenstine）先予以借款或捐款，並
協助取得美國慈善機構「社會宗教研究社」（The Institute of Social
and Religious Research）的大力贊助。[5]此對於文社成員鼓舞很大，
遂開始推動工作。

　　在 1925 年 7 月的執委會討論中，修正憲章，將這個機構定名
為「中華基督教文社」（以下簡稱文社），同時將宗旨定為「本社以
提倡能促進中國本色基督教運動之圖文著作，並引起此類文字閱讀
之興趣為宗旨」。[6]會員則分為正式社員（中華民國籍）與名譽社員
（外國人士）。欲參加者，需 3 名會員提名，經執委會通過方可成
為社員，而社員費是每年大洋 10 元。

　　從當時文社所擬議的工作計劃來看，其範圍不但包羅萬象，更
顯出其雄心壯志的一面。在主要的 5 項工作中，可以分成推動本色
化之行動與出版相關書籍兩方面。在前者包括有培養人才、徵文、
講習、作家之退修會與討論會、講習會、舉辦巡迴文庫。而出版方
面則計劃發行日報、月報、小冊、單張、各種神學與教會方面之翻
譯品、書籍等。

　　文社是本色化運動中最積極，立論也最多的一個團體，不但出
版書籍、小冊，並自 1925 年起發行《文社月刊》，希望以文字來促

---

[5]　趙紫宸，〈中華基督教文字事業促進社執行部長報告〉，《文社月刊》，第 1
　　卷，第 1 冊（1925 年 10 月），頁 48-49。
[6]　該次會議通過的修改憲章，後來刊登於《文社月刊》，第 1 卷，第 1 冊（1925
　　年 10 月），頁 55。

進並達到基督教本色化的目標。可以說是當時中國基督教會唯一的推動本色教會與本色文字的團體。

但是在 1928 年時，國外贊助團體突然中止援助，使得《文社月刊》難以維繫，執行部也不欲繼續進行，造成文社幹部辭職他去。據沈嗣莊表示，係因文社在本色教會與政治態度兩方面的立場，引起教會內人士的不滿，在暗中攻擊。這些人向文社的美國贊助者──「社會宗教研究社」，進行控訴，指斥文社「思想過激」，使美國方面停止對文社的津貼。[7]

《文社月刊》在 1925 年 10 月發行第 1 卷第 1 冊，而後在 1928 年 6 月發行最後一期，即第 3 卷第 8 冊，總共在 2 年 8 個月內發行了 28 期。在停刊之時，銷路已近 2,200 份，而社員人數也有 365 人（其中正式會員 285 人，另外團體有 3：女青年協會、京師圖書館、歐美同學會，而名譽社員方面則有 80 人）。[8]此與 3 年前文社月刊肇始之時，銷路不及百份，社員數 10 人的情況而論，可謂有極大之進步。

文社在出版書籍方面，由於在選書與審訂文稿上的費時，所以到《文社月刊》停刊前的 2 年 8 個月內，總共只出了 10 本書籍，其中 6 本為**翻譯**，4 本為著作。[9]一般而言，文社之出版品並不算貴，《文社月刊》每本 1 角，其出版書籍之價值大約在 1 角 5 分至 8 角之間。

文社只延續了 6 年，而《文社月刊》更只發行了 2 年 8 個月，但是它們的思想與作為受到後人的肯定。如在 1950 年金陵神學院成立 40 週年發行特刊，邀請著名教會人士評估基督教各方面的事工，其中寫基督教文字事工的每一個人都讚譽文社。如應元道、湯

---

[7]　王成勉，《文社的盛衰：二〇年代基督徒本色化之個案研究》，頁 50。

[8]　社員之人數係根據〈社員題錄〉，《文社月刊》，第 3 卷，第 5 冊（1982 年 3 月），頁 104-106 的中計算出。

[9]　王成勉，《文社的盛衰：二〇年代基督徒本色化之個案研究》，頁 45。

因、謝頌羔等人。[10]而近代學者對於文社也多持肯定的看法。如何
凱立推崇其為「提倡本色著作的先導者。」[11]趙天恩認為《文社月
刊》為中國本色教會思想上提供了意識形態上的領導。[12]日本學者
山本澄子亦將文社列為中國教會本色化的主要社團之一。[13]

三、《文社月刊》的編輯政策與文藝作品

　　《文社月刊》的發展方向與編輯政策，主要由該刊的編輯決
定。也由於主編的換人，造成刊物內容從單純本色教會與本色文學
的討論，擴大到本色文藝的創作。使得原本是
論述為主的刊物，轉成論述、文學、文藝並存
的出版品，更顯出 1920 年代基督教會的活力
與多元的嘗試。

　　《文社月刊》在編輯方針上，曾在 1926 年
時，將「本色教會的討論」與「基督教思想與
行政」加入在《文社月刊》的編輯宗旨內。到
1927 年夏，編輯陳立夫辭職時，執委會聘時
在廣學會擔任編譯員的張仕章出任《文社月

▲文社月刊向讀者約
　稿也強調文藝作品

---

[10] 應元道，〈四十年來之中國基督教文學事業〉，《金陵神學院四十週年紀念特刊》（南京：金陵神學院，1950 年），頁 77；湯因，〈四十年來之中國基督教出版界〉，《金陵神學院四十週年紀念特刊》（南京：金陵神學院，1950年），頁 84；謝頌羔，〈四十年來我對於基督教出版界的一點回憶與感想〉，《金陵神學院四十週年紀念特刊》（南京：金陵神學院，1950 年），頁 87。

[11] 何凱立，〈中華基督教文社與本色神學著作〉，《中國神學研究院期刊》，第 5 期（1988 年 7 月），頁 19。

[12] Jonathan Tien-en Chao, "The Chinese Indigenous Church Movement, 1919-1937: A Protestant Response to the Anti-Christian Movement in Modern China." （Unpublished Ph. D. Dissertation, University of Pennsylvania, 1986）, p. 210.

[13] Yamamoto Sumiko, *History of Protestant in China: The Indigenization of Christianity*（Tokyo: The Institute of Eastern Culture, 2000）, pp. 91-96.

刊》的編輯幹事。而沈嗣莊、王治心、張仕章3人成為文社之主要工作人員，3人一直到1928年6月《文社月刊》第3卷第8冊出刊後辭職為止。

《文社月刊》在沈嗣莊負責編務時，內容十分嚴肅。但在1926年9月出版第1卷第9、10冊（合集），由王治心擔任主編時，《文社月刊》的內容發生變化。[14]因為《文社月刊》的內容開始增添了許多文學與藝術的作品，使得原本是一份內容嚴肅，一直在討論基督教刊物、本色教會，甚至是神學方面的出版品，變成一本具有多種風格，活潑、可讀性高的教會刊物。

王治心一上任，即在《文社月刊》上刊登了一個啟事，表示「本刊擬以重價徵求『小說』及『文藝作品』，如有以佳著見惠者，無任歡迎。」[15]雖然他並未言明「重價」為何，但是在此鼓勵與號召之下，下一期即有小說出現。[16]而再下一期，正值聖誕專號，除了3篇論文外，整期都是文藝作品，包括插畫、禱文、、小說、戲劇。在84頁的專號中，文藝作品佔了52頁之多。顯然在聖誕專號中是有意避開較嚴肅的作品，但是對文藝的重視則自此開始。

沈嗣莊在《文社月刊》第2卷第9冊內做了說明，解釋狄何要在月刊內加上文藝性的作品。他在「啟事」中說：

> 現在立下一個決心，就是我們以後談本色基督教，不及「皮相」，而重「體驗」。怎樣可以「表示」和「發達」我們的體驗

---

[14] 王治心在加入《文社月刊》工作前擔任金陵神學院教師，他是教會界的多產作家，有《中國基督教史綱》等著作。關於他在本色化的觀念，請參見：何慶昌，〈王治心的本色基督教——一個本土處境的宗教身分表達〉，收入於李熾昌主編，《文本實踐與身份辨識：中國基督徒知識份子的中文著述，1583-1949》，頁276-297。

[15] 〈本刊啟事〉，《文社月刊》，第1卷，第10冊（1926年9月）。

[16] 此為米星如所著的〈聖像〉，刊於《文社月刊》，第1卷，第11、12冊（1916年10月），頁137-147。

呢？有幾條新的路，就是：詩歌，小說，美術，戲劇（合電影）。
這似乎偏重於「情」。是的。有了這情，然後才能產生本色的
神學，和本色的教儀，和一切屬於「知」方面的事；然後才能
支配我們的行為，影響我們的「意」了。所以以後凡有關於以
幾項的作品，我們非常歡迎，並且願予薄酬，以報雅意。[17]

　　由情致知、由知致意，沈嗣莊清楚的說明了《文社月刊》今後
要發展的編輯風格，即是要用一些有關基督教的本色文學作品，以
激發讀者的情感，然後進而去體驗和實行。這是《文社月刊》新的
嘗試，期用文藝感人的力量，帶動中國基督徒對基督教本色化的感
情與同情。

　　從《文社月刊》轉變風格後，一直到最後一期為止，只有一期
沒有文藝作品，其他每期都或多或少刊登一些。而在聖誕特號時，
這類作品更多達半本以上。到最後一期為止，文藝作品中，包括了
19篇小說，許多傳統與現代新詩，幾篇劇本。這類作品不但變化
多，而且內容有趣，可讀性高，更重要的是在文中屢有提升讀者對
教義、教會的了解，刺激大家遵守正道，更貶抑、嘲諷一些教會的
陋規、不知求進的牧師，與傲慢、跋扈的外國傳教士，頗有刺激讀
者走向改進、自立與本色的作用。編者採用文藝作品也可能有打開
市場，增加發行的目的。如自第2卷第2冊起，在月刊的前幾頁用
銅版印刷歷史名人肖像，據沈嗣莊表示，此動機係來自主編王治心
的觀念。因王治心曾建議：「時報銷路，本來亦甚至微，後來添上
一張畫報，居然駸駸日上了。我們文社月刊，為什麼不照樣做，把
基督教歷代名人的像印上呢？」[18]自第2卷第2冊起，《文社月刊》

---

[17] 沈嗣莊此段話係附在卷前圖片說明旁，刊於《文社月刊》，第2卷，第9
冊（1927年9月），頁1。

[18] 沈嗣莊，〈敬告閱者〉，《文社月刊》，第2卷，第2冊（1926年12月），頁1。

先後選印了使徒保羅（Apostle Paul）、喀爾文（John Calvin），法蘭西斯（Francis of Assisi），衛斯理（John Wesley）等。但這只刊載至第 2 卷第 9 冊為止。其所以不再繼續，可能印製成本太高與圖像收集不易。

四、針對教會的諷刺小說

在總共發行 28 期的《文社月刊》中，真正有文藝作品出現的是始自第 1 卷第 11、12 合冊，該期只有一篇小說。[19]而後文藝作品就成為月刊中一個重要的部分，甚至有一類別特別標明為「文藝作品」。在這類別下的子目，基本上是分為小說、詩歌與戲劇。散文則一直沒有出現過。

在《文社月刊》中的文藝作品，雖未必以宣教為目的，但有趣的是，其創作之取材多與教會或與基督教精神有關。另一項極為有趣的地方，即是許多文藝作品都採用諷刺與反諷的筆調，因而頗為突兀。這與基督教一向強調祥和與平安，似乎有很大的落差。尤其是把這個筆法用在教會的材料上時，更使得這些作品顯得極不尋常。「諷刺」（satire）與「反諷」（irony）是指用正面或反面的方式來嘲諷某一對象。[20]由於在 1920 年代的作者並沒有這樣清楚的分

---

[19] 在該集只刊登一篇小說，即是米星如，〈聖像〉，頁 137-147。

[20] 反諷（irony）與諷刺（satire）原為文學批評上的術語，所謂的反諷（irony），指「將確實的意圖用反面的語句來表達」(the actual intent is expressed in words which carry the opposite meaning.) William Flint Thrall and Addison Hibbard（revised and enlarged by C. Hugh Holman），*A Handbook to Literature*（New York: Odyssey Press, 1960），p. 248. 至於諷刺（satire），則是「將幽默與才智混入批判態度的文學方法」(A literary manner which blends a critical attitude with humor and wit)，ibid., p. 436；或是「用令其可笑的方式來貶抑一個對象」(the literary art of diminishing a subject by making it ridiculous). M. H. Abrams, *A Glossary of Literary Terms*（NY: Holt, Rinehart

別,在作品中也會有兩種混用的情況,故本章行文多以諷刺一語來
敘述。關於對這些諷刺作品的討論,將分兩部分來進行。此節先討
論針對教會的諷刺小說,在下一節則討論諷刺筆法下的社會人物。

　　事實上,刊登在第 1 卷第 11、12 合冊的第一篇小說〈聖像〉,
作者米星如就是運用半諷刺性的筆調,描寫教會內的眾生相。雖然
小說的最後是悔改的結局,但是過程中把教會中人各種內心的活動
予以刻畫,每個人好像都是口是心非,不但心裡想的與口中講的不
一致,行事與標榜的也是兩回事。例如對於牧師的描述有:

> 禮拜完畢,牧師走下壇來,因他心裡正在想不合適才順口說
> 出「挖苦窮人」的話,因為這是最觸犯黃師母忌諱的,況且
> 她剛剛把頭低下的一副表情,也已明顯了心中的反抗,他沒
> 奈何的跑上去格外恭敬著,和她攀談起來。她,因為牧師的
> 特別恭順,便也暫時回復了慈祥的顏色。[21]

　　對於教會中有身份與能募款的「大戶」,與其他的會友,是這
樣的敘述:

> 老孟──就是那個山東人老餅師,具有一副執拗的古怪性
> 格,喚他那老女人做母豬的。──照例倚了圓柱坐的,而黃
> 師母不用說仍舊是坐了第一排,因為她是教堂裡收捐的職
> 事,並且禮拜時牧師多是請她祈禱的。……讚美詩唱過了,
> 黃師開始了顫動而哀傷的祈禱音調,足足有半個小時,(自
> 然其中照例夾雜了師母們的嘆息,老孟的乾咳,以及小孩們
> 的噪鬧,不免是美中不足)。[22]

---

and Winston, Inc., 1971),p. 153.
[21]　米星如,〈聖像〉,《文社月刊》,第 1 卷,第 11、12 冊(1916 年 10 月),頁 140。
[22]　米星如,〈聖像〉,頁 138。

對於教堂的工友老揚，描寫的更是諷刺：

> 他只有一個空洞的胸懷，具了一片說不出的虔敬和敬仰，只
> 默著沉靜著去和那畫中的牧羊人交通。[23]

老揚其實是〈聖像〉中的主角，他單純而虔誠的仰望基督，後
因在大雪天幫助一位受寒的年青的乞丐，而被牧師趕了出去，老揚
把身上的大衣給乞丐穿，自己卻凍死了，而牧師在後悔之餘，收留
了乞丐，25年後，乞丐成為牧師。老揚是一位正面的角色，為了達
成基督的愛而失去性命；但在米星如的筆下，他的單純信仰，也被
嘲諷是一位「只有一個空洞的胸懷」的人。由於這是第一篇在《文
社月刊》中出現的文藝小說，米星如諷刺性的筆調還略帶保留，除
了在小說開始是不斷嘲諷，但並不過份，而到了後來，筆調更恢復
「正常」，嘲諷的氣味完全消失，變成一篇有著動人結尾，且能為
基督教傳達「永生」真義的感人小說。這篇小說可說是略試筆鋒，
但諷刺筆法已有一定程度的辛辣，想必吸引讀者的注意；此後月刊
中的一些小說，在嘲諷教會人物上，則更不遺餘力，內容與筆調更
加強烈與深刻。

在《文社月刊》第3卷第1冊，小說欄同樣出現了米星如寫的
〈畢亞懷的悲哀〉。[24]但這篇小說譏諷力道的猛烈，遠遠超過〈聖
像〉，很難令人相信這是一篇刊登在基督教發行的刊物上。在1928
年這個時代，〈畢亞懷的悲哀〉幾乎是赤裸裸的揭開一些牧師的真
面目，同時也暴露一些信仰者的軟弱與無奈。筆觸大膽直接，用意
更是深刻。

23　米星如，〈聖像〉，頁138。
24　米星如，〈畢亞懷的悲哀〉，《文社月刊》，第3卷，第1冊（1927年11月），
　　頁1。

　　這篇〈畢亞懷的悲哀〉，主要在敘述一位名叫賴恩牧師與妻子如何成為「基督徒」的經過，而在他們帶領其他信徒聚會，討論要如何籌備聖誕節時，與一位名叫畢亞懷，「那個不久由上頭派下來相幫賴恩牧師做聖工的青年教士」[25]有著不同的意見，賴恩牧師不同意畢亞懷希望把辦活動的錢，拿去救濟東南災區流離失所的人民；畢亞懷在一連串與賴恩牧師夫婦交手的過程中，最後的結果是「他的知覺麻木了」。[26]

　　小說中最強烈的反諷的是不斷的將賴恩牧師夫婦的行事為人，用似正卻反的筆調說出。米星如如是描寫著：

> ——牧師太太……會把牧師的腿壓在她的身下，那個肥重的身軀，不久便使那可憐的老腿慢慢麻木起，但牧師是以犧牲為懷的，這區區的麻木，原本不夠說是犧牲……。[27]
>
> ——是命運指示著他，在許多負心的女人把他丟棄了以後，他贏得一身的疲憊，挾著駭人的烟癮，自分終必「轉乎溝壑」，使賴氏歷代宗支的血食，將由他而斬，卻不料「吉人天相」竟會遇著風塵巨眼的尤二寡婦，認識他不比凡人，從絕望中救援了他，不但做了他的「衣食父母」，更實在是一對「恩愛夫妻」。其實這也並不曾虧負了她，等到他交了好運，這便是轉禍為福，他悔改做了牧師，她便也成為牧師太太。[28]
>
> ——「胡說，就是你能！我不如你？」這是賴恩牧師一壁聽他講，一壁在心裡斥責他的話，但從牧師口裡說出來的，卻

25　米星如，〈畢亞懷的悲哀〉，頁 67。
26　米星如，〈畢亞懷的悲哀〉，頁 86。
27　米星如，〈畢亞懷的悲哀〉，頁 57。
28　米星如，〈畢亞懷的悲哀〉，頁 62。

就大大兩樣了：「是呀！下個禮拜，再試試吧。」臉上還泛出一層微笑，使得畢亞懷心裡舒服不少。[29]

對於教會與教友，米星如也如是譏刺：

——他（畢亞懷）想到那些教友的面目和態度，那種簡單頑固的信仰，那虛榮勢利，敷衍的性調，使他在寫著他們名字的時候，心裡老大的不願意。譬如那位燒餅司夫，連正式的名字都沒有，在冊子上只寫著「老尤先生」，「老尤」的下面加上「先生」，這真是極端滑稽的稱呼……這真是一種譏誚，一種頑笑，但卻實是分明的寫在神聖般的「教友名冊」上面！那名冊的封面，是依了賴恩牧師的意思，寫了三個題字——「生命冊」。他想，這簡直是陰曹地府中的判官手裡的東西，他忍不住的要笑；但在他的嘴裡，那午飯時留下的鹹魚味兒，又腥又臭的時時沖進鼻觀裡去，他便又憤憤地恨起來。[30]

——他（畢亞懷）望著賴恩牧師的臉，心裡在高聲的罵他，但一面又安慰自己說，「好了，這樣腐敗黑暗的教會是沒有什麼希望了，我不是不願拯救他們，只是他們不願意被拯救……」[31]

口是心非的牧師，虛情假意的牧師娘，庸俗無知的教友，形成了畢亞懷眼中的「腐敗黑暗的教會」，但畢亞懷也不是堅貞的信徒，他成為教士的原因是：「到底是生活的迫人，教會裡要他受洗，他便受了洗，又在神學校裡混過了三年，宗教上的奧秘雖然未曾得著什麼，各教會的內幕卻被他在不知不覺間觀察了不少」[32]，後來，

[29] 米星如，〈畢亞懷的悲哀〉，頁70。
[30] 米星如，〈畢亞懷的悲哀〉，頁71。
[31] 米星如，〈畢亞懷的悲哀〉，頁80。
[32] 米星如，〈畢亞懷的悲哀〉，頁73。

在畢業後到一間教會做「事工」，但與牧師不合，本來要被驅逐出教會，「到底是委辦長藍司徒先生──那個工於心計的美國人──寬宏大量，慈悲為懷」，認為花了錢培育人才，不用白不用，又將他調到另一個教會去。[33]在這篇小說中，沒有一個是正常的信徒，每一個出現的人物，都是帶有缺陷與不足的。而這也交錯形成米星如眼中的教會。

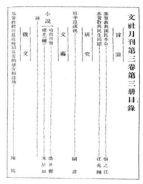

▲《文社月刊》目錄中，小說也佔有重要的位置。

　　洋傳道也是在《文社月刊》中被質疑與諷刺的人物。在第 3 卷第 3 冊的小說欄，出現了桑世傑寫的〈哈密會督〉。[34]反諷譏刺的筆調，充滿了全篇。小說中的主角哈密，是一位英國來的傳教士，在「k 教會」擔任會督。平常除了傳道外，就是向教會辦的 ms 中學學生演講。但最諷刺的是，這位「老練的演說家和教會的首領」[35]，口口聲聲所傳的道是：「諸君！你們不是一心一意要救你們中國嗎？那末，你們當趕快信主！我們全能的主耶穌，掌管一切萬物；信他的得永生，不信的滅亡！你們救你們的中國……」[36]

　　對於這樣的論調，作者也許是太憤怒了，於是，他不斷以自己的身影穿插在小說的敘述中，夾敘夾議，使小說的調子大變。如在哈密會督講完話後，作者就接著發表自己的評論，但作者並不是小說中的人物：

---

[33] 米星如，〈畢亞懷的悲哀〉，頁 74。

[34] 桑世傑，〈哈密會督〉，《文社月刊》，第 3 卷，第 3 冊（1928 年 1 月），頁 1。會督，應是當時基督教聖公會對牧師的稱呼。

[35] 桑世傑，〈哈密會督〉，頁 43。

[36] 桑世傑，〈哈密會督〉，頁 43。

> 哈密會督似乎界限分得太清了……，難道耶穌是不足以救全
> 地球上的各國嗎？難道耶穌是無須「他們的英國」──英國
> 的帝國主義者底沈夢？[37]
> ──學生對於會督的偉論，在腦間不發生任何影響。他們對
> 於會督的演詞中的大綱領，早在平時背得爛熟；何況這言行
> 不符，輕蔑黃人的哈密君的人格，還使人發生疑問呢！[38]

　　時而第三人稱，時而第一人稱，〈哈密會督〉形成一篇人稱混
亂的小說。作者的目的，就在譏諷洋傳道。文中，哈密會督坐上黃
包車，下車後不肯為多出的里程多給錢，與車夫爭吵起來。作者冷
眼旁觀，自言自語的為此事做出說明：

> 可是今天哈密會督並不是病弱的黃色種，他也不怕車夫咆
> 哮，他雖然少給了錢，他的心目中終以為我是白人，你們是
> 黃色的支那人，那裡談得到「平等」，雖然傳的是真道，而
> 行的不妨是逆道。[39]

　　作者筆調大膽，《文社月刊》能夠刊出，說明其不同於一般的
宗教刊物。文社的編輯是真的想藉文字的力量，對當時基督教界內
的一些弊病，提出針砭。文社不是洋教會指揮下的一個小社團。
　　〈畢亞懷的悲哀〉與〈哈密會督〉這二篇小說，是《文社月刊》
發行 3 卷中最具有諷刺性的小說。教會對這兩篇小說有什麼反應，
不得而知。但在〈畢亞懷的悲哀〉刊出後的第 2 期，再刊出〈哈密
會督〉，顯示《文社月刊》編輯群對這樣論調的認同。這二篇的重
點，主要都是在諷刺人──在教會裡的人，而不是基督教義。因為

---

[37]　桑世傑，〈哈密會督〉，頁 44。
[38]　桑世傑，〈哈密會督〉，頁 45。
[39]　桑世傑，〈哈密會督〉，頁 1。

基督教的教導是要求人追求上帝，相信神的救贖，認同教義，而不是著眼於教會的人事。換言之，基督徒是以基督的模式為效法的對象，而不是以人的模式為信教的依歸。在這樣的理念下，不合格的牧師與洋傳道，自可大加撻伐，因為，他們是「披著羊皮的狼」，是人們在信基督教途中的絆腳石，需要鏟除。

　　當然，並不是只有教會的領導者才有問題，就是教會的工作者，也沒有能避免成為諷刺小說的對象。如第 2 卷第 5 冊〈叛徒的勝利〉這篇小說，藉由一群從事基督教事工的信徒聚會，討論是否應成立工會，以保障大家的權益。大家一方面在痛罵洋人主導的教會內種種不合理與不公平的待遇，一方面又藉由男主角曼華兩個孩子的口中，傳揚耶穌的道。曼華是主張成立工會，他說「我們各人如果將平時在事工上所受的『不平』，據實的寫出來，真可以成功好幾部書哩！」[40]但他因為「彭會督」與「桑主教」的反對，被教會視為叛徒。可是他兩個一男一女的孩子卻支持他，認為父親是在為真理奮鬥。男孩說：「那班人因為不知道『真理』，所以反對他，最後並把他釘在十字架上。……先生說『真理』，就是耶穌，耶穌和世上的罪惡奮鬥，到死也不怕，因為他死了，所以真理更能顯明，我很相信這話……」[41]，又說：「爸爸曾經告訴我，我們現在如果能真心的信服真理，實行真理，為真理去犧牲，便是耶穌的門徒。耶穌的門徒就是耶穌的代表。」[42]作者巧妙的運用基督教的教義，強化為真理（組織工會）而奮鬥的合理性，以其人之道還治其人，使得以洋人為主導的教會不得反對。而這也可以視為當時提倡本色者對於洋人（或靠洋人）治教會的反撲。

[40] 星如，〈叛徒的勝利〉，《文社月刊》，第 2 卷，第 5 冊（1927 年 3 月），頁 66。
[41] 星如，〈叛徒的勝利〉，頁 70。
[42] 星如，〈叛徒的勝利〉，頁 71。

五、以社會為對象的諷刺小說

　　《文社月刊》中的諷刺小說不必然就是砲口對內，或是必然要借重教會人、事為材料的。對於社會上的不正事務，不管是人心貪財好錢，還是虛偽好名的假善人，都可以成為小說嘲諷的對象。而這一類的諷刺小說，甚至還有光明的尾巴，但帶有醒世的意味，隱隱約約的符合聖經的世界觀——人要看輕世上的財富，因為那是帶不進天堂的。

　　《文社月刊》中小說諷刺、攻擊社會怪現象最多的，就是人心的貪財。例如第 2 卷第 6 冊，采真寫的〈四個箱子〉，描述北京的一名婦人與先生用盡各種方法，不斷的積聚錢財，又不放心存在銀行，就攢放在四個箱子。沒想到，齊東軍要進城了，聽說會燒殺搶掠，使得婦人日夜驚心，一聽到敲門聲，便顫抖不已，唯恐四箱洋錢化為泡沫。最後婦人病倒了，但眼中始終看著箱子，「有時看見箱子剩了三個，有時看見一個箱子打開，裡面是空的」，在這樣的煎熬下，婦人終於倒下：「眼睛還是對著那四個箱子。到死未曾合上。」[43]

　　類似的作品，還有就是將聖經的經文衍化成寓言小說。如第 3 卷第 8 冊的〈富人〉。一名富人，認為世上最好的東西，不是藝術、學問、宗教，而是金錢。當他死後，不願放棄他的財寶，於是背負著裝滿著金銀珠寶的大包裹上天國，但天國的門很窄，只能容納一個脫然無累的身體出入，富人捨不得他心愛的珠寶，但眼看天國的門就要關了，他不得已想還是暫時捨棄它們，等到進了天國之後再想辦法拿回它們，沒想到這些珠寶不依，大家生根依附在富人的身上，富人與之糾纏許久，最後仆倒在地，眼看就要向下沉淪，就求

---

[43] 采真，〈四個箱子〉，《文社月刊》，第 2 卷，第 6 冊（1927 年 4 月），頁 66。

救於聖徒，聖徒問富人為何不將這些珠寶藏積在穩靠的地方？富人問是何處最妥當？聖徒說：「你應當早些將它們藏在天上；因為你的珠寶在那裡，你的心也在那裡；地上有賊來偷，有蟲來蛀，又能鏽壞，那麼你的心亦跟著這些為他擾亂了。天上卻沒有這些呵！」[44]富人聽了，悲嘆不已，背上的包裹，這時愈壓愈重，終至將他壓到地的最底下處。

其實這兩篇故事都可以淺顯易懂的連接上聖經的教訓。在馬太福音中，耶穌的教訓就是：「你的財寶在那裡，你的心也在那裡。……一個人不能事奉兩個主；不是惡這個，愛那個，就是重這個，輕那個。你們不能又事奉神，又事奉瑪門（瑪門：財利的意思）。」[45]不久之後聖經又記載著：「耶穌對門徒說：我實在告訴你們，財主進天國是難的。我又告訴你們，駱駝穿過針的眼，比財主進神的國還容易呢！」[46]小說的作者並不直接點出經文出處，而是衍化在故事中；對於非基督徒，也許只看到人心的貪財，但在看完諷刺性的小說後，基督教教義也就在無形中駐進心中。至於基督教徒的讀者看了之後，會更堅定於他們所信仰的神與道。

聖經中也斥責好名偽善的法利賽人，他們常常假裝聖潔，在人前禱告、奉獻金錢、穿著體面，但是內心卻是詭詐的。耶穌在世的時候，甚至以毒蛇的後代來譴責法利賽人，要信奉他的門徒小心。[47]有趣的是，《文社月刊》也有這樣諷刺偽善的故事。

---

[44] 楊鏡秋，〈富人〉，第3卷，第8冊（1928年6月），頁76。
[45] 《馬太福音》，第6章，第21、24節。
[46] 《馬太福音》，第19章，第23、24節。
[47] 耶穌經常警告祂的門徒小心法利賽人，有時也會直接斥責法利賽人。如：「我對你們說、要防備法利賽人和撒都該人的酵、這話不是指著餅說的．你們怎麼不明白呢。門徒這纔曉得他說的、不是叫他們防備餅的酵、乃是防備法利賽人和撒都該人的教訓。」《馬太福音》，第16章，第11-12節；「你們這假冒為善的文士和法利賽人有禍了．因為你們好像粉飾的墳墓、外面

　　在〈朱善人〉中，作者常工告訴讀者，朱善人是一位「樂善好義」的人。而他的「善」「義」，是由於他的收埋死骨。從民國八年得到這個「樂善好義」封號的匾額後，朱善人的賦稅，就只要交半價，也因為他是這樣的正人君子，在地方上，只要有他一句話，任何事情便可萬事皆休。甚至是土匪也不肯光顧他，因為自己將來挨黑槍時，還有朱善人會去收埋他的屍骸。這樣的好人，許多人都說是他的「樂善好義」，感動了天神，天神在暗中保護他，使他免去許多的災害。

　　但是，「樂善好義」的朱善人，他真正的作為卻是在寒冷的冬天，看到又餓又冷的乞丐，他是冷靜的「審視著，打量著，至多不能過一天的，半天也許會死的，晚上也許會死的，一個匣子，四個人……。」[48]他不給這些乞丐任何衣物糧食，因為「他早晚總是一死的，晚一個時辰死，便多受一個時辰罪，這不算是捨福，這算是害他受苦，應當使他快點死去才對……。」[49]朱善人的「善」「義」哲學是：「施德求報那不是真善，真善，是不求受善的人知道。所以那些遇著饑荒年分捨飯的，和那些在街道上愛捨錢的，以及富家捨給窮人糧的……都是假善，因為他們所捨與的，都是活人……若是在已死的人身上施恩，受恩的人不知道……。」[50]於是，他就等著那些乞丐活活的餓死，再叫人用匣子（不值錢的棺材）來裝，放在他家的後院，後院的石碑上有著「朱氏義塚」四個大字，而許多匣子子都突在墳外，被一些野狗將死骨頭銜出。「可是從來朱善人

好看、裡面卻裝滿了死人的骨頭、和一切的污穢。」《馬太福音》，第 23 章，第 27 節；「你們法利賽人有禍了。因為你們將薄荷芸香、並各樣菜蔬、獻上十分之一、那公義和愛　神的事，反倒不行了。這原是你們當行的、那也是不可不行的。你們法利賽人有禍了。因為你們喜愛會堂裡的首位、又喜愛人在街市上問你們的安。」《路加福音》，第 11 章，第 42、43 節。
[48] 常工，〈朱善人〉，《文社月刊》，第 3 卷，第 2 冊（1927 年 12 月），頁 56。
[49] 常工，〈朱善人〉，頁 56。
[50] 常工，〈朱善人〉，頁 56。

是善及狗子的」[51]，而在那頹廢荒涼的土墓裡，「朱善人一個個都知道這個人生前的略歷，或死後的情形，有的是有姓名可考，有的只記得死態罷了。這並不是朱善人的記憶好，更不是朱善人樂於要記，因為在每年年終往縣上呈報的時候，必須得這樣的一個底簿作參考的原故。」[52]

　　在小說的最後，作者描述朱善人把一位渴望求得朱善人救助的乞丐馬三，收錄在他「收埋死骨」記略的簿子後，「朱善人的胸腔，已經很輕鬆了，彷彿他剛把兒子完了婚，女兒嫁了人一樣。又了卻一椿他所願辦的一椿事。他的良心上，似乎受了極度的安慰！」[53]

　　作者反諷的技巧十分高明，朱善人同張愛玲小說〈紅玫瑰與白玫瑰〉中的男主角佟振保一樣，在做盡了缺德的事後，「第二天起床，振保改過自新，又變了個好人」。[54]這種將「善人」、「好人」倒寫，表面同意，事實上卻加以拆解的筆法，讓「善人」、「好人」的荒謬性與諷刺性，分別在20年代與40年代的中國，在無名作家常工與知名作家張愛玲的筆下，有著異曲同工的表達方式。

六、20年代基督教諷刺小說形成原因

（一）五四時期的文學特色

　　中國的1919年，也是五四運動開始的時期，此後的十年，是中國的思想、文化與文學發展史上最驚天動地，變化最大的時期之一。不但外有國家危難的存亡衝擊，內有社會體制新舊存廢與倫理

---

[51]　常工，〈朱善人〉，頁57。
[52]　常工，〈朱善人〉，頁57。
[53]　常工，〈朱善人〉，頁57。
[54]　見張愛玲1944年作品〈短篇小說集之一〉。張愛玲，〈短篇小說集之一〉，《張愛玲全集》，第5冊（台北，皇冠文化，2005年10月），頁97。

道德觀念重新評估的衝擊；而在文學創作方面也正發生著新舊文體的激盪。因為，這個十年正是新文化運動的醞釀、發端、開始擴展的時期。在這十年中，民族思想及文學的改造、重構，是許多思想家、文學家最為關心與重點討論的問題；而新文化運動的領導人，多是學貫中西，名重一時的學者，如胡適、陳獨秀、李大釗等人。他們都主張廣泛的向西方學習，改造、重建中國的思想與文化。《新青年》在其宣言中，曾概括了當時新文化運動開創者們的主要思想：

1. 對中西文化進行全面重估。
2. 不惜破壞舊文化，建立自由、平等、進步的新社會。
3. 創造新政治、道德、科學、宗教、藝術、音樂、文學、教育等，從而建立新文化。

為了這樣的目的，西方的各種思想都介紹到了中國。而作為西方文化源頭之一的基督教，也在這時為當時的知識份子所熱烈討論與關心。[55]而在大時代思潮的激盪下，這時的知識份子都有一個共通特色，就是他們多以獨立的社會代言人與社會良心自居，愈來愈少依附性與順從性，展現出獨立思考與批判的特性。[56]對於基督教，這個外來的宗教，大部份的知識份子是持反對的態度。[57]即使是身為基督徒的知識份子，他們也一樣勇於討論與批判有關基督教的一切。

（二）基督教快速成長的挑戰

就基督教本身而言，這段時期應是基督教在華宣教的黃金時期。因為從 1910 年到 1915 年，這五年間華人的傳教士就從 7,701

---

[55] 以上內容參閱王列耀，《基督教與中國現代文學》，頁 14。
[56] 王列耀，《基督教與中國現代文學》，頁 13。
[57] 林治平主編，《近代中國與基督教論文集》（台北：宇宙光出版社，1981 年），頁 147。全句內容為：「一般說來，20 世紀中國人仍然一如往昔敵視基督教，中國知識份子基本上仍是反教的。」

人增至 11,128 萬人，信徒人數由 167,075 萬人增至 286,652 萬人[58]。
根據統計，「1919 年全國的基督教大學就有廿四所」，宗教界人士
稱這一段時期，為基督教在中國發展史上的黃金時期，當時的教會
不禁喊出：「新時代開始了！」[59]

　　但是，進入新時代的基督教，不因人數的驟增，組織的擴展而
有更盛大的發展，反而因新文化運動的思潮衝擊，與外國強權不斷
的凌逼，在眾聲喧嘩中，從黃金時期的繁盛，開始內省，走向本色
化、自立化，同時再面臨非基運動的挑戰，內外的夾攻，使基督教
文學開始以各種不同的姿態繁生。

　　就一般新文學作家而言，因為基督教的盛行與西方文學的大量
引進，還有《聖經》的大量發行，基督教思想與文化可說是整體的
影響到他們。一時間新文學作家引用《聖經》的名句和典故成為風
氣。魯迅、郭沫若、郁達夫、周作人、蘆隱、李健吾、臺靜農等著
名作家中，都曾留下相關痕跡。[60]朱維之在他寫的《基督教與文學》
一書中，就如是寫著：

> 在新文學作品中逐漸出現《聖經》的引句、名詞和典故，如
> 「洗禮」、「天使禮」、「樂園」、「啟示」、「復活」、「天國」、「福
> 音」、「聖母」、「懺悔」、「灰色母」、「亞當」、「夏娃」……等
> 等詞句，在青年作家筆下漸顯露。[61]

　　但是，這些青年作家多只是受到當時宗教風潮的影響，他們的
創作與教會之間很少發生直接的關連，作品多在基督教表層文化與

[58] 趙天恩，《中共對基督教的政策》（香港：中國教會研究中心，1983 年），
頁 16。

[59] Jessie Gregory Lutz, *China and the Christian colleges, 1850-1950* (Ithaca:
Cornell University Press, 1971), pp. 531-533.

[60] 王列耀，《基督教與中國現代文學》，頁 33。

[61] 朱維之，《基督教與文學》（上海：上海書店，1992 年），頁 71。

思想上打轉，很難對神學和教會內的具體情形，如教會中的組織活動、教會中信徒之間的關係、教會的教育和慈善事業，有深入、直接的了解和感受。他們的作品與基督教文學對應的關係可說是浮淺的，至多反映出當時基督教給他們片面性的影響。

當時還有一些作家，尤其是在「五四」之後，他們卻是與基督教會有了直接或間接的連繫。有的是家人成為教徒，有的從小即在教會學校中受到教育，還有的作者，其本人即是基督教徒。[62]而這些與基督教的連繫，使他們的作品不同於一般的作家，能呈現出基督教思想主體的內化，也就是如緒論中所述第一種的督教文學的創作：作者是基督徒，因有虔敬信仰，其宗教思想內化而在文字中顯現基督精神的文學作品。許地山、冰心等就是這一類很好的例子。[63]

五四時期也是反省與批判時期。知識份子對基督教的批評是強烈的。其中陳獨秀所提出的「分離說」，也影響著當時的社會與人心。「分離說」的要點「是在實行兩步分離的前提下，肯定基督教對中國文化的積極意義：其一，將基督的精神與歷史和現實中的某些教會、傳教士、教徒的劣端惡行分離；其二，將教義中神性部分與人性精神分離」。[64]這樣的二分法，作家們也在其作品中或多或少的反映出來，形成當時基督教文學的一大特色。郭沫若的〈落葉〉，對教會人士的行事為人有批評，但他並未對基督教義中愛的思想進行抨擊；郁達夫的〈南遷〉中的一位美國傳教士，則被刻劃成一個漫畫式的丑角形象；畢業於基督教大學──燕京大學──的蕭乾也是一個很好的例子，路易士‧羅賓遜（Lewis

---

[62] 此處參考王列耀，《基督教與中國現代文學》，頁 38。
[63] 王列耀，《基督教與中國現代文學》，頁 39-46。
[64] 王列耀，《基督教與中國現代文學》，頁 81。

Stewart Robinson）在《兩刃之劍：基督教與二十世紀中國小說》中稱蕭乾為「一位反基督教作家」，他在作品中激烈的諷刺和抨擊了基督教會，包括揭示某些教會、傳教士、教徒的各種虛偽與醜行。而蕭乾表示：「我是根據二十年代我在教會學校的親身經歷而寫的。」[65]

文學中「二分法」的最顯著特色，即如陳獨秀所言，將耶穌的精神與基督教會的行動進行對比、分析，並且，以耶穌的訓誡、行為和體現的精神相對照。對源與流的偏差，進行程度不同的抨擊。[66]20年代的作家們顯然是身體力行了。

七、小結

20年代，當魯迅辛辣諷刺的文章引起社會上廣大的興趣與注意，在普遍受到歡迎之際，其實也帶來了反省。這個背景，可能也觸動了《文社月刊》編者和文藝作者的心靈，把諷刺文藝帶入了基督教的刊物中。先不論《文社月刊》中文藝作品的文學內涵如何，或是所收效果如何，他們把諷刺態度與筆法用於基督教的文字之中，即是一種創新，也是一種本色化的做法。

長期以來，基督教文學所給人的印象，是給人歌功頌德式的創作，彷彿只有敬畏上帝、感謝神的拯救與信徒的感動，才是正統的基督教文學，但是這種樣板式的文學或文藝的效果如何，能否達到

---

[65] 蕭乾的這句話，見於蕭乾，〈序：中西文化又一交叉點〉，路易斯・羅賓遜（Lewis Steuart Robinson）著，傳光明、梁剛譯，《兩刃之劍──基督教與二十世紀中國小說》（台北：業強，1992年），頁6。序中蕭乾指出，他早期四篇揭露教會學校黑暗，是根據他二十年代在教會學校的親身經驗而寫的，但「隨著年齡及閱歷的增長，自然我也接觸到西方文學藝術中的基督教，我很喜歡，甚至醉心。我看到了基督教另外一面。」
[66] 王列耀，《基督教與中國現代文學》，頁88。

宗教傳揚的目的，能否讓讀者感動和留下深刻的印象，都是值得懷疑的。不可否認，《文社月刊》中的諷刺小說，是會給讀者留下深刻的印象，代表著當時基督教界的作者，嘗試以一種新的文學途徑表達於文藝創作中。這在基督教文學史、宣教史，甚至在中國基督教史上，都是有意義的地方。

　　《文社月刊》中的文藝作品，代表著當時一些華人信徒對教會怪現象的自省。當時的中國信徒正逐漸從信仰的跟隨者，轉變成宣教的參與者，對於教會與宣教有更多的使命感，也能更深入的觀察其中的過程。關於教會中洋牧師把持教會和他們自大與利己的心，蔑視中國信徒，以及中國信徒盲從的態度，顯然讓這些文藝作者感到不滿。雖然他們借用小說的筆法來表達，其中所蘊含的深意是不言可喻的。這也難怪引起一些傳教士的不滿，進而向《文社月刊》的贊助單位告狀，斷絕它的經費來源，以徹底毀滅這個機構。

　　進一步來看，《文社月刊》的小說並沒有在批判基督教，其中所嘲弄的牧師、師母、會督、牧師的助手，以迄要組織工會的執事，其實都是信仰不純正，蒙上私慾的問題基督徒，也正由於這些人的存在，使得原本聖潔的教會和拯救世人的工作，都變質了。或者可以說，《文社月刊》中的文藝作品代表著一股改革的正面力量，就像耶穌當年把聖殿中從事買賣的人群趕走一樣，是要將教會回復到它的原貌。[67]《文社月刊》作者清楚的把人與宗教分開，主要是在趕走惡人，潔淨教會，以維護他們自己的宗教。而在其他的諷刺小說上，事實上也隱隱約約的與這個主題相呼應，都是在指斥世人貪財好名，只著眼今生，而無法自拔。例如假冒偽善的朱大善人，也

---

[67]　《馬可福音》，第 11 章，第 15-17 節記載：「他們來到耶路撒冷、耶穌進入聖殿、趕出殿裡作買賣的人、推倒兌換銀錢之人的桌子、和賣鴿子之人的凳子。不許人拿著器具從殿裡經過。便教訓他們說、經上不是記著說、『我的殿必稱為萬國禱告的殿』麼．你們倒使他成為賊窩了。」

是聖經批判最多的法利賽人。這些都是聖經上一再警告世人要注意的，因為這樣的行為，是難以進「天國」的。

　　基督教本色文學的創作是值得讚佩的。基督教從聖經開始，出現許許多多的洋名、洋作風、洋習慣和風俗，要讓一、二百年前的華人接受，的確是很不容易的事，所以基督教文學一定要有中國人自己的創作，同時要讓中國人看得下去，是很必要也很重要的一步。從這個角度，文社與《文社月刊》的方向是正確的，他們推出諷刺性的文藝作品，可謂用心良苦。從今天來看，是頗具意義的，只是在他們達到自給、自養之前，就深刻的來諷刺教會，難怪會夭折的這麼快。讓這一次在基督教文學上的新嘗試，像一顆彗星一樣，雖然耀眼，但很快就閃過中國基督教史的上空。

▲內容充滿強烈諷刺的《文社月刊》，最後還是被迫停刊。

第五章　《生命》中的生命
——趙紫宸的早期新詩

> 詩是愛的神，生命的神，自由的神，可納須彌於芥子呀，可
> 寄蟭蟟於大椿，我心的形，我血的精呀，我靈魂的果與因。
> ——趙紫宸，《生命月刊》第 3 卷，第 2 號（1922 年 10 月）

一、前言

　　趙紫宸（1888-1979）是中國基督教界 20
世紀的傑出人物。他是教育界、教會界與
神學界的主要領導人，不但曾擔任過東吳
大學文學院院長、燕京大學宗教學院院長
多年，而且還活躍於國際基督教界。並擔
任 1948 年 8 月普世基督教協進會（World
Council of Churches）成立大會的 6 位副主
席之一，是 20 世紀前半期少數在中外享有極高知名度的中國教會
領袖之一。

▲《生命月刊》的封面

　　趙紫宸是一位多才多藝的人物，在中國古典文學方面造詣很
深，尤其表現在詩詞、戲曲及書法藝術上。雖然他不懂音樂，但很
早就對聖樂中譯很感興趣。[1]他在教會詩歌方面藝術氣息的展現，

---

[1]　趙紫宸自己說：「我作歌與今人填詞一樣，並不知道音樂，只知道按空格填
　　字。」趙紫宸，〈序一〉，《民眾聖歌集》（北京：作者自印，廣學會等經售，

是曾與燕京大學的同事范天祥（Bliss Mitchell
Wiant）合作，出版過兩本詩歌集，絕大部分
的歌詞都是出於他手。[2]據其燕京的學生表
示，聖詩集出版後大受燕大同學的歡迎。[3]甚
至在 1936 年出版，後來廣為教會界所使用的
中文聖詩集《普天頌讚》，也收有 9 首是他作
詞的聖詩。

▲《生命月刊》的目錄

　　像趙紫宸這樣傑出的人物，自然吸引了學界與教會界對之研究
的興趣。不但中外學者均有論述趙紫宸的專著與期刊論文[4]，甚至還
曾經舉辦過學術研討會，專門來討論他生平的各個層面。[5]同時，現
在也已經開始重新將一些趙紫宸的過去的作品，編輯成專書出版。[6]

1931 年），頁 1。

2　趙紫宸不懂音樂，但為何以會走入翻譯讚美詩的路，他曾在自己出版的聖
歌集中加以解釋。他說：「十年前中華基督教續行委辦曾經召集基督教文壇
領袖，討論要出四種書，一種是解釋教義的書，一種是讚美詩，一種是靈
修書，一種是宗教。當時大家以為這些書都些中國信徒自去創作。我是受
委任的一個，擔任著作第一種書。受委作讚美詩的不是我，可是我卻最願
意翻譯讚美詩；於是在十年中，我繼續不斷的試譯，以至於今日。」趙紫
宸，〈序一〉，《團契聖歌集》（北京：燕京大學基督徒團契出版，廣學會等經
售，1931 年），頁 1。在這兩本詩歌集中，《團契聖歌集》在 1931 年 1 月先
出版，而《民眾聖歌集》則在同年 9 月出版。關於范天祥的生平，請見黃
永熙，〈范天祥（Bliss Mitchell Wiant）〉（1998 年），引自（http://wzjinxiumusic.
blog.163.com/blog/static/5189319620083741142211），登錄時間 2010 年 4 月
12 日。

3　謝雪如，〈高山仰止〉，王曉朝主編，《趙紫宸先生紀念文集》（北京：宗教
文化出版社，2005 年），頁 23。

4　有關趙紫宸的專書有好幾本，如林榮洪，《曲高和寡：趙紫宸的生平及神學》
（香港：宣道，1994 年）；邢福增，《尋索基督教的獨特性──趙紫宸神學
論集》（香港：建道神學院，2003）；古愛華著，鄧肇明譯，《趙紫宸的神學
思想》（香港：基督教文藝，1998 年）。

5　例如王曉朝就主辦過專門討論趙紫宸的研討會，並且編有《趙紫宸先生紀
念文集》。

6　除了一些過去趙紫宸的著作被翻印外，最主要系列編輯出版的，是清華大

　　然而美中不足的是，在他著作中有為數甚多的詩詞，迄今仍然還沒有一篇文章來加以討論。同時也沒有關於他所寫的詩的全集出版。[7]由於他許許多多的新詩是散在各種報刊雜誌之中，不容易收集齊全，故也不容易對此來研究。詩歌是內心的吶喊，是生命的流露，透過詩歌，我們不僅看到作者的文采，更可以看出作者的人生境界，宗教的情懷，以及對於時代的感懷。所以對於自認為是詩人的趙紫宸，如果缺少對他許許多多詩歌的研究，不易看到他內心的感情。而由於趙紫宸早期的詩歌主要發表在《生命月刊》中，故現以該刊物中他的詩歌為主，來探討他早期對於宗教信仰與人生的看法，也得以了解 20 年代基督教文學中的詩歌寫作風格。

二、趙紫宸與《生命月刊》

（一）趙紫宸的早年經歷

　　趙紫宸思想的多元背景，可以由他早年的生長環境看出。趙紫宸是浙江德清人，生於 1888 年（光緒 14 年）。他在童年時期，家鄉仍是在強烈儒、釋、道的氛圍之中。所以他曾隨家人去拜過神佛，

學的王曉朝，有《趙紫宸文集》第一卷（2003）；《趙紫宸文集》，第 2 卷（2004）；《趙紫宸文集》第三卷（2007）；《趙紫宸英文著作集：趙紫宸文集》，第 5 卷（2009）；《趙紫宸先生紀念文集》（北京：宗教文化，2005 年）。

[7] 趙紫宸自己曾選編出版了兩本詩集，第一本是《打魚》（上海：廣學會，1930年），第二本是《玻璨聲》（出版地與出版者不詳，1938 年）。（在此感謝香港中文大學的邢福增教授提供此詩集之影本。）關於第二本，趙紫宸在書中的〈自序〉中解釋書名之由來：「名家之詩，固可擲地作金聲，余之所作，不敢謂金聲而玉振，考其音響，其或有玻璨之聲乎？義和敲日，李賀似聞此聲，余取以名此小書，其真能自謙乎哉？」趙紫宸，〈自序〉，《玻璨聲》，頁 4。此詩集目前僅見於香港浸會大學圖書館特藏部，係由該校歷史系李金強教授代為收集與提供，特此致謝。

也看過僧、道做法，甚至在家中也翻過一些佛道的善書。但是在另一方面，晚清的浙江已在相當大的程度上受到西方勢力的滲透，教會學校與教堂亦在地方上可以見到。例如教會就在他家附近，在家中甚至可以聽到旁邊耶穌堂主日禮拜的詩歌。他也曾隨親人進教堂去「聽禮拜」。[8]但是這些早期的宗教經驗，並未讓他有因此繼續追尋的念頭。

趙紫宸與基督教實際的接觸卻是與他的就學有關。在他十三歲時，因為父親經商不利，他遂輟學在家準備隨父從商。後來在 15 歲（1903 年）要復學時，在去杭州讀中國書和去蘇州讀外國書的選擇中，他自己決定去蘇州念書。[9]於是進了長老會在蘇州建的萃英書院。

在萃英書院一年的時間，趙紫宸過著教會學校校園的生活。他必須上聖經課，參加主日崇拜，並受到教員的傳教。使他也動了信教的心，但是他自己反省，其在生活上依然毫無變化。萃英書院在他就學階段以及在對基督教的接觸上，都只是過渡時期。趙紫宸接著在 1904 年進了東吳大學的預科。

東吳大學的日子讓趙紫宸有較深思考與追尋基督教的機會，他也在此時受洗成為基督徒。然而他在東吳大學就學之初，受到同學影響，以中國文明為傲，曾一度有排斥基督教的態度。他曾自謂是「愛國心」與「排教心」的混雜，然而他自己仍陷在精神痛苦之中。到 1907 年穆德（John R. Mott）到華巡迴布道時，曾在東吳

---

[8]　趙紫宸，〈我的宗教經驗〉，《生命月刊》，第 4 卷，第 3 期（1923 年 11 月），頁 4；趙紫宸，〈我的宗教經驗〉，徐寶謙編，《宗教經驗譚》（上海：青年協會，1934 年）。

[9]　根據趙紫宸自己的描述，他曾到靈泉山覺海寺去求籤，結果去杭州是上吉籤，而去蘇州是中平籤。但是趙紫宸回家時，故意將抽籤結果相反的報告父母，讓他能前往蘇州唸書。趙紫宸，〈我的宗教經驗〉，頁 5。

大學演講，讓趙紫宸受到感動。接者在眾多老師與校長孫樂文
（David L. Anderson）在基督教內容的跟進解說下，他終於決定受
洗成為基督徒。自此趙紫宸開始基督徒的生活，注意讀經、祈禱、
禮拜與服事。他在 1910 年自東吳大學畢業後，就在東吳中學教書，
不但維持每天三小時的靈修生活，而且吸引學生與他一起來追求
神，半年間竟有十七位學生受洗。而他的父母與妻子亦受其影響，
成為基督徒。

　　也正因為趙紫宸的優異表現，東吳大學願意借資讓其出國留學。
他遂於 1914 年出國，前往位於田納西州的范德堡大學（Vanderbilt
University），進修神學、哲學與社會學，並在 1917 年獲得碩士學
位。他接著回到東吳大學任教，主講社會學和宗教學，很受校方的
重視。在 1922 年擔任文學院院長。

　　趙紫宸不惟在東吳大學獲得重視與重用，他在基督教界也非常
活躍。以 1922 年為例，於 4 月在清華大學舉行的「第十一屆世界
基督教學生同盟」（11th World's Student Christian Federation）、1922
年 5 月在上海舉行的「基督教全國大會」、同年夏天在牯嶺舉行的
「全國立志布道團第一次全國大會」，均有他的參與。[10] 可見趙紫
宸對教會界的關切與熱心。

　　趙紫宸在 1926 年轉往燕京大學任教，與劉廷芳有心改革宗教
教育有關，而且是經過好幾年的努力才得成功。趙紫宸與劉廷芳早
就互聞對方名聲，但到 1921 年才得結識，雙方在改良聖詩的方面
談得相當契合。彼時擔任燕京大學神科科長的劉廷芳就有借將之
心，雖然東吳拒絕燕京借調之請，但是趙紫宸在 1923 年曾赴燕京
大學擔任宗教哲學講座。兩人因此有更多認識的機會。而後東吳在
1924 年同意趙紫宸可以前往燕京任教，趙紫宸遂決定在 1925 年辭

---

[10]　林榮洪，《曲高和寡：趙紫宸的生平及神學》，頁 71-77。

去文學院院長之職，轉赴燕京任職。不意他於 1925 年 7 月欲舉家
遷往燕京時，跌交骨折，拖到 1926 年才到燕京就職。而爭取趙紫
宸到燕京任教，被劉廷芳引為平生最得意的一事。[11]

（二）與《生命月刊》的關係

　　趙紫宸雖然拖到 1926 年才到燕京任職，他與燕京基督徒知識
份子在宗教與文化的結合卻早自 1919 年就開始。由於國家與基督
教都受到時代的衝擊，讓有心於國事與教會的基督徒知識份子開始
深思救國愛教之道。他們不但慷慨為文，而且還呼朋引伴聚集成
社，以集思廣益並擴大影響。正是在這樣的背景下，遠在蘇州的趙
紫宸能夠跨越地理的限制，與北方的基督徒知識份子成為互通衷曲
的文字與思想的契交。

　　五四運動以及稍後 1920 年代的反基督教運動，給民國時期基
督徒帶來重大的挑戰。當時時局混亂、軍閥及帝國主義內外交迫，
加上新文化運動與愛國主義風起潮湧，基督教同樣也面臨國族主義
的挑戰。基督徒的知識份子所能做的，就是團結成社，對時代做出
回應。五四運動的同個月份，北京有 29 位基督徒（主要是燕京大
學的教師與北京青年會的成員），包括趙紫宸在內，「為闡發基督真
理，提倡基督教革新運動起見，發起組織證道團。」[12]他們決定改

---

[11] 關於劉廷芳爭取趙紫宸前往燕京任教之經過，請見徐以驊，〈劉廷芳、趙紫
宸與燕京大學宗教學院〉，收入於王曉朝編，《趙紫宸先生紀念文集》，頁
64-65。

[12] 徐寶謙，〈北京證道團的宗旨及計畫〉，《生命月刊》，專號（1922 年 3 月），
頁 10。關於「北京證道團」的英文名稱有三種譯名，一是 Group of Truth
Witness，另一是 Peking Apologetic Group，見 T. C. Chao, trans., "Christian
Renaissance in China - Statement of Aims of the Peking Apologetic Group,"
Chinese Recorder（September 1920），pp. 636-637. 後來生命月刊曾在文章
中把此團體譯為 "a union to witness the truth"。徐寶謙，〈北京證道團的宗

革思想，激起覺悟的對象包括教會和社會二者，一方面希望改革不合時宜的教條教義和教會政策，另方面則以聖經教義回應社會問題；鼓吹的方法有二，一是言論，二是文字。

於是在 1919 年 11 月籌辦了《生命月刊》第一卷第一期，其內容主要在回應與呼應新文化運動和五四運動，具有強烈的「啟蒙」性質。[13]但在 1924 年時，非基督教運動中的「民族主義」性質快速的壓倒了「啟蒙」性質，思想文化的理性討論幾不復見，取而代之的是以民族主義為號召的大規模群眾運動，基督教成為眾矢之的。為回應此種激烈的社會動盪和衝擊，證道團於 1924 年 9 月改為「生命社」，開始更加注意「中國教會」、「中國文化」，尤其是「中國知識界」，也就是「中國教會本色化」的問題。也就是他們在五四新思潮的刺激和影響下，希望借助五四新思潮的力量，推行基督教的「中國化」（即「本色化」），實現他們革新中國教會，並從而實現改造中國的宏圖壯志。[14]《生命月刊》持續發揮它的文字力量，直到 1926 年 4 月，《生命月刊》與《真理週刊》合併為《真理與生命》半月刊，《生命月刊》才完成其階段性的任務。

旨及計畫〉，《生命月刊》，頁 10。該團體的成立日期亦有三種說法，一是徐寶謙所說的 1919 年。徐寶謙，〈北京證道團的宗旨及計畫〉，《生命月刊》，頁 10。然而徐寶謙在另一篇文章說是 1920 年 1 月 28 日。Hsu Pao Chʻien, "The Christian Renaissance," *Chinese Recorder*（July 1920），p. 460；到了十五年後，徐寶謙回憶時卻說是成立於 1920 年 3 月。徐寶謙，〈二十年信道經驗自述（續）〉，《真理與生命》（1934 年 5 月），頁 81。

[13] 當時有好幾位生命社的成員用「中國基督教（徒）的文藝復興」（The Christian Renaissance 或 Christian Renaissance in China）來稱謂他們的運動。

[14] 關於生命社的研究，可以參考吳國安，《中國基督徒對時代的回應（1919-1926）——以《生命月刊》和《真理週刊》為中心的探討》（香港：建道神學院基督教與中國文化研究中心，2000 年）與 Peter Chen-main Wang, "Were Christian Members of the Yenching Faculty Unique?: An Examination of the Life Fellowship Movement, 1919-1931," *The Journal of American-East Asia Relations*, no. 14（March 2009），pp. 103-130.

　　《生命月刊》是著名的基督教刊物，本是季刊，後改為月刊。從創刊開始，其內容就已涵蓋時局、教義、教會事工等方面，待第二年開始則又增加了論壇、通訊及專門研究等專欄，理性的探討如宗教教育、中國大勢、世界和平、基督教信條、新舊約聖經研究、宗教觀、中國教會改造等等問題。在這些理論性強的內容之外，《生命月刊》同時也用小說、散文和詩等文藝性強的各種體材妝點其中，使之符合雜誌的多元化需求。但有趣的是，也許時局太過混亂，這些身為基督徒知識份子的編輯，多大聲疾呼，強調理性的論述，而在大篇論述之外的空白處，多以大量的詩補充之，小說和散文則非主流。而這些大量的詩體，多以新詩為主，舊體詩偶一見之，散文詩則如驚鴻，亦有出現。至於作者，除了《生命月刊》的主幹劉廷芳之外，趙紫宸也是重要作者，幾乎每期都可看到他的新詩。兩人彷彿搭檔，成為《生命月刊》中最特殊的文藝風景。

　　趙紫宸身為證道團的一員，自 1920 年起就有文章刊載在《生命月刊》中，此後未曾間斷。[15]在生命社期間，由於趙紫宸能詩能文，下筆又快，著作極多，始終是生命社的重要台柱之一。時人對他的文字有如下的評論：

> 就他的才學而論，他是精研神學、哲學和社會學的，但他的國學程度也很不錯。他的新詩和舊詩中，更充滿一種卓特的個性，特特是趙紫宸自己的。他的詩裡邊，於無形中又似含有一種人生觀，所以哲學的奇趣，常流露於字裡行間，而不自覺。[16]

---

[15] 趙紫宸的第一篇文章是〈對於信經的我見〉，《生命月刊》，第 1 卷，第 2 期（1920 年 5 月），頁 1-11。

[16] 應元道，〈二十餘年來之中國基督教著作界及其代表人物〉，《文社月刊》，第 1 卷，第 5 期（1926 年 4 月），頁 30.

　　不過，他從未在《真理週刊》上發表文章。1926 年趙紫宸應聘至燕大宗教學院任教，主講基督教哲學，隨即成為生命社的編輯委員之一，擔任《生命月刊》的編輯工作。趙紫宸北上燕京任教，受到生命社其他成員的歡迎是可想而知的。當時飽受非基運動衝擊，又久病不癒的劉廷芳曾發表一首新詩〈戰壕中遺囑〉，歡迎趙紫宸的來到：

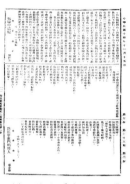

▲劉廷芳在《真理週刊》
發表歡迎趙紫宸的新詩

> 你來了，你果然來了；／親愛的哥哥，這一場血戰，真非同小可！／……同伍的弟兄們，戰眼矇矓，／無意地刀了劃我的心胸。／連朝狂風霆雨，創痕益加沈痛。／我咬緊牙根，苦守這條險阻。／知道你定來救援，忍死不敢退步。[17]

　　二人交情由此可見，但亦可得知當時非基運動衝擊之猛烈。

　　事實上，趙紫宸一生中最為時人所樂道者，除了他的神學思想在中國教會史上有深遠影響，也包括他深厚的文學修養。他不論在詩詞戲曲以至書法藝術上，都有很高的造詣。但他在《生命月刊》中所產出的大量新詩，則更令人印象深刻，說他是位詩人，毫不為過。例如趙紫宸的女兒趙夢蕤曾說：

> 父親是詩人，十七八歲時就開始學詩，寫詩。他於一九三八年自己印行的詩集《玻璃聲》中收集了一九一二至一九三八年的作品：舊詩三百零三首，詞一百三十六首，白話詩二十一首。這些詩大多是抒情懷、寫景物、贈親友，也兼及他的

---

[17] 劉廷芳，〈戰壕中的遺囑〉，《真理》，第 3 卷，第 33 期（1925 年 11 月 15 日），頁 2。

宗教思想，顯示了他的博學多才，情操嚴正。白話詩則出過
一個單行本，名《打魚》，一九三零年印行。最早的詩寫於
一九二二年，在五四運動後不久，雖然大半是宗教詩，但少
數也極有情致。[18]

　　趙夢蕤對他父親寫詩的描述並不精確。第一、趙紫宸在 1922
年以前就在《生命月刊》開始發表詩作。第二、到 1930 年印行的
《打魚》詩集時，就已經寫了近 500 首的新舊體詩。他只選了其中
的 32 首編成《打魚》的詩集。第三、其實趙紫宸特別重視他自己
的宗教詩。他說：

> ……宗教詩是我生命中挺生的血花。我常覺得詩與宗教是一
> 而二，二合一的。我卻願把我自己的宗教經驗，在詩的生活
> 中透露出一點，分給尚未向巴力屈膝的同道們。這是我將出
> 版的最大的理由。
> 當然，我是一個耶穌的門徒。沒有耶穌，決不會有現在的我。
> 而耶穌的中國的門徒中。尚未曾有人將詩來傳遞他所感發的
> 生命。這幾首詩，還是初結的果子。我請以第一首詩的題目
> 『打魚』兩個字，來提這本書的名字。同道們，讓我們的小
> 船，撐到深處下網罷。[19]

---

[18] 趙夢蕤輯，《趙紫宸晚年詩詞選》，收錄於中國人民政治協商會議北京市委
員會編，《文史資料選編》，第 14 輯（北京：中國人民政治協商會議北京市
委員會，1982 年）。

[19] 趙紫宸，〈序〉，《打魚》，頁 5-6。巴力是指古代西亞地區的神明。在《聖經》
中多次提及「事奉巴力」，就是描述猶太人離棄耶和華，去信奉當地的神。
此處趙紫宸說他的詩要「分給尚未向巴力屈膝的同道們」，是引用聖經上所
說堅持信仰，沒有去信奉巴力的人。相關的聖經章節為：「但我在以色列人
中為自己留下七千人，是未曾向巴力屈膝，未曾與巴力親嘴的。」（列王記
上 19:18）。至於趙紫宸的書名《打魚》，以及他在書的序言中所說「同道們，
讓我們的小船，撐到深處下網罷」，是引用新約聖經上要遵從耶穌的指示之

▲趙紫宸詩集《打魚》的封面及版權頁

　　根據趙紫宸自己的說法，詩不只是自娛娛友，他的宗教詩是「生命中挺生的血花」，更是他向同道分享的宗教經驗，蘊含著生命的意義。

　　翻閱《生命月刊》雜誌，趙紫宸在其上共發表了近 50 首詩作。這些詩作，不論明寫或暗喻，均有意無意的將他對《聖經》的了解與神學的觀點表達出來。其技巧與手法，就今日來看也許不是十分高明，但在當時都算是獨領風潮，他擅用比擬，將自己投射於詩中的情境。而他的比擬，主要來自他對《聖經》的詮釋與基督教的信仰。在《生命月刊》第 1 卷第 6 期中，趙紫宸曾闡述他讀經的出發點是「要得生命」，清晰明確的表達出他在信仰追求的目標與需求。[20]而他是如何將這需求表現在新詩中，則為本文探究的重點，並得以做為評價其新詩創作的基礎。

　　意，相關的聖經章節為：「有一隻船是西門的，耶穌就上去，請他把船撐開，稍微離岸，就坐下，從船上教訓眾人。講完了，對西門說：把船開到水深之處，下網打魚。西門說：夫子，我們整夜勞力，並沒有打著什麼。但依從你的話，我就下網。他們下了網，就圈住許多魚，網險些裂開，便招呼那隻船上的同伴來幫助。他們就來，把魚裝滿了兩隻船，甚至船要沉下去。」（路加福音 5:3-6）。

[20] 趙紫宸、吳雷川、吳耀宗，〈我為什麼要讀《聖經》？用什麼方法讀《聖經》？〉，《生命月刊》，第 1 卷，第 6 期（1921 年 1 月），頁 1。

三、趙紫宸對「生命」的詮釋

　　趙紫宸對基督教信仰的追求是熱烈與求知的。他既不落入死守文字的迂腐，也不將之當作抽象的玄學思考。從他在信仰基督教的經歷中，可以看到他希望辨明基督教與中國文化的關係，以及如何可以在中國社會落實出來，並廣為中國人所接受。換句話說，趙紫宸對基督教信仰是一種生命的追求，這生命不只是個人的信仰，還要能在中國文化及社會中能夠彰顯，並且還要生長茁壯。

　　趙紫宸非常注意基督教信仰與文化的關係。但是他所生長的時代，中國文化正經歷強大的挑戰，所以他對於中國文化的看法，也經歷著轉變和演化的過程。就學校而言，趙紫宸童年受過傳統的儒學訓練，然後到以西學為主的教會學校，最後再到美國的教會大學去留學。而他的求學過程中，從尚有科舉的時代到取消科舉，然後到清廷覆亡民國建立，最後是五四時期的狂烈攻擊傳統國學，以及 1920 年代對於教會學校缺少中國文化的批評。這些時代的變動自然影響著他對於中國文化的看法，也令他對基督教與中國文化的關係一再的調整。

　　趙紫宸在轉變與提出改革見解時，一方面是顯示出時代性，同時在另一方面，也顯示出基督徒在信仰生命的見證。如有學者指出，趙紫宸在 1917 年自美返國後，即深受當時正興起的新文化運動的影響，對傳統的舊文化加以批評，認為中國需要全面的革新。他的思想呈現「新舊」對立的二元觀。但是到了 1922 年，趙紫宸轉而肯定中國文化的精神遺產，強調建立本色的中華基督教。[21]這

---

[21] 邢福增，〈趙紫宸的宗教經驗〉，王曉朝主編，《趙紫宸先生紀念文集》（北京：宗教文化出版社，2005 年），頁 184-250；邢福增，《尋索基督教的獨特性——趙紫宸神學論集》，頁 4-9。

裡必須指出的是，趙紫宸在他的思想轉變過程中，並沒有像是五四時期提出要「打倒孔家店」式的口號與做法。趙氏所表現出來的是他的溫和改革路線，也就是用中國人的思想來表達基督教信仰。趙紫宸的神學工作特徵，在於他不斷的為中國文化及政治社會狀況尋求出路，他這種本色神學企圖把基督教信仰、西方自由主義和儒家傳統融合，也是他的身份的時代性呈現──一個傳統儒生又受西式高等教育，為基督教信仰在中國尋找出路的學者。

　　趙紫宸對基督信仰的理解與熱忱，也可從他對讀《聖經》的看法看出。對受過西方神學教育，受到自由派神學影響的趙紫宸而言，他看待基督教是「一種意識、一種肯定的個人與社會存在，一種新生命，耶穌基督已實踐出來。」[22]首先，趙紫宸對於《聖經》是絕對肯定的。在《生命月刊》第1卷第6期，他對於「我為什麼要讀《聖經》？」提出了他的看法。趙紫宸的回答是：「《聖經》是生命書，我讀《聖經》，為是要得生命，要從這生命利己利人救國濟世，小子不敏，未敢自棄。」[23]至於「用什麼方法讀《聖經》？」趙紫宸覺得不應該是盲從或是囫圇吞棗，而是要與上帝相通，以得著生命。他說：

> 我讀經之法有二，即是批判法與尚友法。批判《聖經》是要知
> 每卷的人、地、時、文、旨；而免盲從，而得真知。用尚友法
> 的緣由，是要與賢、聖、救主、上帝相通，藉以誠心以見天心，

---

[22] 梁慧，〈中國現代基督徒是如何讀《聖經》的？──以吳雷川與趙紫宸處理《聖經》的原則與方法為例〉，李熾昌主編，李天綱、孫尚揚副主編，《文本實踐與身份辨識──中國基督徒知識份子的中文著述，1583-1949》（上海：古籍出版社，2005年），頁314。

[23] 趙紫宸、吳雷川、吳耀宗，〈我為什麼要讀《聖經》？用什麼方法讀《聖經》？〉，頁1。

使我得到靈修充分的效果。但此二法的處，也不外乎得生命，
又使我所接觸的人，都從我言行文章得著生命。[24]

　　從這兩段話中，可以發現趙紫宸認為一個基督徒的信仰，不只是
以經文為依據，乃是以耶穌基督為依據；他在第 3 卷第 3 期的《生命
月刊》中，發表〈宣教師與真理〉一文中指出：「基督教不是經本的
宗教，乃是以基督為中心，以生命為根據的宗教。」[25]他並認為人通
過宗教經驗最終會來到耶穌面前，而只有耶穌才能將人類的經驗達致
高峰，由此，他指出：「我們不要在老遠的不知找上帝，乃要直接的、
人心交射互透的意識裡，生命裡，找上帝。」[26]人是在生命中找到上
帝的實存，而上帝也正是在人的生命中顯現其真理；基督宗教與生命
是合一的；耶穌和生命也是一體二面，尋著耶穌，也就尋著生命。

　　趙紫宸對「生命」的概念，顯然有其獨特的看法，他強調「要
得生命」的讀經理由，也就是他為什麼信仰基督教的理由，而耶穌
基督是他所相信的真神。他的信念來自《聖經》：「耶穌說：我來了
是要叫人得生命，並且得的更豐盛。」[27]他同時重視基督教與個體
的關係，強調個人的精神生活與宗教經驗，因此在回答基督教何以
能對中國社會產生作用時，他提供的方案也是人格救國，唯有靈性
更新，即人格更新，才能達到社會政治的變革，他所說的「要從這
生命利己利人救國濟世」就是這樣的意思。[28]

---

[24] 趙紫宸、吳雷川、吳耀宗，〈我為什麼要讀《聖經》？用什麼方法讀《聖
經》？〉，頁 1。

[25] 趙紫宸，〈宣教師與真理〉，《生命月刊》，第 3 卷，第 3 期（1922 年 11 月），
頁 9。

[26] 梁慧，〈中國現代基督徒是如何讀《聖經》的？──以吳雷川與趙紫宸處理
《聖經》的原則與方法為例〉，頁 314。

[27] 〈約翰福音〉，10 章，10 節。

[28] 梁慧，〈中國現代基督徒是如何讀《聖經》的？──以吳雷川與趙紫宸處理
《聖經》的原則與方法為例〉，頁 315。

　　從趙紫宸的言論中已經可以看出，他始終關心中國的文化與社會。他企盼基督教能實際的與中國的文化與社會結合，產生改造的力量，使國家與國人同得基督的好處。基督教的真精神是由信得救；而「耶穌精神」就是基督教的精粹，「耶穌基督所表示顯現的天父上帝，人類弟兄以及由信得救，由悔成聖，由服務犧牲而實現的天國。」他也堅信只有基督教才能救中國，因為，「世界的亂，國家的弱，人類的墮落，只有耶穌那種愛心的精神可以挽回的。」[29]趙紫宸就曾經這樣說過，中國的腐敗根源就是人自身的道德淪喪，而耶穌正是道德的完美表率。基督教在此意義上正「可以成為社會重建的基礎」。基督教可以給中國的最大貢獻，就是讓人人有顆耶穌的心，「使他們因此成個新民族，立個新社會。」當「人人有顆耶穌的心」，也意味人人得著了「生命」。[30]趙紫宸「生命」的意涵，就在於個人靈命的更新，也就是人格的更新。

四、趙紫宸新詩之形式與表達

　　在《生命月刊》發行其間，正是五四以後中國詩壇最混亂的時候。不但是新詩與舊詩交錯，同時新詩沒有形成規範或欣賞的標準，形成各式各樣的詩體，出現在各種報刊雜誌中。趙紫宸就在這個時候，發表了數量多、篇幅長的新詩，幾可與他的專題論述文章分庭抗禮，非

▲趙紫宸在《生命月刊》所發表的長詩〈客西馬尼〉

29　參見梁家麟〈從趙紫宸的《基督教哲學》看二十世紀中國基督徒的信仰困擾〉，王曉朝主編，《趙紫宸先生紀念文集》，頁 467-515。

30　參見葉仁昌，〈信仰人格對當前台灣社會的意義——民主文化的再思與建構〉，中華福音神學院政教研討會：「政爭風雲中的教會路線與合一」（2004年 6 月 12 日）。

常引人注目。就形式而言，他的詩可分成三種，一是不拘形式的長短詩；二是散文詩；三是禱詩。就內容而言，或取材《聖經》，或藉現實以抒發宗教情懷，多多少少可以看出他的宗教情懷與訴求。

（一）不拘形式的長短詩

趙紫宸在《生命月刊》中的新詩在形式上沒有拘泥於字數的長短，或是格式的一致。他的短詩特色，有如當時新文化運動的新詩倡導者胡適一樣，短則四、五句，長則廿五、六行，「作詩如說話」，過於信任情感的「自然流露」。[31]趙紫宸不但是對於詩的長短與字數隨心所欲，就是在表達的格式上，也是不拘形式的直訴他的看法。

他寫詩並不像古人注重情景與雕琢，而是從生活中所見事務就地取材，也不擔心可能引起宗教界的不快。例如他就日常所觀察的牧師生活，就完成一首十四段長的〈牧師經〉。他自己在該詩的前言中說：「我從來沒有做過牧師，卻略知牧師的生活，我覺得好牧師不多，所以好牧師的痛苦，更覺難當。心有所觸乃寫牧師經一篇；不事文藻，但抒真情。」[32]從詩的前幾行就可以看出他的風格與特色：

---

[31] 1936～1937年間，朱光潛在他所住地安門裡的慈惠殿三號發起並組織「讀詩會」，與當時的詩壇菁英研討新詩的誦讀以及新詩的作法，包括新詩的音節、韻律、節奏、前途等問題。朱光潛曾主編《文學雜誌》，經常讀到當時的青年詩人的新作，對於新詩的發展狀況有親身的觀感和體會。就總體而言，除了戴望舒、馮至、廢名等少數詩人，朱光潛對新詩運動的實際成績是不滿意的。在他看來，新詩「似尚未踏上康莊大道」，原因在於，「舊形式破壞了，新形式還未成立」，同時「對於西詩的不完全不正確的認識而產生了一些畸形的的發展」。這裡指的是新詩運動打破傳統詩歌形式格律的束縛之後，過於信任情感的「自然流露」，缺少聲音節奏感，缺少詩歌韻味的散文化傾向，而始作俑者就是胡適提出的作為「新詩運動出發點」的口號「作詩如說話」。見《中國現代文學》，《朱光潛全集》，第9卷（合肥：安徽教育出版社，1987年），頁327-328。引自劉麗霞，《中國基督教文學的歷史存在》（北京：社會科學文獻，2006年），頁80。

[32] 趙紫宸，〈牧師經〉，《生命月刊》，第2卷，第9期（1922年6月），頁1。

1. 牧師也是人，也是神聖的凡人，牧師也吃飯，吃飽纔能去救人，靈生的是靈，肉身生的是肉身，愛主的人呵，請來聽我牧師經！

2. 牧師無奈何，妻子兒女一大羣，穿的是什麼？古式衣裳與布裙；吃的是什麼？油燉豆醬青菜根；住的是什麼？頹坦淺屋與蓬門。

3. 西國宣教師，兩眼碧綠不猶人；第一要效果，第二要有活潑的精神，第三要服從，還要一家都虔誠。「但要羊腦吃，那裏顧得羊性命！」

4. 牧師無所講，「泥塑木雕亂紛紛」；因此「炒冷飯，」韻調全仗「老壽星！」小羊精精瘦，老羊瘦得不成形；闊堂「亞孟」後，嘈雜歌聲入遠雲。

5. 牧師無書讀，讀書看報靠鄉鄰；書架空擱著，千年舊籍積灰塵；西國教師說！他的教訓必須聽！「聖神會感動，讀書只要讀聖經！」

6. 今日要講道，快快趕緊讀聖經；明日要報告，西國教師兩眼青；同事也愛他，教友愛他到十分；還家帶笑容，甘心自去掃園庭。

7. 看看小教會，事務煩雜志難伸；弟兄輸捐錢，只看牧師不看神；牧師做模範，教友相愛亦相親；一旦牧師換，「一朝天子一朝臣。」……[33]

他在詩中沒有高調，也沒有空談，所說都是實實在在的生活面。雖然言語詼諧，稍有挖苦，但卻顯示出他實際的觀察。無怪其自言「心有所觸乃寫。」所以他說他用的「經」並非「經典」的經，

---

[33] 趙紫宸，〈牧師經〉，頁 1。

乃是「經過」的經，亦即是在描述牧師的生活（經過），而無意說他想讓自己的作品成為經典。

雖然他是基督徒，但是當時中國的環境裡，佛教是無所不在的。因此佛教的道理或事務也難免會成為他取才作詩的對向。他的詩作中亦有對佛教的詼諧批評，在流暢可讀的文字下，可以看出趙紫宸對於宗教中沒有生命的一面，都會尖刻的化為詩文表達出來。例如他有〈趕佛〉一詩：

> 朋友，把你滿嘴的佛，
> 快快趕走了罷！
> 我聽你念「南無彌彌」
> 一肚的飯便不消化，
> 腳底怕踏螻蟻的人，
> 總算是一片婆心；
> 但是螻蟻比人貴重，
> 五分利息還似乎輕！
> 我們大家顛倒做事，
> 全虧地心有攝引力！
> 慷慨的都是窮苦人，
> 貓狗還分他幾合米，
> 嫩黃的檸檬汁，
> 有點酸意——幫助消化——，
> 朋友，把你滿嘴的佛，
> 快快趕走了罷！[34]

---

[34] 趙紫宸，〈趕佛〉，《生命月刊》，第4卷，第9、10期合刊（1924年6月），頁98。

　　趙紫宸的詩並非在賣弄詩才，他的文字也不是精鍊到多一字少一字便會失色或失味。他的詩是心有感觸才據實而言。而上面所引的這兩首詩，雖有詩的形式，節奏也算明快，但詩情與詩意，嚴格來看卻說不上。詩人鄭愁予曾說：

> 詩的本質就是要表現情懷、情思和情趣，好的詩人應具備詩才和詩情，一首好的詩除需要以語言排列的詩形、暗喻及以畫感表現詩象外，最重要還是詩意──表現詩人的性情。詩意表現詩人的性情外，還應該對人類生存狀態中的災難與幸福命運的感受與關懷，或者說是一種悲憫感。[35]

　　這首詩，表現出了詩人的性情，而非詩才。

　　短詩如是，他的散文詩亦如是。其節奏也十分明快，且會用複句不斷加強語意，這使他的散文詩形成特色。或許是因為趙紫宸早年曾翻譯過西洋聖歌，了解到需注意文、意、聲、韻四端。文是詞藻，意是含義，聲是節奏，韻是諧聲；四者俱備方可成歌，歌須是詩，詩須是歌。[36]因此他的新詩創作，雖然如口語說話，但卻也節奏明快，韻律有次。而這在今日也許不算什麼，但在 20 年代新詩萌芽之期，趙紫宸的散文詩創作便顯得十分難得與可貴。

---

[35]　參見陳去非，〈浪子與遊俠──論詩人鄭愁予詩中的流浪者原型〉。引自（http://blog.udn.com/shesiya），登錄時間 2010 年 4 月 12 日。

[36]　中國教會的聖歌最初全是經由來華傳教士翻譯而來的，此後也逐漸出了本色聖創作。雖然較之世界範圍內的聖歌創作，中國的聖歌不很發達，但仍然出現了一些有成就的聖歌創作者，且在一定程度上形成了自己的風格。在中國聖歌編纂史上，國內信徒個人創作或編譯的有：王載的《復興佈道詩》（1923 年）、《青年詩歌》（1927 年，謝贄編著、謝扶雅編修、顧子仁增訂）、《民眾聖歌集》（1931 年，趙紫宸詞、范天祥配曲）、王明道的《基督徒詩歌》（1936 年）、賈玉銘的《聖徒心聲》（1943 年）等。在國人創作的聖歌中，較為著名者如趙紫宸和賈玉銘。

（二）散文詩

　　1922年4月，趙紫宸寫出近3,000字的〈保羅的後證〉，並在副標題上加上「散文詩」，這樣的文體，在當時是非常先進與少有的，十分引人注目。

　　所謂的「散文詩」，在現代詩壇中一直受爭議。[37]因為它融合了散文與詩這兩種文類。這個跨越文類的複合名詞，直到60年代，詩人瘂弦才對「散文詩」提出正面（肯定）的看法：「其實詩與散文的分野重要的是在實質上，比如散文詩，它絕非散文與詩的雞尾酒，而是借散文的形式寫成的詩，本質上仍是詩。一如借劇的形式

---

[37] 參見陳去非〈散文詩漫談（上）〉，文中曾記載散文詩不得認同的原因：（1）血統不純：散文詩的尷尬處境：「這是一種高不成低不就，非驢非馬的東西。它是一頭不名譽的騾子，一個陰陽人，一隻半人半羊的faun。往往，他缺乏兩者的美德，但兼具兩者的弱點。往往，他沒有詩的緊湊和散文的從容，卻留下前者的空洞和後者的鬆散。」，詩人余光中對散文詩的負面評價，指出散文詩此文類的結構弱點。在現代詩的許多作品裡，其實同樣存在著「散文化」的缺陷：形式分面包括（甲）結構鬆散拖沓、（乙）語言平鋪直敘、（丙）表現手法流於直接呆板，內容方面包括（甲）意象不夠精準凝練、（乙）節奏凌亂破碎、（丙）情思不耐咀嚼玩味等等。這些「散文化」的詩，「純度」明顯不足，將它們歸類為「散文詩」，似乎也不夠格，因為按照余氏的「正面」見解，「散文詩」具有現代詩的精緻和散文的從容。（2）概念籠統：散文詩的正名：現代詩人之中，紀弦和羅青曾提出取消或更改「散文詩」的主張，紀弦說：「至於被稱為散文詩的，我認為，形式上把它當作韻文詩的對稱即可；本質上把它看作介乎詩與散文之間的一種文學則不可。這應該加以個別的審核：如果他的本質是詩，就叫他歸隊於詩；如果他的本質是散文，就叫他歸隊於散文。這個名稱太灰色了，為了處理上的方便，我的意思是：乾脆把它取消拉倒。」羅青則說：「事實上，幾十年來所通用的『散文詩』這個名詞，其本身在意義上就含混不清、需要正名。其理由有二：第一、散文詩本為外來語，並不一定能夠標明本國創作的特色。詩與散文不單文體不同，本質也不同。如果『散文詩』這個名詞可以成立，那稱之為『詩散文』也應該可以。」羅青進而提出以「分段詩」的新概念取代散文詩。」陳去非，〈浪子與遊俠──論詩人鄭愁予詩中的流浪者原型〉。

寫成的詩，是劇詩，而非詩劇。」瘂弦指出散文詩的特質包括：1.
具有散文的外在形式；2.本質（內容）上必須是詩。[38]

　　細觀趙紫宸這篇〈保羅的後證〉，可謂嘔心瀝血寫出的散文詩，
就形式而言，彷彿是散文與詩的合體。但是正如他自己所定的題
目，是要用詩意的眼光來看與評價。趙紫宸用使徒保羅的口吻對他
屬靈的兒子提摩太說話，藉以傳達基督愛世人的訊息，試看下列這
一段，趙紫宸是如何藉保羅的口說出他與耶穌的相識：

> 我兒提摩太呀，你記取；我原用了眼睛見過他。
> 我在彼得的摯切勇毅裏見過他；在他兄弟雅各的穩健平允裏見
> 過他；在巴拿巴的寬仁謙厚裏見過他。最先的時候，那貌如天
> 使，口如瀑布的士提反用了沸騰的鮮血，懇切的祈禱，微笑的
> 死容，把他在惡狠狠的我面前介紹了。我哪裏能忘記。我從那
> 時到現在，天天覺得我是逼害教會的罪魁，逼害拿撒拉人耶穌
> 的禍首。兒啊，是的，但是他揀選了我，叫我上山落海，在異
> 邦人中宣傳我所攻擊的福音。我在各國人中，成了各國人，因
> 為我在有教化無教化，希臘，猶太，自主，為奴的人間，時刻
> 躬親了他的恩寵。兒呀，提摩太呀，我如今在你的聲音笑貌裏
> 也見了他。你在我身上見他麼？你記取，你不要忘卻，我活著，
> 不是我，是他在我裏面活著，……不是我，是他，是他！[39]

　　前三句中，趙紫宸用了四次「見過他」，這樣的增飾語法，也
就是先說出一個語言片斷，再把這個語言片斷或其中的某詞語當作
中心語加以重複，同時給它增加新的修飾語，形成特定句式，用以
多角度、多層次地描述同一對象，使他的思想表達得準確、細緻，

---

[38]　陳去非，〈浪子與遊俠——論詩人鄭愁予詩中的流浪者原型〉。
[39]　趙紫宸，〈保羅的後證〉，《生命月刊》，第 2 卷，第 8 期（1922 年 4 月），頁 1。

感情抒發得強烈、充分，並使語勢也流暢貫通。在 20 年代初嘗白話寫作的趙紫宸，能善用這樣修辭的語法，使得他除了詩情之外，不能不承認他也的確有詩才。

在這段中：「兒啊，是的，但是他揀選了我，叫我上山落海，在異邦人中宣傳我所攻擊的福音。我在各國人中；成了各國人，因為我在有教化無教化，希臘，猶太，自主，為奴的人間，時刻躬親了他的恩寵。」趙紫宸準確的用了「我在各國人中，成了各國人，因為我在有教化無教化」，這是詩的語言，簡練凝縮，充分表達出保羅為傳福音，可以放下自己的身份、地位與原所擁有一切的意志與情懷。原文是在《聖經》哥林多前書 9 章 19 節到 23 節：

> 我雖是自由的，無人轄管；然而我甘心作了眾人的僕人，為要多得人。向猶太人，我就作猶太人，為要得猶太人；向律法以下的人，我雖不在律法以下，還是作律法以下的人，為要得律法以下的人。向沒有律法的人，我就作沒有律法的人，為要得沒有律法的人；其實我在神面前，不是沒有律法；在基督面前，正在律法之下。向軟弱的人，我就作軟弱的人，為要得軟弱的人。向什麼樣的人，我就作什麼樣的人。無論如何，總要救些人。凡我所行的，都是為福音的緣故，為要與人同得這福音的好處。

趙紫宸能將 200 餘字的文字，化成短短的 23 個字，這 10 倍的濃縮，顯示了趙紫宸對詩語言的凝鍊有足夠的修鍊。

趙紫宸在《生命月刊》中的散文詩，還有〈伯大尼〉、〈行路者〉、〈滬寧道中〉、〈『價值毫無的人兒』〉、〈有感〉等，這些類似散文的長詩，因為篇幅夠，語意足，或許最能表達出趙紫宸讀經的心得，因而成為他新詩創作形式中的一大特色。

（三）禱詩

至於禱詩，也是趙紫宸新的一大特色。祈禱在宗教崇拜中是非常重要的一項活動，詩人蒙特歌馬萊（J. Montgomery）曾用詩的語言來表述祈禱：

> 祈禱乃是人靈誠願，不論有聲無聲；
> 乃是胸中一腔熱火，隱伏心頭顫震。
> 祈禱是人隻身獨居，獨對神明時刻，
> 一聲嘆息，一顆淚珠，雙眼向天一瞥。
> ⋯⋯
> 祈禱又是最高音樂，能邀至尊注意。
> 祈禱乃是眾人迷路，回頭懺悔之聲⋯⋯[40]

在《聖經》之後的基督教文學中，也產生了許多禱詩，而當時中國基督教文學中亦不乏禱詩[41]，散見於教會機關和教會大學的各種刊物中。但是就發表禱文的數量，或是其中最有代表性的，當莫過於趙紫宸。[42]

朱維之曾認為：「綜覽古今名禱文，內容約可分為四類：一，讚嘆感謝；二，痛哭哀求；三，靜心默想；四，心神契合。」[43]概言之，讚嘆感謝是一種在信仰中得蒙救贖、與神建立良好關係、享受神恩的心靈流露。痛哭哀求是對上帝懇切表露自己的所需所願。靜心默想之於個人有兩大功效：一是反省思察自己的虧欠缺陷而加以懺悔、改造、更新和完善；一是準備、積蓄、集中繼續

[40] 朱維之，《基督教與文學》（上海：上海書店出版社，1992年），頁149。
[41] 如冰心的〈晚禱（一）〉，《冰心詩集》（台北：開明書店，1943年），頁26-28。
[42] 冰心，《晚禱（一）》，頁87-89。
[43] 朱維之，《基督教與文學》，頁161。

前進的力量。心神契合是與神之間的密切交往，從中得到甘美的心靈體驗。[44]而趙紫宸禱詩的內容則多為讚嘆感謝與靜心默想。

　　趙紫宸在禱詩〈晚省〉中，有反省，有讚美，有感謝。除去宗教的意涵，文辭的修飾、對稱與優美，也是他所注意的，如這其中的一段：

> 現在，父呀，夜霧深了，孤鐘照隻影，逢梗逐秋風，求你保護旅宿的人們。長亭寄跡，古廟安身，求你可憐淒涼淪落的人們，樂爐猶煖，燈火將炧，抱病的人呻吟輾轉，父呀，求你將安忍庇護他們。波濤侵落月，黑暗擁孤舟，江海長征，鄉關遠隔，父呀，求你使航海的人們思念你，依賴你。惡勢膨張，乘夜侵入，鷗鴉出樹，獒犬守門，慈悲的神呀，求你堵塞惡人的道路，毀壞罪人的計畫。你的愛要做萬人的保障。[45]

　　濃郁的詩意，帶有古典詩歌的情境，再加上宗教的意涵，趙紫宸被稱作「神學家詩人」，不是偶然的。

　　而在 1923 年 10 月，又用如劇本對話的方式，也就是如瘂弦所言「一如借劇的形式寫成的詩」，寫出〈兩個牧師〉之「劇詩」。其多變的的新詩形式，就 20 年代初期而言，可謂是領先的，有創意的，若論他在當時的文壇上與胡適共領風騷亦不為過。只是趙紫宸創作新詩的原動力不是如胡適在推動和發展新文學運動，而是在藉由新詩發抒個人的宗教情感，以及傳揚基督教的精義──愛與生命。由於趙紫宸創作的新詩普及性不夠，以及過於主題性和針對性，較缺乏詩趣及與世人共通的情感，這使得趙的新詩只侷限在教會界的圈子中。

---

[44] 劉麗霞，《中國基督教文學的歷史存在》，頁 92-93。
[45] 趙紫宸，〈晚省〉，《生命月刊》，第 5 卷，第 7 期，頁 51。

　　另一個在詩歌表達上的特色，是趙紫宸詩歌的合樂性。趙紫宸早年因曾翻譯過西洋聖歌，了解譯詩須有相當的訓練，同時要靈性與修辭的訓練。而在後者，趙紫宸特別說：「譯者需要注意文、意、聲、韻四端。文是詞藻，意是含義，聲是節奏，韻是諧聲；四者俱備方可成歌，歌須是詩，詩須是歌。」[46]因此他的新詩創作，雖然如口語說話，但卻也節奏明快，韻律有次。有著詩歌的合樂性，節奏感很強，這顯示他對詩歌有著真正的體悟和把握，而非僅僅以詩的外形作為宗教情感的生硬傳達工具。濃郁的詩意和靈動的色彩，是趙紫宸新詩的特色。

五、趙紫宸新詩內容之探究

　　趙紫宸自從受洗以來，就展現出他敬虔的宗教生活。他有很長的一段時間維持每天 3 小時的讀經與禱告的時光。《聖經》不但成為他了解基督教的根據，也同時是他平日思想的核心。因此《聖經》的內容也很自然的成為他新詩創作的範本或思想泉源。他新詩中的歌頌讚美或感嘆詠懷，也常常可以看出他的宗教訴求。但是進一步來看，趙紫宸的詩並不是廣泛的在運用《聖經》的材料，而是有選擇而且有意義的將主題環繞在耶穌的身上，故此部分將從三個角度來討論趙紫宸詩中的耶穌主題。

---

[46] 趙紫宸曾自述翻譯聖詩的經驗與艱辛：「譯詩須有相當的訓練，譯讚美詩更須有相當的訓練。第一是心靈的修養。譯者若不切心景仰上帝，若不追求宗教上的了解與穎悟，自然是不能透入作者的神韻，宣達詩中的美感。第二是修辭的練習。在這一端上，譯者須要注意文、意、聲、韻四端。文是詞藻，意是含義，聲是節奏，韻是諧聲；四者俱備方可成歌，歌須是詩，詩須是歌，二者兼至方可謂是讚美詩。往往原詩愈佳，情愈豐，則移譯亦愈難。在我的經驗中，每譯最上乘的詩，總須塗改數十次，幾須嘔出心肝來才止。」趙紫宸、范天祥，《團契聖歌集》。

（一）聚焦耶穌

詩為詩人觸情觸景自然的表達，所以不能說趙紫宸寫的詩都是有意在顯示或是在傳達宗教。但是他詩中的基督教的主題與人物，應該是可以反應出他對《聖經》與基督教的見解與感想。對於《聖經》中的豐富意涵與許許多多的人物，趙紫宸明顯的是聚焦於耶穌，這特別顯示在他改寫部份《聖經》為詩的時候。

▲由趙紫宸翻譯的《團契聖歌集》之版權頁

在《生命月刊》中趙紫宸有許多詩，幾乎是原汁原味的改寫自《聖經》中的經文，如〈多麻斯的話〉、〈打魚〉、〈伯大尼〉等。[47]其中以〈伯大尼〉最具代表性，現引來做為討論。

〈伯大尼〉

主疲倦了，是的，主疲倦了。馬大急急地接他進來，馬利亞把簾慢卷了。主靜靜地坐下，馬利亞坐在他腳前。悠悠地半屋殘陽，到那時又近了一天。主素來是愛她的，主的溫柔的眼睛懇切地停在她身上；知道她滿有同情。小雀子歸巢去了，幾點星掛在中天。主依然無言坐著，馬利亞坐在他腳前。拉撒路還未回來，馬大在預備飯糧，她有不了解的煩悶，愈做事愈覺紛忙。困苦的馬大出來說，「主啊，妹妹丟了我，讓我去獨自忙碌。」馬大心裏耐不得孤苦。「馬大呀，馬大，」主說，主有含淚的聲音。馬大懇切的敬愛，安不得深重的憂

---

[47] 〈多麻斯的話〉（第 5 卷，第 7 期），頁 49、〈打魚〉（第 6 卷，第 5 期），頁 1-2、〈伯大尼〉（第 2 卷，7 期），頁 1-3。

心。馬利亞重新坐下，靠近些在主的腳前；她的手放在主手裏，他揀上了好名分，今天。小燈盞裏著微煙，馬利亞坐在主的影裏。主低聲說：「馬利亞」；她說：「我在這裏，拉波尼。」主說：「馬大，不要愁，你且把事情做完了，來，你也來坐在這裏，你的心當也可以安了。」[48]

這首散文詩改寫自路加福音第 10 章第 38-42 節。[49]趙紫宸為了要襯托馬利亞對耶穌的聚焦，三次說「馬利亞坐在他腳前」，一次說「馬利亞坐在主的影裏」。就從字面的一再重覆，就可以看出趙紫宸內心的呼籲，希望所有的讀者，或是所有的信徒，都要如此來愛慕耶穌、親近耶穌、傾聽耶穌，以選擇「上好的名分」。而為了更加詩意化馬利亞對耶穌的追隨，趙紫宸在《聖經》原意中加上文藝的色彩：「主靜靜地坐下，馬利亞坐在他腳前。悠悠地半屋殘陽，到那時又近了一天。主素來是愛她的，主的溫柔的眼睛懇切地停在她身上；知道她滿有同情。小雀子歸巢去了，幾點星掛在中天。主依然無言坐著，馬利亞坐在他腳前。」在這段話中，《聖經》原來只有一句「在耶穌腳前坐著聽他的道」，但現在不但有了兩次「馬利亞坐在他腳前」，其它都是趙紫宸自己添加的襯托用語，把場景寫的很美。

更有意思的，是趙紫宸加上了「主素來是愛她的，主的溫柔的眼睛懇切地停在她身上；知道她滿有同情。……馬利亞重新坐下，

---

[48] 趙紫宸，〈伯大尼〉，《生命月刊》，第 2 卷，第 7 期（1922 年 3 月），頁 1-3。

[49] 聖經原文為：「他們走路的時候，耶穌進了一個村莊。有一個女人，名叫馬大，接他到自己家裡。他有一個妹子，名叫馬利亞，在耶穌腳前坐著聽他的道。馬大伺候的事多，心裡忙亂，就進前來，說：主阿，我的妹子留下我一個人伺候，你不在意嗎？請吩咐他來幫助我。耶穌回答說：馬大！馬大！你為許多的事思慮煩擾，但是不可少的只有一件；馬利亞已經選擇那上好的福分，是不能奪去的。」

靠近些在主的腳前；她的手放在主手裏，他揀上了好名分，今天。
小燈盞裊著微煙，馬利亞坐在主的影裏。主低聲說：『馬利亞』；她
說：『我在這裏，拉波尼。』」[50]這裡也是趙紫宸添加的，可以看出
他在塑造一個雙向的交流，不單是馬利亞的跟隨耶穌，而且她這樣
的跟隨方式，也得到耶穌的肯定。趙紫宸藉此強化《聖經》中耶穌
對於世人的要求，即是放下手中的雜務，一心仰望耶穌，才能如馬
利亞得到「上好的福分」。

（二）耶穌為世人死

耶穌一生的事蹟，尤其是為世人捨命，救贖世人罪惡的大愛精
神，成為趙紫宸新詩中不斷出現的主題與不盡的頌讚。其中，耶穌
臨死前在客西瑪尼園禱告的經過，更常在趙紫宸詩中出現，「客西
瑪尼園」似乎是趙紫宸最深刻的場景與意象，其中就是在強化耶穌
在被釘死前的思想與禱告。

在趙紫宸詩中，以「客西瑪尼」為題的詩就有兩首，而在他
的散文詩與禱詩中，「客西瑪尼」更經常被提及。「客西瑪尼」園
（Garden of Gethsemane）是耶穌常跟他的門徒聚會和禱告的地
方。這個位於橄欖山的園子，是耶穌基督每次和門徒到耶路撒冷的
時候都會去的地方。而就在耶穌被他的門徒猶大出賣的那一個晚
上，猶大帶著祭司長和法利賽人所差派的聖殿警衛隊，帶著武器，
也拿著燈籠和火把，走進園子裡去捉拿耶穌。而這段歷程顯示出的
最大的意義是耶穌在被捉拿之前，已經知道祂將被出賣，會被釘死
十字架。祂可以逃亡，但祂沒有。在被捕之前，「他們來到一個地
方，名叫客西瑪尼。耶穌對門徒說：你們坐在這裡，等我禱告。」

---

[50] 拉波尼就是希伯來話夫子的意思。

耶穌就俯伏在地，不斷禱告，求告上帝「不
要照我的意思，只要照你的旨意。」而祂的
心情則是「我心裡甚是憂傷，幾乎要死；你
們在這裡等候，警醒。」[51]耶穌在經過不斷
的禱告後，對於即將面臨的苦難，則是採取
順服：「父親哪，若是這苦杯不可以離開我，
一定要我喝下，就願你的旨意成全吧！」[52]

▲趙紫宸在《生命月刊》
所發表的長詩〈客西
馬尼〉

　　因此，這段有關耶穌基督在客西瑪尼園
祈禱的記載，在基督教中傳達的信息是，客
西瑪尼象徵的是掙扎與順服。有如耶穌的一生，祂的敵人不斷地花
樣翻新來引誘和打擊與陷害祂，而每次祂都決定遵從天父的旨意。
耶穌可以避開客西馬尼，但祂**如果避開客西瑪尼，將沒有能力面對
十字架**。「十字架、復活、昇天」這榮耀的程序，是從客西瑪尼開
始的。客西瑪尼象徵的是試煉與重生。

　　在趙紫宸發表於 1921 年 10 月的第一首「客西瑪尼」的新詩
中，在詩的「前言」表示：

> 今夏在盧山蓮谷，演講宗教問題，對於耶穌一生頗加注意。
> 抱病回家，臥床累日；嘗想耶穌在客西瑪尼園中祈禱的情
> 形，覺其彌賽亞觀念，雖然與當代的思想不同，卻仍不脫當
> 代的蹊徑。耶穌的是非成敗，都於客西瑪尼的祈禱中流露，
> 遂添了我無限的感想，加了我幾許的悵處。然我因此更覺耶
> 穌可為我親近的救主；乃做此詩，以逮我情。[53]

---

[51] 〈馬可福音〉第 14 章，第 32 節。
[52] 〈馬太福音〉第 26 章，第 4 節。
[53] 趙紫宸，〈客西瑪尼〉，《生命月刊》，第 2 卷，第 3 期（1921 年 10 月），
　　頁 1-2。

接著下來的新詩，他幾乎是挪移了福音書中記載耶穌在「客西瑪尼」中所遭遇的情境：

> 半輪黃月繞過樹梢頭，樹影子散得參差滿地。這是尋常夜靜的時候，他們進來又常到這裏。你們要同我儆醒到底——我心裡焦急……幾乎要死，我要前去，只一箭之地。』僻靜的花園今夜何事？他們心裏也很愁苦，等著就睡眠在那裏。他說：『父啊願這杯離我，不過要完成你的旨意。』勞倦的人豈都有夢？肉體軟弱心裏雖然願意，片刻的儆醒還難相共。』他卻憐惜他們到底。月光漸上了他的肩背，汗珠兒像血點般淌下。這洗禮原是為我預備，我擎起杯子——難道放下，受膏的王須要舍生嗎？那纔能坐在上帝右邊；乘雲再來的要先流血麼？」[54]

但趙紫宸並不是完全的挪移經文，改寫成為新詩，有幾個增加或更動的地方，可以看出他想強調的地方。可能是加強詩意，也可能是為了吸引讀者，趙紫宸還是從場景開始寫起：「半輪黃月繞過樹梢頭，樹影子散得參差滿地。這是尋常夜靜的時候，他們進來又常到這裏。……僻靜的花園今夜何事？」但是這並不是他寫這首詩的重點，以後也未繼續在場景方面著墨。

真正與《聖經》原文不一樣的地方，是他在詩中最後提出他用耶穌的口吻提出的疑問：「這洗禮原是為我預備，我擎起杯子——難道放下，受膏的王須要舍生嗎？那纔能坐在上帝右邊；乘雲再來的要先流血麼？」趙紫宸以比擬的方式，揣摩耶穌的心理，將自己投射於詩中的情境。他所提出的質疑，代表人性與神性的區別，也代表耶穌在成聖之前做為一個凡人的掙扎。趙紫宸看似質疑，其實在

---

[54] 趙紫宸，〈客西瑪尼〉，頁1-2。

肯定耶穌。但更重要的是，他把耶穌定位在一個超凡入聖的「人」，一個在死前心靈憂傷驚懼，但仍肯捨身成仁，用自己生命警醒世人的偉人，而不是死裡復活的「神」。事實上，趙紫宸規避耶穌的復活之事，雖然復活更有戲劇性，也更給予寫詩的人想像的空間，但是從沒有被他寫進詩中。

在第二首〈客西瑪尼〉的詩中，趙紫宸則以第一人稱，用耶穌的口吻敘述他在客西瑪尼的心境，內容與第一首詩相近，只是格式改為十段小詩。而結尾則在：「人聲，馬聲，微風傳來，他們要把這聖殿拆了。『醒來，兄弟們，快快醒來。他們要把彌賽亞殺了！』」[55]詩至此戛然而止。趙紫宸點出耶穌就是彌賽亞，但這個彌賽亞是精神上的，而非實際降生的。

更進一步來說，在趙紫宸看來，耶穌的死是最值得稱頌的的地方，也是他的門徒以及以後基督徒最應該效法的的方。例如在他的新詩，〈保羅的後證〉中有一段寫道：

> 奧妙呀，我見他為首出萬物的神子，我見他為充滿神光的救主；我親切地見他虛己為人，取奴隸的形狀，誠服至死，且死在十字架上。我並不知道甚麼；我只道耶穌和他釘在十字架上。我也無可自誇，我只誇那十字架的玄妙；因他釘十字架，我也被釘在十字架上！[56]

這裡可以看到趙紫宸再一次謳歌耶穌的死。這次他借用保羅的口吻，首先述說耶穌的偉大——為人類死：「奧妙呀，我見他為首出萬物的神子，我見他為充滿神光的救主；我親切地見他虛己為人，取奴隸的形狀，誠服至死，且死在十字架上。」這道理可以說

---

[55] 趙紫宸，〈客西瑪尼〉，頁2。
[56] 趙紫宸，〈保羅的後證〉，頁1。

是大家都公認，也是《聖經》在好幾個地方都是如此表明的。但是趙紫宸繼續用保羅的話來強化這一論點，而且表現門徒也是這樣的學習與效法。因此保羅在這詩中接著說：「我並不知道甚麼；我只道耶穌和他釘在十字架上。我也無可自誇，我只誇那十字架的玄妙；因他釘十字架，我也被釘在十字架上！」值得注意的地方是：趙紫宸所描述的保羅，是只有看到耶穌的死，和願意追隨耶穌，以致於為耶穌殉道；但是殉道以後就不再提了。以至於《聖經》中還提到永遠的生命、將來的獎賞、最後的審判、復活與天國的事就都沒有了。這個不去提復活以及復活以後的現象，是趙紫宸詩中的另一個特色。

（三）耶穌帶給信徒的生命

趙紫宸避提「復活」，甚至認為是一種傳說。可是他又屢屢歌頌耶穌的死。那麼在他的詩中，他是如何處理耶穌與世人的關係？這個問題也可以修飾為，耶穌的死與世人的關係為何？有幾首他的詩，透露出他對於這個問題的看法。

首先要注意的，就是趙紫宸是絕對肯定耶穌，推崇耶穌在世上的生命。正如他在〈保羅的後證〉中對耶穌的描述：

> 他是罪人的朋友，窮人的朋友，咳，也是仇人的朋友。他為朋友捨性命，比此更大的愛沒有了。荊棘的冠冕彰顯了他愛的尊嚴；十字架表示了他愛的完全，強盜中間的死耶穌高舉了饒恕敵人拯救世界的永生主，也露布了他奧秘的愛。愛人的主呀，陰府不能容納你，墳墓不能吞蝕你，你是今在永在生命的救主！[57]

[57] 趙紫宸，〈保羅的後證〉，頁1。

「陰府不能容納你，墳墓不能吞蝕你」，趙紫宸將耶穌的死亡只寫到此，而十字架之後的復活完全不提。他所明示的是耶穌有偉大的人格與道德情操，他肯定與讚美，他願意終身追隨與傚效；而他所暗示的是耶穌肉體已死，但精神典範永存。耶穌超凡入聖的精神，才是使他成為「今在永在生命的救主」的主因。

趙紫宸在 1924 年聖誕時期，他寫的新詩〈聖誕前一夕〉，提到基督徒在過節慶祝耶穌誕辰時，應該思考與注意的事，其中有提到生命的問題。在〈聖誕前一夕〉這首詩中，趙紫宸的說法是：「他也是背負重軛的苦人，也曾經過了他的客西瑪尼，倘我們要慶祝他的生辰，應當從馬槽蹤跡他到骷髏地，他從死亡中給我們生命，將新葡萄酒傾在我們盃中，要知道我們痛苦不多時，便有新天地湧現在人當中。」[58]

這首詩首先強調的地方，就是信徒對於耶穌的追隨，應當是「從馬槽蹤跡他到骷髏地」，也就是指信徒應當注意與追隨耶穌一生的作為，從耶穌的出生到耶穌被釘死。而耶穌的死與信徒的關係，是「他從死亡中給我們生命，將新葡萄酒傾在我們盃中」。這裡可能是說原本世人是沒有生命（或是所謂斷絕了屬靈的生命），可是因為耶穌付了人原罪的代價，因此得以重新得到生命。

至於最後一句則相當隱晦，「要知道我們痛苦不多時，便有新天地湧現在人當中。」痛苦不多時，或有可能是像《聖經》常用的一種期盼表示。但是新天地到底是指死後的天國？還是指耶穌的再來？是實質還是抽象的表示？趙紫宸似乎在詩中表明耶穌是「從死亡中給我們生命」，而不是因為有耶穌的復活，因而帶給世人盼望。

---

[58] 趙紫宸，〈聖誕前一夕〉，《生命月刊》，第 4 卷，第 4、5 期（1924 年 1 月），頁 2。

　　趙紫宸在接下來的一期，又發表一首新詩〈小蒼別墅〉，詩中把他的天國更清楚的呈現：

　　…………

　　弟兄們，我明明曉得　人我間有意志的衝突，我們能不能在衝突上建設皆大和平的天國？

　　只要我們彼此相愛，愛真理也愛山和海，不阻礙人自我的湧現也不怕和一切人往來；

　　只要我們『反求諸己』，放寬著我們的量器，飲得蘇格拉底的藥杯進得耶穌的客西馬尼；

　　只要我們分這生命，走一條真犧牲的路徑，不將自己算為私產，在人裏尋自己的印證；

　　只要我們能擔辛苦，能走永無止境的長途，能耐千萬年的變化，能信好花定有好花果；

　　只要我們立志勞動，和痛苦中人同受苦痛，揣摹那被宰殺的聖羔，宗仰那饒恕人的遺風。

　　天國是必定要降臨的，天國的降臨定是近的，弟兄們，我們懺悔罷，我們不愛是不應該的。[59]

　　趙紫宸的天國觀是驚人的。因為他條列出許多的「只要」，做為建設天國（或促成天國降臨）的方式。他指出只要大家「彼此相愛」、「反求諸己」、「分這生命」、「能擔辛苦」、「立志勞動」，那麼「天國是必定要降臨的，天國的降臨定是近的」。這個天國是人建的，是靠人對自己社會責任的認知，能夠反省的共同努力，經過互愛互享，那麼就可以在這世界上建構出天國。

---

[59] 趙紫宸，〈小蒼別墅〉，《生命月刊》，第 4 卷，第 6 期（1924 年 2 月），頁 2-3。

　　另一個與基督教大相逕庭的地方，就是趙紫宸所描述的這個天國，是以人為主的世界，其中沒有上帝，進入這世界也不需要上帝。在《聖經》自《創世紀》到《啟示錄》中，所一直在敘述上帝創造人類、帶領人類、救贖人類的心意，在他的詩中都完全不見了。在趙紫宸的腦海中，人類是可以靠著自己的努力，實現了所謂的新天新地。

　　趙紫宸並沒有忘記耶穌，但是詩中「只要我們『反求諸己』……進得耶穌的客西馬尼」，卻是意謂著基督徒只要靠著反省的工夫，就有能力做到耶穌在客西馬尼園的犧牲。而緊接著的詩句是「只要我們分這生命，走一條真犧牲的路徑，……天國是必定要降臨的。」耶穌的生命只是被當作一個願意犧牲的表率。基督教中所強調耶穌代贖（承擔世人的罪）的意義也消失了。

　　因此，雖然趙紫宸是絕對肯定耶穌，推崇耶穌在世上的生命，只要世人能「分這生命，走一條真犧牲的路徑，不將自己算為私產，在人裏尋自己的印證」，「天國是必定要降臨的」。

　　綜而論之，趙紫宸一方面是肯定耶穌世上的作為，也在他的新詩中來展現耶穌這方面的形象與人格特質。但是他在強調耶穌最為一個偉人的同時，把基督教所以成為宗教的部分給丟棄了。

六、小結

　　詩為心聲。詩是內心最底層的反映，是靈魂深處的迴響。趙紫宸在寫詩的時候，是將他內心的感觸與認知，透過文藝或文學的筆調表達出來，既沒有矯情造作，也不在宣揚教義。所以他的詩當可以很真實的看出他的思惟與感情，而其中的宗教意涵，當是已經內化在他腦海中的基督教觀。

　　趙紫宸在《生命月刊》的詩作，很可以反映出一位剛留美回來不久的新一代基督徒的反思與創新。他認為《聖經》是生命書，要讀出生命，並要從這生命利己利人救國濟世。基於這個前提，他一度掙扎對中國文化取捨的問題，而後他在《聖經》中尋找可以做為帶來生命、帶來典範的救國濟世的藥方，於是耶穌愈來愈成為他所訴求的對向。

　　從另一個角度來說，趙紫宸的詩相當專注在耶穌身上，也是一個有意識的選擇。《聖經》中有太多可以入詩的材料。無論是上帝的造天地、伊甸園、十誡、洪水、魔鬼以迄耶穌的復活、啟示錄的預言，也都是文學和詩歌很好的題材，甚至更有想像與藝術發揮的空間，但是都沒有被趙紫宸利用，可見他在基督教的詩歌著作方面，是有意義的選取耶穌生平中的資料。他的新詩，也許沒有宣揚宗教的含義，但是看作他對基督教的認識，以及他對耶穌的感佩，應是很好的指標。

　　趙紫宸的詩特別注重耶穌，也是顯示趙紫宸念茲在茲的是一個歷史上的實在人物，其不但留下感人的事蹟，更可以讓讀者信服。至於為何耶穌讓人佩服，趙紫宸所看中的是他為世人捨命，願意為救贖世人而犧牲，以及寬恕世人的大愛。假如國人都能反省、相愛、同心協力的來工作，則天國必定出現、必定不遠。

　　探究趙紫宸早期的新詩，其實不在討論他格式的多變與一些詩情和詩才的展現，也不在批判他新詩格式的混亂與模糊，語法的淺白與直接，因為這是五四時期共有的文學現象。而看到的應是這位出名的宗教學者，其新詩創作如何反映出他的神學觀或宗教觀，同時可以佐證他後來新派神學的觀點，其實從早期開始就已在他心中成型。他的新詩成就不如他的神學觀點那麼來得引人入勝與爭議，但他用新詩清晰明確的表達出他信仰需求，他的「生

命」也因這些新詩而得到救贖。這些宗教詩,如同他在這首名為〈詩〉的詩中所言:「詩是愛的神,生命的神,自由的神,可納須彌於芥子呀,可寄蟪蛄於大椿,我心的形,我血的精呀,我靈魂的果與因。」[60]對趙紫宸而言,耶穌基督是他的生命,而詩,則是顯示他生命的精義。

---

60 趙紫宸,〈詩〉,《生命月刊》,第 3 卷,第 2 期(1922 年 10 月),頁 3。

第六章　基督教文學的社會服務
──《華工週報》研究

一、前言

　　沒有人能想像在九十多年前如何來辦一份海外的華工刊物，而特別的是這些讀者原來大部分是文盲。

　　而晏陽初的《華工週報》就實現了這份不可能的任務。《華工週報》不但配合晏陽初的千字課程的教材，讓文盲能夠識字，還為一戰時期在歐洲的十四萬華工帶來新聞與娛樂，更開拓了華工的國際視野、對自己國家的責任、以及作為現代中國人的意義。故《華工週報》不只是九十多年前的一份給勞工看的週刊，它還是在一戰時期安定華工、服務華工、教育華工的刊物。這份刊物更可以被視為一戰時期中國基督徒知識份子願意在海外服務同胞，精心設計用來塑造現代公民的一份出版品。

　　本章即是對於《華工週報》的專題研究。此研究不僅限於對《華工週報》的內容分析，也是探討晏陽初、傅智（若愚）及陸士寅前後三位主編如何秉持著基督教青年會「德智體群」的宗旨編輯《華工週報》？他們是如何設計一份給華工看的刊物？他們的編輯方針與編輯策略為何？他們認為在海外的華工應該閱讀些甚麼？他們又提供了哪些材料來吸引華工、娛樂華工與教育華工？同時，他們

理想的現代中國工人（現代公民）應該要有甚麼樣的知識與見識？
相信透過對於《華工週報》的研究，可以讓我們對基督教文學的社
會服務與當時的華工有更深入的認識。

二、《華工週報》創辦的時代背景

在第一次世界大戰時期（1914-1918），由於英、法等國勞工不
足，雖有西班牙、葡萄牙、希臘各國工人前往法國投效，但仍供不
應求，且工資高昂。於是英、法兩國都注意到中國工資低廉，人力
閒置，北方人士（尤其山東一帶）體格健壯，能吃苦耐勞，遂先後
在華招募華工。英國是自己進行招聘工作，而法國主要是透過惠民
公司來招募；先後大約有十四萬華工前往歐洲戰場。[1]

---

[1] 無法得知在歐洲或法國華工的精確數量。不同資料顯示的資料不同，範圍
從 135,000 至 200,000。法國當時的一位青年會工作者 G. H. Cole 稱，法國
華工總共約有 140,000 名。見 G. H. Cole, "With the Chinese in France," p. 12.
（n.d., preserved at The Kautz Family YMCA Archives of the United States,
Minneapolis, Minnesota，以後簡稱美國青年會檔案）。Chen Ta 提出的數字
是 150,000（100,000 名在英國，400,00 名在法國，還有 10,000 名在美國。
見 Chen Ta, *Chinese Migrations, With Special Reference to Labor Conditions*
（Washington D.C.: Government Printing Office, 1923），pp. 143-144. Thomas
LaFargue 認為英國華工有 150,000 名，華工的總數量為 200,000。見 Thomas
LaFargue, *China and the World War*（Stanford: Stanford University Press,
1937），p. 151.陳三井教授相信總共數量為 175,000。見陳三井，〈基督教青
年會與歐戰華工〉，《中央研究院近代史研究所集刊》，第 17 卷（1988 年 6
月），頁 55。最近的一項研究稱法國有 135,000 名華工。Paul J. Bailey, *Reform
the People: Changing Attitude towards Popular Education in Early Twentieth-
Century China*（Vancouver: University of British Columbia Press, 1990），p. 234.
本節部分內容係參考作者與王成勉在 International Conference of Chinese
Workers in the First World War（held at Boulogne-sur-mer（France）and Ypres
（Belgium），26-30 May 2010）會議中聯合發表之論文"The Birth of a
Chinese Labor Magazine in Europe -- An Analysis of the Concept, Contents
and Significance of the *Chinese Laborers' Weekly*"。

　　這些華工，年齡多在 18 歲以上，40 歲以下，當初即是挑選身強體壯，並經過健康檢查而來。但是想大量使用華工的理想很難實現。1917 年初，越來越多的華工到達法國，很快就對英國和法國當局形成壓力。這批勞工中大概 80%以上為文盲。[2]除了沒有文化的農民，還有「學生、失業的小官員、士兵和極度貧窮的秀才。」[3]他們對歐洲及其語言一無所知，也沒有機會瞭解歐洲文化。華工與他們的指揮官之間因巨大的文化和語言屏障產生了許多誤解，與之相隨的則是不當的管理及盟軍軍官對華工的種族歧視，至於這些問題在華工營就引起了許多衝突、罷工及反抗。

　　大致而言，在法國的華工在三個國家的指揮下被組成不同的營。英國在法國北部有 23 個營，法國有 87 個，美國有 10 個。當美國遠征軍到達法國時，他們從法國借了 10,000 名華工。華工營的規模各異。7 個英國華工營中每 1 營有 3,000 多名華工，而許多其他的營擁有華工從 100 名至 1,000 名不等。[4]法國華工營在規模上比較小，人數從 25 至 2,000 不等，分佈領域廣。[5]「主要的」美國華工營每個營約有 1,500 名華工。[6]英國華工營中的華工被分成

2　Cole, "With the Chinese in France," p. 20.
3　Bailey, *Reform the People*, p. 234.其他資料提到「他們中許多人曾是張勳的部下。」Summerskill, *China on the Western Front*, p. 151; and Dwight W. Edwards, "The Chinese Labourer in France in Relation to the work of the Young Men's Christian Association. Report to the International Committee of Young Men's Christian Association of North American of Special Mission of Dwight W. Edwards in France April 13-May 11th. [1918]"（美國青年會檔案館）, p. 24.
4　Chen Ta, *Chinese Migrations*, p. 144.
5　Chen Ta, *Chinese Migrations*, p. 144.根據法國作戰部長 1918 年春寫的報告，「18 個地方有 1000 多民華工，另 39 個地方有 100 名至 1,000 名不等。」見 Edwards, "The Chinese Laborers in France in Relation to the work of the Young Men's Christian Association," p. 19.
6　Chen Ta, *Chinese Migrations*, p. 144.

500人一組，1個組又進一步被分成4個排，接著再被分成更小的單位。[7]

　　因為華工不是士兵，根據合約，他們不被派往前線作戰。大體而言，他們「在港口和根據地處理軍事用品，修路，築鐵路，供應軍需品，甚至挖戰壕。休戰後，他們被大批量派往戰爭毀壞區域，從事重建和搶救工作。」[8]

　　雖然華工有食物、衣服、住處和協定的薪水供給，但每個營的待遇和工作條件不同，所以部分華工到營地後不久就發生了衝突。基本上，法國運用一種較為民主和同情的方式對待華工，而且不以嚴格的軍事紀律約束他們。完成工作後或在休假日，他們可以在當地活動，一旦獲得通行證甚至可以往赴其他城市旅遊。他們上工時不需要按軍隊的標準行進，不用步履整齊地走向工廠。一位當代學者稱，華工「與他們的法國老闆關係比較友好，他們間很少發生種族衝突。」[9]與此相反，在英國華工營裏，華工是軍事組織的一部分，必須遵守軍事紀律。很自然的華工對施加於他們身上的限制條件感到不滿。[10]因為即使是工作結束後，華工也必須待在營裏。他們中間每次只有十分之一的人可以短暫離開，而且只能在營地3英里之內活動。[11]一位青年會幹事說：「除了在戰爭受害區，華工都呆在鐵絲網包圍的屋子裏，很像戰俘，僅在有特殊通行證和行為端正的前提下，他們才被允許到法國的村莊。」[12]這位青年會幹事

[7]　Blick, "The Chinese Labor Corps in World War I," p. 117.
[8]　William Howard Taft, et. al. eds. *Service with Fighting Men. An Account of the Works of American Young Men's Christian Associations in the World War*（NY: Association Press, 1924）, Vol. II, p. 364.
[9]　Summerskill, *China on the Western Front*, p. 151.
[10]　R. M. Hersey, "General Statement Regarding The Y.M.C.A. Work for the Chinese laborers in France,"（March 1919）, p. 7.（美國青年會檔案館）
[11]　陳三井，《華工與歐戰》（臺北：中央研究院近代史研究所，1986），頁122。
[12]　Cole, "With the Chinese in France," p. 12.

把華工的生活定義為「500 名強壯的男子就像罪犯一樣，連續幾週被關在圍牆裏，他們在業餘時間無所事事，只是玩弄自己的拇指。他們當然會胡鬧一番。」[13]

一些英國軍官對於華工絲毫不感到任何的同情。正如一位美國青年會幹事在其報告中描繪了一個擁有 1,000 名華工的英國華工營的情況：「在英國通常是由軍官來監督華工工作。英國軍官不懂中文，也完全不瞭解東方文化。結果，他們就像奴隸主，詛咒和誹謗華工，強迫他們勞動。」[14]據另一位觀察員報告，華工「每天像部隊行軍一樣去修理盧昂（法國港口）的船隻。」[15]軍官很少與華工交往，且歧視他們。[16]一位英國官員稱，他和其他軍官互相競爭「看誰先能把抽打華工背、腿、脛骨和頭的藤條打斷。羞辱華工被認為是最有效的懲罰方式，而且這種方式可以隨意使用。」[17]當時在青年會工作的蔣廷黻也觀察到：「法國軍官很少對華工進行種族歧視。他們採取更民主的方式，並且以家長般的關心來對待華工。英國軍官則大多時候保持著他們作為官員或白種人的高貴。」[18]

在這種狀況下，華工營中就時常發生衝突和騷亂，尤其是在英軍中。有一條資料顯示：「華工專員記錄道，1916 年至 1918 年發生了 25 起騷亂，包括 4 起暴亂，2 起勞工之間的爭鬥，3 起違反連隊規章制度事件以及 2 起『針對連隊的陰謀』。」[19]這些衝突的結果是悲慘的。據報導，「1917 年 6 月至 1918 年 6 月，有 10 名華工因違反紀

---

[13] Cole, "With the Chinese in France," p. 19.

[14] Edwards, "The Chinese Labourer in France in Relation to the work of the Young Men's Christian Association," p. 19.

[15] Summerskill, *China on the Western Front*, p. 150.

[16] 陳三井，《華工與歐戰》，頁 123。

[17] Blick, "The Chinese Labor Corps in World War I," pp. 124-125.

[18] Chen Ta, *Chinese Migrations*, p. 147.

[19] Blick, "The Chinese Labor Corps in World War I," pp. 128-129.

律而被處死。」[20]更多的華工被罰款和被監禁。許多資料都談及騷
亂發生的頻繁性。例如,「在青年會到達當地前,那裏每隔幾天就發
生暴亂和罷工,許多都是僅僅因雙方的語言障礙和誤解而生。」[21]

最能反映英國人對華工的歧視,可由一位英國華工營的軍官克
蘭(Daryl Klein)所留存的一首詩〈幸福的華工〉中的內容看出:

> 其在中國出生,
> 一生孤獨、淒涼、生活艱辛。
> ……
> 偉大的白人突然降臨,
> 為其空白的人生找到指路的星辰,
> 幫其負笈海外,
> 躋身十萬華工其中。
> 在戰火紛飛的法蘭西尋找新的生命及命運。[22]

顯然,這位英國軍官在詩中似乎認為,華工並非遠來歐洲為盟
軍工作,而是受「偉大的白人」的開化,因而有了「新的生命及命
運」。法國人對華工的態度雖然較英國人為佳,但「法人管理華工,
多不得其法,而又不得其人」。[23]

語言不通,習慣不同,固然使華工飽受歧視,但「華工智識淺
薄,惡習不改」更是華工受欺負的主因。艱苦的、令人厭煩的和長
時間的工作,帶有鐵絲網營地的禁錮以及營地裡娛樂設施的缺乏,
使得華工通過各種惡習尋求快樂。據某些資料記載,「賭博」被視
為華工中最嚴重的惡習。賭博如此猖獗,以至於大多數華工在拿到

---

[20] Hayford, *To the People*, p. 24.
[21] Blick, "The Chinese Labor Corps in World War I," p. 128.
[22] 徐國琦,《文明的交融——第一次世界大戰期間的在法華工》(北京:五洲
傳播出版社,2007),頁 73-74。
[23] 同上,頁 76。

薪水後一兩天內就賭光了。[24]一些輸掉錢的勞工就使用暴力。[25]還有一些欠債的會試圖逃離自己的債權人，把自己交給當權者，以期被轉往其他地方工作。[26]華工中另一個比較典型的惡習是「嫖妓」。他們中有些人會到當地妓院且感染性病。[27]當 500 名華工被重新部署到另一個地方時，一些法國妓女甚至會跟隨他們前往。[28]此外，華工亦酗酒、打架、行竊和搶劫。[29]

到了 1918 年，華工已成為令英國軍方頭疼的問題，而不是幫助盟軍的主要勞動力。據說華工營的士氣很低，已經到了危急關頭。一位加拿大記者報導：「在短時間內華工營總體上達不到 50% 以上的工作效率。」[30]而此時此刻，英國青年會全國協會已在 30 個中心點開展了工作，儘管他們還沒得到正式批准。[31]他們調節爭端和罷工以及提高華工士氣的優秀表現引起了英國軍方的注意。

英國軍事領導人最後決定讓基督徒來負責提高華工的士氣。1918 年 2 月 12 日，內維爾・麥克裏迪（Nevil Macready）將軍給

---

[24] 根據一位中國譯員的陳述，「每個月有 15,000 法郎付給我們公司的雇工。兩天內六個人手中有 10,000 法郎。再過一天，至少 8,000 法郎被賺到了一個人的腰包裏。」Paul Patton Faris, "Friends for the Chinese in France," *The Continent*, Vol. 49, No. 45（November 7, 1918）, p. 1261.

[25] Cole, "With the Chinese in France," pp. 17-18.

[26] I. H. Si, "With the Chinese Laborers 'Somewhere' in France," *The Chinese Students' Monthly*, Vol. 13, No. 8（June 1918）, p. 449.

[27] 有一份資料表明至少 20%的華工因性病而自我醫治。Blick, "The Chinese Labor Corps in World War I," p. 122.來自皇家陸軍的一封信稱，第二個重大問題是同性戀。Gewurtz, "For God or for King: Canadian Missionaries and the Chinese Labour Corps in World War I," p. 41.

[28] Edwards, "The Chinese Labourer in France in Relation to the work of the Young Men's Christian Association," p. 4.

[29] 陳三井書中列了華工的許多惡習。見陳三井，《華工與歐戰》，頁 136-139。

[30] O. D. Austin, "From Far Cathay and Back Again," *Canadian Herald*, Nov. 1919, p. 110.

[31] Taft, *Service with Fighting Men*, Vol. II, p. 365.

英國青年會全國協會發了一封信，請求他們負責「和英國遠征軍一
起為華工開展娛樂、消遣和小賣部的工作。」[32]當然，這項工作超
越於任何單個的基督教組織或宗派的能力之外。英國青年會不會
讓這個機會溜走。他們一方面從政府接受了這項任務，一方面尋
求國內外的基督徒共襄盛舉。英國青年會邀請了 11 個差會集會，
共同商討政府的要求。[33]他們在會中達成了兩項決議，最後決定邀
請北美基督教青年會國際委員會（International Committee of Young
Men's Christian Association, 以下簡稱國際委員會）參與這個項目。
就在這樣的發展下，國際委員會逐步擔任了幫助法國華工的領導
角色。

　　國際委員會對服務華工這一工作有著熱情，想向華工灌輸西方
文明和基督教的影響，讓他們成為向同胞傳播他們所理解的西方文
明和基督教的信使。為了實現這個目標，他們需要鼓勵大批中國基
督徒投身這個項目。鑒於此，國際委員會極力鼓動中國的青年會，
爭取他們充分的合作。國際委員會的呼籲，在中國人中引起了非常
熱烈的反應。於 1918 年和 1919 年初派送了 29 名中華基督教青年
會的幹事前往法國，加入到服務華工的行列。[34]國際委員會還向在

---

[32] A. Philip Jones, *Britain's Search for Chinese Cooperation in the First World War*
（NY: Garland Publishing, Inc., 1986）, p. 188. United Church of Canada/
Victoria University Archives, Board of Foreign Missions, Presbyterian Church
in Canada, Chinese labor Corps in France. 79.201C-File 1, 1917. "Statement in
regard to Y.M.C.A. Work for Chinese in France."

[33] 派代表與會的基督教差會有：B. F. B. S., R. T. S., C. I. M., B.M.S., E.P.M.,
W.M.M.S., P.M.M.S., C.M.S., L.M.S., U.F.C.S., V.M.M.S., Y.M.C.A。除此之外，
來自 S.P.G 和 F.F.M.A 的代表也參與了討論，他們一致同意會議的決定。United
Church of Canada/Victoria University Archives, Board of Foreign Missions,
Presbyterian Church in Canada, Chinese labor Corps in France. 79.201C-File 1,
1917. Dr. Ritsen to Dr. Barton, March 18, 1918.

[34] 陳維新，《駐法華工青年會紀要》，《中華基督教會年鑒》，第 6 期（1921 年），
頁 208-210。

美國的中國留學生發出呼籲，其中有 39 名中國學生回應，暫停了他們的學業。

　　通過國際委員會的動員，共有 109 名成員以青年會幹事的身份為華工服務。根據 1919 年的中期報告，他們中有 61 人在英方營地，35 人在法軍營地，另外 13 人有待分配。[35]留法學生中從事基督教工作的總幹事全紹文，於 1919 年 7 月中旬報告有 74 名中國學生幹事。[36]其中，29 人直接來自中國，39 人來自美國，5 人來自英國，1 人是在法國留學的中國學生。[37]這 109 名青年會幹事做了大量服務工作，迅速解決了很多爭端，與華工建立了良好關係，並為他們提供基礎教育。青年會幹事的出色表現得到很多讚賞，這被廣泛記載在青年會和盟國的許多資料中。

三、晏陽初與《華工週報》

　　晏陽初（1893 年 10 月 26 日－1990 年 1 月 17 日，英文名：Y. C. James Yen），是中國平民教育家和鄉村建設家。由於他在中國平民教育上的付出，使之被譽為「中國平民教育之父」。[38]而晏陽初會走向平民教育之路，與他早期赴法服務華工的經驗，以及他基督教的信仰有很大的關係。

---

[35] Hersey, "General Statement Regarding The Y.M.C.A. Work for the Chinese laborers in France,"（March 1919），p. 7.

[36] "Y.M.C.A. Chinese Section, Report of Conference of Workers held at Peronne on 23/24 July 1919," p. 31.（YMCA Archives of the USA）

[37] 中國學生幹事的數量在各類資料記載有所不同。有些人說有 40 多名來自美國，有些人說有 39 名，而另一些人說有 38 名。全紹文說「超過 40」。（同上）但一份美國資料稱有 38 名。Taft, *Service with Fighting Men*, Vol. II, p. 365.此處用 39 這個數字，是因為可以確知有 29 人來自中國，5 人來自英國，1 人來自法國，剩下的肯定是 39 人。

[38] 〈晏陽初〉《維基百科，自由的百科全書》。http://zh.wikipedia.org/wiki/晏陽初。

　　生於四川巴中縣的晏陽初，少時先由父親啟蒙，再就讀私塾，
熟讀儒家經典，1902 年時前往內地會傳教士辦的西學堂讀書，肄
業後於 1907 年到成都進入美以美會設立的中學。後來到香港和美
國的耶魯大學接受教育。在美國，晏陽初曾經受教於塔夫脫
（William Howard Taft, 1857-1930）和威爾遜（Woodrow Wilson,
1856-1924）兩位美國前總統，塔夫脫在耶魯大學教授晏陽初的課
程是《美國憲法》，而後在普林斯頓大學修習歷史碩士時，修過威
爾遜的課。

　　1918 年，晏陽初於耶魯畢業後第二日，便前往法國普藍
（Boulogne）的服務中心，此地為華工下船待分配到各地的營區。
當地約有 5,000 華工。他起先忙碌於為他們代寫代讀家信，在服務
過程中，發現勞工們熱心而有責任心，資質不差，其所以成為文盲，
乃是因貧窮而未受教育。故如能授之以簡單文字，便其自寫家信，
則比之於代他們寫讀家信，要更有意義得多。然而授課之教材卻是
問題，因為傳統之啟蒙讀物，如《千字文》、《三字經》並不具有實
用之寫作功能。於是晏陽初從字典、報刊與口語中選取一千餘字作
為基礎，編成教材。

　　在鼓勵華工前來學習上，晏陽初亦頗費心力。因為華工一方面
不了解，一方面對自己沒信心，故第一班只有 40 人報名參加，每
日工餘飯後上課 1 小時。4 個月後，35 人完成課業，並通過他們的
畢業考試：寫一封簡單的家信與閱讀《華工週報》。

　　因為老師不夠，於是透過中華基督教青年會的系統，邀請歐洲
的中國留學生來參與他的工作，有 100 多人前來，林語堂（1895
年 10 月 10 日－1976 年 3 月 26 日）即是在此背景下加入對華工服
務的行列。之後，晏陽初又利用完成學程的華工來充任教師，試行
效果亦相當良好。消息傳開，有越來越多的華工願意學習，而這樣

的識字班也在各個營區推行。這其實是中國平民教育運行的起源，也可說是十九世紀的一個大奇蹟。[39]

　　華工的積極、聰敏與多才多藝，深深的震撼晏陽初。而年輕的晏陽初在與華工相處時，意識到中國農民的「苦不堪言的苦」和「力大無比的力」，他更感慨「中國的高級知識份子，竟是這樣愚昧無知，完全不認識自己同胞的苦與力！」「我也是中國的一名高級知識份子，我因為以前沒有真正認識勞苦大眾而慚愧。表面上是我在教他們，實際上是他們教育了我。」[40]晏陽初對「苦力」一詞有著深沈的體會，從此決心終身獻身於平民教育[41]，而「如何解除苦力的痛苦，開發苦力的潛力」，更成為晏陽初之後為國為民服務的努力方向。[42]

　　晏陽初和青年會的幹事既發現華工們對識字讀書的濃厚興趣與潛力，故一方面開辦識字班，增加他們讀、寫能力，另一方面為使他們回國後能發揮新力量，影響社會，因此便在青年會的宗旨下，積極推行另一計劃。即是出版一份週刊，先用毛筆寫在大張的紙板上，然後刻板石印，初期每期印 10,000 本。這樣一來可以增加其流通量，二來也可以擴充內容，達到影響效果，並成為識字班的輔助教材。

　　《華工週報》（其全名為《基督教青年會駐法華工週報》）從1919 年 1 月 15 日創刊第一期，到 1920 年 1 月 1 日完成最後一期，共計發行了 45 期。在絕大部分的期數中，都是維持兩位編輯一起

---

[39] 吳相湘，《晏陽初傳：為全球鄉村改造奮鬥六十年》（臺北：時報文化出版企業股份有限公司，1981），頁 28。

[40] 晏鴻國編著，《晏陽初傳略》，頁 59。

[41] 這是晏陽初對賽珍珠所說的話。Pearl S. Buck, *Tell the People: Talks With James Yen about the Mass Education Movement*（New York: the John Day Company, 1945），pp. 8-9。轉引自徐國琦，《文明的交融──第一次世界大戰期間的在法華工》，頁 135。

[42] 吳相湘，《晏陽初傳》，頁 29。

▲ 在周年回顧的文中，
充滿了在法國辦報的
艱辛與辛酸。

▲ 由晏陽初創辦的
《駐法華工週報》
第一期

▲ 從十八期開始，華工
週報由傅若愚接手
主編

工作。第 1 期至第 17 期，主編為晏陽初，傅智為副主編；第 18
期至第 38 期，主編為傅智，陸士寅擔任副主編；第 39 期至第 45
期，主編為陸士寅。晏陽初在完成階段性任務後，再度返美，進入
普林斯頓大學就讀，一年後獲得歷史學碩士學位，後於 1920 年 7
月底搭船返國，終生為苦難同胞服務，以解決中國的文盲問題。傅
智（1893－1984）原也是美國留學生，在赴法為華工同胞服務近一
年後，於 1919 年 11 月左右，返至美國芝加哥大學，續攻社會學碩
士。當時同是留美學生的陸士寅，生於 1889 年 2 月 11 日，曾任中
華民國駐美國西雅圖總領事館領事，後赴法服務華工。

四、《華工週報》內容分析

　　辦報，是一件費時吃力，不見得討好的事。要先綜合評估目標、
對象、資源，然後擬定適當的辦報策略，進而詳細規劃媒體型態、
內容與稿源、刊期與發行、組織與運作，付諸實行後還要時時檢討、
經常調整步伐。

一般而言，主其事者除非有很強烈的理念與使命感，基本上不會採用文字傳播。一者主編必須能寫善編，隨時提筆上陣，否則會有稿源不繼的問題；二者主編自己要有一整套的思考邏輯，知道讀者需要什麼，也知道自己要給讀者什麼，因為辦報是一種傳播、一種對話，也是一種自省。辦報者要先自問為何辦報、有何話說、要對誰說，然後再考慮使用什麼載具、運用何種技巧、希望達到什麼效果。如此，這份報紙才有意義與價值。

對晏陽初而言，編刊物不是問題，《華工週報》就是實踐他教育理念，完成他對華工關懷與使命的最好載具。這份創辦於二十世紀初法國，定位於給華工閱讀，每星期出刊一次的中文報紙，不論在印刷、發行與財務上，都有很多的困難要克服，更時常遭到英法政府的檢查與控管，但種種的難題，都在這些年輕、有使命感的主編的堅持與努力下，一一克服。

（一）《華工週報》編輯方針與策略

《華工週報》由於定位清楚，其讀者群是特定的小眾，為一群知識程度不高的華工，因此，晏陽初在第一期的篇首，以「本報特告」方式說明該報的編輯方針：「本報是特為開通華工的知識、輔助華工的道德、聯絡華工的感情辦的。」[43]在這方針下，以後每期的內容，頭條皆是主編針對華工身心靈做論述，約一千字左右，其餘輔以固定的專欄，如「歐美近聞」、「祖國近訊」、「華工近況」等，並間雜以「歐戰小史」、「名人傳略」、「世界奇聞」、「中國歷史撮要」等專欄。一些半文言的小笑話與圖文並茂的小漫畫也不時出現。

---

[43]　〈本報特告〉，《華工週報》，第 1 期（1919/1/15）。

　　《華工週報》的編輯方式為：一頁分上下兩欄，每欄橫排 30
行，直行 20 字，每欄含標題有 600 字，一頁可容 1,200 字，每期 4
頁 8 欄，所以一期的稿量約 4,000 餘字（扣除標題）。沒有標點符
號，而是用傳統中文古書圈點的方式斷句，如有重要文句，或是用
連續的圈點，或是字體形式與油墨加重，以顯示重要性。嚴格來說，
就編輯技巧而言，《華工週報》並無突出的技巧可言。但在 1910
這個年代，《華工週報》根據當時流行的樣式，上下對排，採用石
印，而在文句重要表達處，線條顏色會加深加重，以示突顯，晏陽
初的編輯意識已可謂很強。

　　為了完成教化華工，改變其身心靈的工作，晏陽初的編輯策
略，主要採用兩種方式，一是單向的告知與教導，二是用「徵文」
的方式，使編者與讀者達到雙向的溝通。此外，由於晏陽初是基督
徒，青年會屬於基督教的機構，而《華工週報》也因此在文中含蓄
的宣揚基督福音，企圖使華工能達到靈命的更新。

　　在單向的告知與教導方面，晏陽初與其他二位主編，在每期的
頭版中，反覆的以各種主題，向華工說明人格與品格的重要性。《華
工週報》先後刊載晏陽初手撰〈恭賀新年：三喜三思（週報發刊
詞）〉、〈中國的主權〉、〈和平議會〉、〈革心〉等論說。

　　在發刊詞中，晏陽初充份展現出他對華工的期盼與要求：

　　　甚麼叫三思？三思就是思身、思家、思國同胞呵！回國歸家
　　　固是極高興極快心的事，但是請問你自己思想過打算過沒
　　　有？回了中國之後，幹甚麼事？從甚麼職業？做甚麼買賣？
　　　方能使你那輕生命到法國來所掙的佛郎一個能賺一個。俗話
　　　說家有萬貫，不如朝進一文。不怕你的佛郎怎麼的，如果你
　　　回國之後，遊手好閒，不理正經，今天兩個，明天三個，一

月半載，不知不覺的就把你那苦心所掙的血汗錢耗費完了，受飢受寒，恐不可免。同胞呵！……小虫螞蟻尚知夏天為冬天預備籌劃，可以人而不如蟲乎？

當此新年佳節，諒想你們思家的心必較常更切……各位弟兄，你們既然這樣的貴家愛家，你們就應當求益家興家的事，所有的一切亡業敗家的嗜好，或是在中國帶來的，或是到法國來才學的，都應該勉力全行斷絕。舊年吸煙捲的，今年應誓絕不賭，從正經做安份守己的人。多積存幾個富人的佛郎，多學些有益的技藝，期到歸鄉，可以發家，可以自立，這樣你們一番愛家戀家的心，也可以真有實際了。

與各位論思國，離本家而後知貴吾家，到外國而後知愛吾國，各位現在外國，愛家的心既較前更篤，想你們現在愛國的心也必較前更大。同胞呵！我中國國家的外交內政，有許多我們不忍說，不敢說的，但是你我在外國，有關於中國國體的事，那又不能不說。各位弟兄諒必都知道，你們在法國所處的地位，與在中國所處的地位大不相同。你任住在法國，就算是中國全國全族的代表，外國人以你們作為的好歹，就定我們中國全族的是非。若在本鄉本土做馬什麼不好的事，是你一個姓李的姓王的一人臉，但是若你在外國做了壞事，那外國人既不知道你張王李趙的名字，他只曉得「興隆」（法人稱中國人）……由此看來，我們中國國體的榮辱，都全在你們各位作為的好歹。同胞！同胞！你們在外國作為行事，豈不可慎上加慎嗎？[44]

---

[44] 晏陽初，〈恭賀新年：三喜三思（週報發刊詞）〉（續），《華工週報》，第2期（1919/1/29）。

第3期，傅智接著寫〈華工當顧國體〉，第一段就直接破題：「國體二字怎麼講法呢？國，就是國家，體，就是體面。國體的意思，就是說國家的體面，體面俗稱臉面，國體二字，所以又可以作國家的臉面講。……華工如欲顧全國體，有五件事情不應當行，試論如下：一，不可罵人……二，不可自鬥……三，不可賭錢……，四，不可竊物……，五，不可狎邪（就是嫖）……。」[45]

▲晏陽初發表〈革心〉一文，分三期刊出

第11期，晏陽初〈革心〉一文，則點出中國窮弱，「原故不是在無人力，無礦產，更不是在無文化……是因為我們私心的人太多了……自私自利幾幾乎成了我們中國一種國風，到了不可救藥的地步……」[46]後三期仍不斷以此主題為文發抒告誡讀者，「我們全國上人民所急需的就是革心。把那自私自利的爛心革去，換一個公心；把那老心老腸革去，換一個新心。有新心而后有新人，有新人而后有新社會，而后有新國家。」[47]

在上述的論說文中，《華工週報》試圖建構出中國好公民的圖像，那就是要愛家愛國愛身，也提出改革的良方。如過去許多文章提到，晏陽初一生是三C──孔子（Confucius）、耶穌基督（Christ）、苦力（Coolie）結合在一起，而這個理念的展現之始，就是見於《華工週報》之中，特別是其〈革心〉的長文。[48]

---

[45] 傅智（傅若愚），〈華工當顧國體〉，《華工週報》，第3期（1919/2/5）。
[46] 晏陽初，〈革心〉，《華工週報》，第11期（1919/4/30）。
[47] 晏陽初，〈革心〉（一續）（二續）（三續），《華工週報》，第12期（1919/5/7）、第13期（1919/5/14）、第14期（1919/5/21）。
[48] 吳相湘，《晏陽初傳》，頁31-32。

第15期刊出〈人的價值〉，作者是樂山，文中寫說：

> 人乃無價之寶：記者以為一個活人，不能購買，不能賠償，乃是惟一無二，萬寶中的至寶，因為他的身體、心腦、靈魂，均為天產，而決非人事的。譬如人的眼睛，真是模範的照相匣，人的耳朵，真是模範的小鋼琴，不但如此，你在法國作工的時候，意念一動，你的心就能回到山東濟南府，雖是路程萬里，所需時間，都還少於半秒，真是比電話、電報都快於千倍哩！然而人之所以為人，不祗他的四肢百體是這樣的奇妙，或他的心意才能是如此的靈巧，最要緊的，是他天生來就有分析善惡、辨別是非的良能良知。身體、心腦、靈魂，合起來才成一個活人。[49]

這樣的比擬敘說，生動有趣，淺白易懂，這也是週報文字的特色之一。而苦口婆心，反覆論述，《華工週報》的編輯們在理念傳播上，可說是煞費苦心。他們對華工不斷灌輸的道理，就是如何做一個真正的「人」，被尊重的「人」。

晏陽初的第二種編輯策略，是採用「徵文」的方式，使編者與讀者達到雙向的溝通。因為，唯有雙向的溝通，才能清楚的知道訊息傳出去後的回饋（feedback）。

晏陽初在第2期發出〈注意注意〉的通告：

> 「論者有獎——本報同人知道你們在工營的弟兄，有許多能寫能著的好手。若我們要達到本報開通知識、輔助道德的目的，非有你們的維持不可。況且各位出洋以來，必定有種種的新知識、新思想，何不趁此機會發表出來，登載報上，使一切讀報的弟兄都可以受益。且你們的人才既富，著作既

多，我們彼此都可交換知識。交換思想，那我們的知識由此
更可以長進，思想由此更可以高尚了。」[50]

在晏陽初舉行的「華工徵文比賽」中，題目包括「華工在法與
祖國的損益」、「甚麼叫中華民國」、「中國衰弱的原故」「民國若要
教育普及，你看應當怎樣才好」等，普遍得到華工熱烈反應。如第
一次徵文「華工在法與祖國的損益」的結果，第一名為傅省三（山
東平度人），獲得首獎 15 法郎（當時華工收入依工作性質，差別不
小，有資料顯示每日平均工資約 5 法郎）。傅省三的文中指出：

> 一、來法華工不都是良民，必在祖國作亂。二、華工大半是
> 貧民，既來法國，自己衣食以外，家眷也有奉養。三、華工
> 從前不知身與家及家與國的關係；一到陣前，看見外人為國
> 為家犧牲性命，自己不知不覺的就生出一番愛國愛家的心
> 來。四、從前華工只知道女子纏足為美。現在看見西洋女兵
> 女農女醫等，與本國比較，真是從前吃虧不少。若返祖國，
> 定要改去舊日的惡習。五、在法國所見的軍器、農器、機器
> 不少，增廣自己見識，將來回國，可開導本國人。六、我們
> 工人在國內只有信種種的邪說異端，不求真理、不求實學。
> 既來歐洲，將來回國定不能如昔日的頑固。七、從前以為西
> 人高於華人，今日與他們賽腦力賽筋力，方知他們不比我們
> 高。若回祖國再加以教育，敢望將來祖國的進步。八、現在
> 和平會竟將中華天朝大國名目取消，列在末尾，並不准我國
> 有發言權。華工從此看的淘汰激勵，如夢方醒，就發起了強
> 國愛國心；若不來法國恐怕仍在中國作夢！[51]

---

[50] 晏陽初，〈注意注意〉，《華工週報》，第 2 期（1919/1/29）。
[51] 傅省三，〈華工在法與祖國的損益〉，《華工週報》，第 7 期（1919/3/12）。

　　傅省三的文章，不但對華工本身有相當的反省，而且還有積極的一面，認識到中國人腦力不比西人差，所以很有自信的表示：「若回祖國再加教育，敢望將來祖國的進步。」如學者吳相湘指出，當時，北京學生「五四」愛國運動還沒有發生。華工們能有這樣明確認識，實在難能而可貴。[52]

　　除了用「徵文」達成編輯與讀者間的互動外，週報也在第 10 期以打燈謎的方式，加強華工動腦。週報出「燈謎」三題，打中的交青年會幹事。寄至巴黎，答中的「本報予五佛郎」。三題「燈謎」為：

　　（一）打電話（打論語兩句）

　　（二）藥舖門前賣棺材（打四書兩句）

　　（三）兩句話說一年（打三字經兩句）

　　答案在第 18 期用「本報特別啟事」刊出：「猜中的人共計有一百五十名之多。本報因現在郵遞遲遲，判定先後很難，所以決定將所應許的五佛郎獎賞，暫時不給，以便留作日後別樣的用，答者諒之。答案揭曉如下，一、吾聞其語矣，未見其人也。二、既欲其生，又欲其死。三、曰春夏，曰秋冬。」[53]這樣有趣的互動，不僅說明《週報》的讀者群不少，也證明華工的頭腦聰明，智力頗高。

　　至於如何在週報中傳揚基督教福音，使華工認識基督教與耶穌，也是晏陽初隱而未現的編輯策略。晏陽初與傅若愚等主編，在45 期之中，主要論點都在激發華工人格意識與愛國情操，他們沒有明顯的傳教，使之變成一份宗教性的刊物。嚴格的說，晏陽初只有在〈革心〉一文中傳揚基督教福音，使華工認識基督教與耶穌，

---

[52] 吳相湘，《晏陽初傳》，頁 31。
[53] 〈本報特別啟事〉，第 18 期（1919/6/18）。

這樣的做法，反而使《華工週報》受到華工的歡迎，也同時間接的讓華工認識基督教與耶穌。[54]這樣的編輯策略，顯示出晏陽初等人的聰明與智慧，沒有被宗教框架束縛，反而使宗教不被排斥，在無形中傳揚福音出去。

(二)《華工週報》的內容

《華工週報》既是一份專給華工閱讀的報紙，因此其內容如同其編輯方針，主要分成三大部份，一是開通華工的知識、二是輔助華工的道德、三是聯絡華工的感情。

試看《華工週報》一共 45 期中的頭版論述，可以發現到其主題內容多著重第一與第二兩部份。如〈華工當顧國體〉(第 2 期)、〈中國的主權〉(第 3 期)、〈最苦與最樂〉(第 9 期)、〈革心〉、〈和局的危機——近東問題！遠東問題！〉(第 11 期)、〈人的價值〉(第 15 期)、〈華工歸家問題〉(第 16 期)、〈勞動的神聖〉(第 17 期)、〈華工的心理〉(第 19 期)、〈忠告同胞〉(第 20 期)、〈中國與和約〉、〈美大總統的宣言〉、〈女子人格問題〉(第 21 期)、〈國民的天職〉(第 22 期)、〈自立論〉(第 24 期)、〈資本與工作〉(第 25 期)、〈國力〉

---

[54] 晏陽初提及：「先說中國人的毛病，如自私自利，要去除只有靠神醫——耶穌基督」，接著又說：「耶穌基督是誰？為何能改革中國人的私心？」晏陽初說，耶穌降生，不在大家熟知的美國或英國，而是「在我們中國的亞洲猶太國」，先使華工認同耶穌，接著再指出幫助華工最有力的華工青年會七十位幹事：「這些七十位中國學生，到法國來，是因為他們個個人的心，都是為神醫耶穌改革過，醫治過的，因此他們有公德心，有愛同胞的心，做愛同胞的事。所以各位應當理會，耶穌是外國人的神醫，能改革外國人的心，也能改革中國人的心。他是醫生，要我們請他，信服他，他才能醫治我們，改化我們。天下沒有不請自來的醫生，所以我愛國的同胞呀，若我們要祖國富強，非人人有公德心不可，若要人人有公德心，非急請神醫耶穌基督革心不可。」晏陽初，〈革心〉(三續)，《華工週報》，第 14 期(1919/5/21)。

（第 26 期）、〈樂觀與悲觀〉（第 28 期）、〈國與家〉（第 30 期）、〈五分鐘的熱心〉、〈習慣〉、〈山東問題索隱〉（第 31 期）、〈介紹國貨〉（第 32 期）、〈高貴之生活費〉（第 33 期）、〈這個紛擾世界〉、〈奉勸華工〉（第 35 期）、〈山東問題與美國議院〉（第 36 期）、〈再告華工同胞〉（第 37 期）、〈華工善後問題〉、〈德意志盛衰之觀感〉（第 38 期）、〈子孫主義〉（第 39 期）、〈中日衝突惡耗〉（第 42 期）、〈美國上議院反對和約的結果〉（第 43 期）、〈華工的末路〉（第 44 期）。

　　由這些標題觀其內容，不外乎開通華工的知識、輔助華工的道德，如勸導華工要行為端正、要勤工儉學、要改正抽煙賭博浪費等惡習、行事為人要對得起國家、要為家為國爭榮光、要多存錢、多做好事、愛惜光陰等。文意來來回回，反反覆覆，但文字淺顯，句真意切；年輕編輯們為華工處處設想的心意與情感，藉由懇摯親切、宛如對親人述說般的文筆，流露在每一期週報中，讀起來令人感動。

　　有一位華工魯士清，因而投了一篇稿件：「勸華工閱華工週報」，刊登在 31 期（1919/9/17）。他將《華工週報》內容的特色寫得很清楚：

　　　　諸位弟兄們啊！我們出外多時，不得祖國消息，心裡實在憂悶得的很。想要看報，不識外國字；想要問人，又不懂外國話，猶像住在井裡一般，外面事情一點也不知道，雖有耳目，亦無作用了。幸有青年會總部中美幹事，知道我們的苦處，特在巴黎創辦華工週報，峕為開通華工見聞起見。此報文字淺顯，記事切實，中外要聞，備載無遺。諸位購閱此報，即世界近時要事，一概都知道了。費錢不多，得益卻大。所以我們應勉勵購閱此報。一是廣自己的見聞。身雖為工人，亦能知世界的大事。二是提倡此報的發達，副創辦諸君之美

意。三是顯出我們華工的學問來。因為外國人常笑我們中國
人，多有不識字不開通的，等於半教化的國。欲觀一國人民
的程度高下，以所出的報紙多少為定衡。因報紙是開通人民
知識的一種利器，人若常看報，知識學問沒有不長進的了。
或有人說，我不識字，買報作什麼呢？諸位弟兄，你不識字
不要緊，我只問你要聽新聞麼？你若要聽新聞，可花一個銅
子，買一張報，請那識字的弟兄念給你聽，他不花錢，卻能
看報紙，你不識字，也能聽新聞。……[55]

　　從魯士清的文稿中，也可得知，許多華工仍是不識字的，但也
會買《華工週報》，主要是央請識字的華工念給他們聽。而這也顯
出《華工週報》文字內容的特色，那就是淺白易懂，有若口語。在
白話文尚未推行與盛行的 1919 年代，《華工週報》無疑是當時用白
話文寫作的先鋒部隊，也是當時白話文創作的一大代表。

　　在週報創刊週年，也就是最後一期（第 45 期），刊登了里哈夫
同人寫的「週報周年祝詞」：

　　　有益華工，美哉週報。開辦一載，
　　　頗著成效。德智體育，三大綱要。
　　　培養性德，貫輸真道。交換知識，
　　　啟發心竅。歐風美雨，紀錄登告。
　　　文字淺顯，意義深奧。旅法同胞，
　　　歡迎頌禱。[56]

　　言簡意賅的點出《華工週報》的內容
特色。

▲里哈夫同人祝賀《華工
週報》周年紀念賀詞

[55]　魯士清，〈勸華工閱華工週報〉，《華工週報》，第 31 期（1919/9/17）。
[56]　里哈夫同人，〈週報周年祝詞〉，《華工週報》，第 45 期（1920/1/1）。

　　《華工週報》內容的另一特色，就在聯絡華工的感情。晏陽初於每期的週報中都設有「華工近況」專欄，將各地華工們每星期發生的一些重要事件寫出來，使大家知道彼此的狀況，有些類似現今報刊中的〈一週大事〉或〈學府花絮〉或〈校園紀事〉之類。它忠實的呈現出華工在英法各地的生活實情，包含工作、休閒娛樂、學習識字、送往迎來等，其中也包含了青年會的一些人事動態；而每期也都會登出〈捐款鳴謝〉一小欄，記錄各地華工捐款給青年會或週報或中國政府的錢項。如在第廿九期的〈華工近況〉專欄中，內文分五小欄，各小欄的小標題分別為：〈學務發達〉、〈運動開會〉、〈教授得法〉、〈歡送誌盛〉、〈捐款鳴謝〉。在〈學務發達〉欄下則記載：

> 比國華工青年會自開辦以來，對於教育事宜即非常注意。所以近年來學務十分發達。據最近報告，現在該處華工，在青年會日夜學校報名求學者，共有一千七百人之多，其所習者，為地理、算學、英文、漢文與簡字。[57]

　　由此記載，可以得知比利時華工受識字教育的情況。而在〈運動開會〉欄下記載：「英軍華工第廿九與百十五兩隊，日前合開運動大會一次。競爭比賽，各有勝負。到場觀看的人，擁擠不堪，頗極一時之盛。」[58]

　　在〈華工近況〉中，常可以讀到華工們一些歌可泣的事蹟，如第 14 期中記載一段〈演戲籌款〉：「馬賽青年會為湖南水災事，特別演戲一星期籌款。現在諸事已畢，所籌集之款，聞共有二百十五佛郎之多。」有一段〈愛國可欽〉：「司活爽有一華工，名叫邵魁義，為人忠厚誠實，急公好義。在法傭工二年，囊中稍有積蓄。近聞政

57　〈華工近況：學務發達〉，《華工週報》，第 29 期（1919/9/3）。
58　〈華工近況：學務發達〉，《華工週報》，第 29 期（1919/9/3）。

府國庫空洗，需財孔亟，慨然動了愛國心，將平日所積蓄的五百五十個佛郎，一概交出，捐助政府作用費。此款現已有人代為呈送我國駐巴黎的和會代表了。邵君雖是工人，而熱心愛國如此，真是令人可敬。」[59]

華工遭到不平待遇，〈華工近況〉中也不避諱的詳實報導。第 35 期記有〈訴冤有人〉：

> 旅古塞第八隊華工，因積怨已深，日前與該處法警大起衝突，竟至用武。法警開槍亂擊，毫不講理。該隊全體大動公憤，群赴五道處法軍官訴冤，後有青年會幹事戴王二君居間調停，此案卒得公平判決，其結果，法警一律被革除，且有受重懲者。[60]

由於《華工週報》第一手的報導，免除了大家因消息不流通，資訊不發達而導致的誤會，杜絕了許多訛傳訛的耳語，避開了許多不必要的衝突。《華工週報》在聯絡華工間的情感，凝聚華工對祖國的向心力，乃至在對外的聯繫和協調上，可說是貢獻大矣！

（三）《華工週報》的傳播效果

在晏陽初的編輯策略下，《華工週報》受到華工的歡迎。創辦之初發行即有 10,000 份，銷售量最高時達到 15,000 份，而一份週刊往往為多人分享閱讀，可以知道其在華工中必定是影響很大。而從他們為《華工週報》所設計的內容來看，晏陽初等人主要在培養華工良好的人格與愛國的情操，同時也讓他們了解到國外的大事與人情風土，這樣他們不只是有高尚品格的好國民，更是具有世界

---

[59]　〈華工近況：愛國可欽〉，《華工週報》，第 14 期（1919/5/21）。
[60]　〈華工近況：訴冤有人〉，《華工週報》，第 35 期（1919/10/15）。

觀的公民。晏陽初等人所費盡心力撰寫的文章，其實是符合基督教青年會的宗旨，這一部份將在下一節討論。

　　《華工週報》雖然不是唯一影響華工轉變的因素，但它所傳播出的效果卻也不容小覷。《華工週報》的傳播效果可從下列一事看出。即是華工開始自珍自愛，開始關注祖國的前途，並關心中國的國際環境。當《華工週報》刊登出中國在巴黎和會上不能收回山東的報導時，在華工中引起很大的憤慨，紛紛捐款來支持政府。如邵魁義將他全部的積蓄 550 法郎捐出，鄭書田捐款 30 法郎，還有一個華工把他兩年的積蓄捐出來。這些固然是華工愛國的自發表現，但是也應該解讀為《華工週報》傳播效果的成功。

　　而《華工週報》的傳播效果與影響，其實一直延續到華工回到中國以後。根據學者的研究，有部分華工將公民與組織的觀念發揮出來。曾經「組織歸國華工工會，要求提高工人的權利；而該會工人誓言不賭、不嫖、不酗酒、不抽鴉片。該工會是中國最早的現代工會之一。」[61]而另一位來自直隸通州的華工，對於一戰時期所見識到的機器深感興趣，所以回國後積極研發機器。該華工自述他的發明「目的是為了響應《華工週報》的呼籲，把其自法國期間學習觀察的心得『帶回中國傳佈給同胞』」。[62]

　　青年會與《華工週報》的內容，不只是影響到華工的人生觀與價值觀，亦大大的影響到他們的生活與言行。華工在海外的工作，除了為他們自己的家庭賺取了收入，更讓他們成為意見的領袖。透過每月數以萬計的家書，他們把海外的知識與見聞，傳達給國內的親友。在返國後，也一定會將他們的海外心得，化為日常生活的話題。雖然這些傳播的效果與個案，無法一一見諸於十幾萬的華工身

---

[61]　吳相湘，《晏陽初傳》，頁 30。
[62]　徐國琦，《文明的交融》，頁 144。

上，但是這絕對是可想而知的事。故《華工週報》實為提供這些先行軍與傳播者最佳的訊息來源，謂之精神導師並不為過。

五、《華工週報》中的基督教青年會理念

　　《華工週報》是青年會的幹事在青年會的支持下出版的一份刊物。若是從青年會的宗旨來分析，更可以看出《華工週報》的意義與特色。青年會之成立即是以服務人群，培養建立德智體群的全人為目標。[63]而《華工週報》首期的〈本報特告〉中，就隱約的透露出其進行德、智、群育的發展，[64]現在就以德、智、體、群和愛國等五個方向來分析這份刊物。[65]

▲《華工週報》不斷強調
　國與家的重要

▲《華工週報》不斷強調
　愛國與識字的重要

[63] 青年會所提倡的德，英文為 spiritual，就是培養基督的精神，並非是單指中國傳統的道德。關於基督教青年會之成立與在華早期之發展，參見王成勉，〈中華基督教初期發展之研究〉，收入於王成勉，《教會、文化與國家——對基督教史研究的思想與案例》（臺北：宇宙光出版社，2006），頁 77-98

[64] 「本報是特為開通華工的知識，輔助華工的道德，連絡華工的感情。」〈本報特告〉，《華工週報》，第 1 期（1919/1/15）。

[65] 可以參考本書附錄（二）對於《華工週報》各篇以德、智、體、群、愛國與其他等六項所進行分類的文論。

　　關於德、智，是以思想與知識的啟蒙為主。可以看出《華工週報》是以潛移默化的方式教育華工，而不是採用八股式的教條。德的功能，涉及了道德與宗教兩大方面。《華工週報》不把中國古老的道德教育重新述說，而是在討論各種事務時，都會串聯到傳統的美德，用淺顯易懂的例證，使華工易於接受；宗教方面，青年會幹事提供佈道、禮拜服務，講解聖經，舉行禱告會甚至洗禮。儘管有些華工營不允許有宗教服務，但青年會幹事仍試圖從個人層面施加基督教的影響。智的功能，包括教授各類課程，如中文、英語、法語、歷史、地理和數學。其中也介紹許多關於公共事務、公民的職責和權力、健康和衛生以及戰爭意義的文論。識字教學對晏陽初來說是非常成功的，而《華工週報》則可以被看成是一個極富效果的工具。《華工週報》的內容設計，不但激起了勞工群體的學習興趣，並且將現代世界展現在他們眼前。

　　體與群的方面，則涉及了體育、衛生、健康以及消遣等活動。許多勞工雖然在歷經 10 個小時的體力勞動後，對體育活動不大感興趣，但是仍有些人喜歡踢足球，玩室內壘球、籃球和排球，也有像是下象棋、放風箏等較不激烈的遊戲，以及讓大家十分感興趣的華工表演戲劇。這些活動，不但可以使華工們得到健康的壓力紓解，也從中促成彼此之間的交流互動。除了以上活動外，青年會幹事代寫家書也大受華工歡迎。[66]

　　關於愛國方面，其實可以視為《華工週報》進行宣傳的一大熱點，如在各種新知的闡述、勸戒華工的惡習都常態的將愛國置放在

---

[66] 在許多資料中都可見青年會針對華工的服務，例如 Shi Yixuan, "Faguo liengshi foxin zhi huagong qingnianhui baogao," pp. 61-63; Blick, "The Chinese Labor Corps in World War I," pp. 126-128; Summerskill, *China on the Western Front*, pp. 170-174; 陳三井，《基督教青年會與歐戰華工》，頁 53-70。還有許多其他教會資料。

最高的位置，強調在愛國的原則底下，華工應由自身做起。至於每一期所刊載的「祖國消息」，一則可以慰藉華工們思鄉的心情，從另一個方面來看，身分卑微的華工與載錄多為「國家大事」的各種最新消息，似乎形成強烈的對比。不過，這卻是晏陽初執編《華工週報》以來，有意將華工塑造成「有為的」國家力量，當然無疑可以被視為是主編們宣傳愛國的目的。讓華工了解國事，進而關心國事，有能力討論國事，甚至是參與國事。以下將就德、智、體、群、愛國等五個方向做進一步的討論。

（一）德的部份

「德」是《華工週報》相當重視的部份。但是基督教青年會卻必須遷就歐洲宗教的現實，而只能運用委婉甚至隱晦的方式來宣揚基督宗教。因為法國以天主教為主要信仰，英、美信奉基督新教，而英、法兩國均不希望宗教鬆弛了華工的工作精神，故在華工營區盡量不宣揚那一種信仰。是以審閱《華工週報》各篇文論，其實真正用以闡述基督教教義或是傳佈福音的內容，可謂少之又少。

在眾多的報導中，最直接與具有代表性的，應屬晏陽初在第11、12、13、14 期所連載的〈革心〉一文。晏陽初首先提到中國人因為缺少「公心」，彷彿就像是心生了病，如要治療，就必須透過宗教。不過，看到中國長期發展的儒、釋、道、回等教派，在晏陽初眼中卻無法達到「心正」、「家齊」以及「國治」的理想，[67]這是有別於大家所崇拜的美國。晏表示：「美國人的神醫就是耶穌基督，萬世萬人、惟一無二、治心革私的良醫。」[68]至於無私地為在外華工提供服務的「青年會」，正是受到耶穌基督所化育的最佳例證，所以晏也說：

---

[67]　晏陽初，〈革心〉（一續），《華工週報》，第 12 期（1919/5/7）。
[68]　晏陽初，〈革心〉（二續），《華工週報》，第 13 期（1919/5/14）。

耶穌是外國人的神醫，也是中國人的神醫。能改革外國人的心，也能改革中國人的心。他是醫生，要我們請他、信服他，他纔能醫治我們，改化我們。天下沒有不請自來的醫生。所以我親愛的同胞呵，我們要祖國富強，非人人有公德心不可，若要人人有公德心，非急請神醫耶穌基督革心不可。[69]

晏陽初巧妙的、生動的將耶穌基督比喻為能讓華工們親近的醫生，循序漸進的陳述出國人是如何迫切的需要耶穌為之革除不良的「舊心」，方能使國家富強。在讚美加拿大人柯和璧的文章中，晏陽初也同樣的寫道：

柯先生不是中國人，他愛中國的心，比我們更深更切。……是因為他是基督徒，有了基督的普愛在他心裏。……除了基督教外，甚麼教能出這樣有博愛有公德心人，如柯和璧先生呢？[70]

有趣的是，晏陽初不僅推崇基督教博愛的精神，他也將上帝作為裁決不公的正義者。如德國對中國山東的蠻橫侵占，最終導致一戰失敗後各國的嚴苛「討伐」。晏亦因此提到：「吾人深感上帝福善禍淫的大德，將那強暴無人道的德國刑罰了。」[71]顯然，這樣的說法是將中國人所熟知的《尚書·湯誥》「天道福善禍淫」的概念，置入了基督教內容。其目的，正是為了讓華工們可以更容易親近與接受基督宗教。

除了以上幾篇文論對基督宗教有較顯著的提及之外，在《華工週報》中，涉及基督教的部份其實屈指可數。如第 22 期〈惟其德馨〉、23 期〈會務一斑〉、24 期〈離別感言、教會得人〉的〈華工

---

[69] 晏陽初，〈革心〉（三續），《華工週報》，第 14 期（1919/5/21）。
[70] 晏陽初，〈柯和璧先生〉，《華工週報》，第 8 期（1919/3/26）。
[71] 晏陽初，〈中國的主權〉（續），《華工週報》，第 6 期（1919/2/26）。

近況〉，[72]都只是陳述青年會會務中稍稍與基督教有些微關係的內容，其實無法稱得上是傳教。除了宗教方面，其他涉及道德的篇章，多是一些理性的勸說，如甚多文章中均提到了華工的陋習以及應該採取怎樣的方式進行革除，當然，類似的文論中常常所述談的都不僅是用來宣揚道德的，如晏陽初〈恭賀新年：三喜三思〉（續）[73]，或是宣揚某些正確的價值觀，像是梁啟超〈最苦與最樂〉、傅若愚〈勞動的神聖〉、葉紹鈞〈女子人格問題〉、裴山〈自立論〉、陸士寅〈樂觀與悲觀〉，[74]以及由主編所挑選的格言[75]等，都可以劃歸在《華工週報》的德育範疇。

（二）智的部份

「智」的部分在《華工週報》中佔有最大的比例，內容可以分成幾項：其一，是用以宣傳青年會在各地教育華工的成果，如各期〈華工近況〉中便經常表示，透過幹事與華工們所開辦的中、英、法識字班，就具有斐然的成果。其二，《華工週報》內容中也涵涉了許多新知識與新觀點，包括了各項歷史、科學、時事、新聞、體育、衛生等議題。《華工週報》為全體華工所預設的目標，是具有著極高的期待，如它們就十分神奇的使一戰時期赴法華工，成為中國派往

---

[72] 〈華工近況：惟其德馨〉，《華工週報》，第 22 期（1919/1/16）。〈華工近況：會務一斑〉，《華工週報》，第 23 期（1919/7/23）。〈華工近況：離別感言／教會得入〉，《華工週報》，第 24 期（1919/7/30）。

[73] 晏陽初，〈恭賀新年：三喜三思〉（續），《華工週報》，第 1 期（1919/1/15）。

[74] 梁啟超，〈最苦與最樂〉，《華工週報》，第 1 期（1919/1/15）。傅若愚，〈勞動的神聖〉，《華工週報》，第 17 期（1919/6/11）。葉紹鈞，〈女子人格問題〉（一續）（二續）（三續），《華工週報》，第 18、19、20 期（1919/6/18）、（1919/6/25）、（1919/7/2）。裴山，〈自立論〉，《華工週報》，第 24 期（1919/7/30）。陸士寅，〈樂觀與悲觀〉，《華工週報》，第 28 期（1919/8/27）。

[75] 〈日日格言集〉，《華工週報》，第 11 期（1919/4/30）。〈格言〉，《華工週報》，第 15 期（1919/5/28）。

「世界的信使」，希望藉由改變了華工群眾的觀念與思想，讓華工在任務完成返國後，成為傳播歐洲文明最有力和有效的橋樑。

在《華工週報》內容，如幾乎每期都會出現的〈歐美近聞〉、〈祖國消息〉、〈華工近況〉等「新聞」，其中也包括許多時事的問題，如晏陽初就針對當時的重大討論，而分別在幾期論及中國主權的問題，[76]傅若愚也針對一戰的經過發表過一篇〈歐戰小史〉、傅若愚〈和局的危機：近東問題！遠東問題！〉、〈德國會簽字否？〉、〈巴盧維黨與世界和平〉[77]；或是與華工們切身相關的問題，像是傅省三〈華工在法與祖國的損益〉、故吾來稿〈敬告法國居民〉、陸士寅〈資本與工作〉、楊炳勛〈硬傷急救法〉等；[78]其中也有些篇章是用來介紹西方人事物，如傅葆琛〈瓦特小傳〉、傅若愚〈和會議長克勒門梭小傳〉、陸士寅〈英首相魯意喬治小史〉、〈西人的迷信〉、〈法國國慶紀念記事〉、傅葆琛〈法國風土略記〉、〈巴黎名勝撮要〉等；[79]以及科學衛生的相關知識，如傅葆琛〈蒼蠅〉，由傅若愚翻

---

[76] 梁啟超，〈中國的主權〉，《華工週報》，第 4、5、6 期（1919/2/12）、（1919/2/19）、（1919/2/26）。

[77] 傅若愚，〈歐戰小史〉，《華工週報》，第 5、6、10、11、12、14 期（1919/2/19）、（1919/2/26）、（1919/4/16）、（1919/4/30）、（1919/5/7）、（1919/5/21）。傅若愚，〈和局的危機－近東問題！遠東問題！〉，《華工週報》，第 11 期（1919/4/16）。〈德國會簽字否？〉，《華工週報》，第 15 期（1919/5/28）。〈巴盧維黨與世界和平〉，《華工週報》，第 18 期（1919/6/18）。

[78] 傅省三，〈華工在法與祖國的損益〉，《華工週報》，第 7 期（1919/3/12）。故吾來稿，〈敬告法國居民〉，《華工週報》，第 9 期（1919/4/3）。陸士寅，〈資本與工作〉，《華工週報》，第 25、26 期（1919/8/6）、（1919/8/13）。楊炳勛，〈硬傷急救法〉，《華工週報》，第 34 期（1919/10/8）。

[79] 傅葆琛，〈瓦特小傳〉，《華工週報》，第 11 期（1919/4/30）。傅若愚：〈和會議長克勒門梭小傳〉，《華工週報》，第 15 期（1919/5/28）。陸士寅，〈英首相魯意喬治小史〉，《華工週報》，第 30 期（1919/9/10）。陸士寅，〈西人的迷信〉，《華工週報》，第 16 期（1919/6/4）。陸士寅，〈法國國慶紀念記事〉，《華工週報》，第 23 期（1919/7/23）。傅葆琛，〈法國風土略記 293133〉，《華工週報》，第 25、27、28、29、31、33、期（1919/8/6）、（1919/8/20）、（1919/8/27）、

譯的〈農學：烏米的生長與治法〉、〈農學：福美林的性質與用法〉、楊炳勛〈小麥烏幹烏米〉、〈養豬〉、陸士寅〈地球與日月的關係〉等。[80]智的部分，除了一些知識性的介紹之外，還有一些是用來鼓勵華工們學習的篇章，像是馬賽工人王佈仁所作的〈勸同胞求學歌〉，或是〈華工近況〉中也不少見到如〈興學可讀／班務加增／學務一斑〉、〈重振學務〉、〈中文夜校〉、〈振興學務〉等，[81]以及在傅若愚擔任主編時，連續刊行由高承恩編輯的〈簡字教本〉，[82]都是青年會透過《華工週報》宣導求學的重要性以及他們辦學的成效。

　　至於在傅、陸二人膺任主編時，尚有較晏時未有的一些實用的知識，如第22期以後，幾乎每期都會提供與華工本身具有切身

▲《華工週報》也教導華工如何使用福美林

（1919/9/3）、（1919/9/17）、（1919/10/1）。傅葆琛，〈巴黎名勝撮要〉，《華工週報》，第34、35、37、38、39、40、41、43、44期（1919/10/8）、（1919/10/15）、（1919/10/29）、（1919/11/5）、（1919/11/19）、（1919/11/26）、（1919/11/12）、（1919/12/10）、（1919/12/17）。

[80] 傅葆琛，〈蒼蠅〉，《華工週報》，第12期（1919/5/7）。楊炳勛，傅若愚識，〈農學：烏米的生長與治法〉，《華工週報》，第16期（1919/6/4）。楊炳勛，〈農學：福美林的性質與用法〉，《華工週報》，第17期（1919/6/11）。楊炳勛，〈小麥烏幹烏米〉，《華工週報》，第40期（1919/11/26）。〈養豬〉，《華工週報》，第32期（1919/9/24）。陸士寅，〈地球與日月的關係〉，《華工週報》，第20期（1919/7/2）。

[81] 馬賽工人王佈仁，〈勸同胞求學詞〉，《華工週報》，第8期（1919/3/26）〈華工近況：興學可讀／班務加增／學務一斑〉，《華工週報》，第35期（1919/10/15）。〈華工近況：重振學務〉，《華工週報》，第38期（1919/11/5）。〈華工近況：中文夜校〉，《華工週報》，第40期（1919/11/26）。〈華工近況：振興學務〉，《華工週報》，第42期（1919/12/3.）。

[82] 高承恩編，〈簡字教本〉，《華工週報》，第21、23、24、25、26、27、28、29、31期（1919/7/9）、（1919/7/23）、（1919/7/30）、（1919/8/6）、（1919/8/13）、（1919/8/20）、（1919/8/27）、（1919/9/3）、（1919/9/17）。

關係的實用知識──匯兌市價，提供華工方便將所賺取的薪資換兌成中國貨幣的資訊，這也意味著《華工週報》主編在設計內容上，是兼顧到華工日常生活的需求，以及較高層次的知識。

（三）體的部份

「體」是與廣大華工最富有密切關聯的一環，其包括了衛生、健康以及體育三個方面。因為以群體為單位生活的華工們，生活上受到某些程度上的管控，而且在有限的物質條件上，其實並不是那樣的充裕。故環境衛生的嚴苛，必然考驗著生活於其中的華工以及為之提供服務的青年會幹事。關於華工的陋習，包括前述提及的嫖妓、抽菸（鴉片）等行為，都是青年會所勸戒的方向。是故，在《華工週報》裏面，也有很大一部份的文論，或直接或間接的針對類似主題進行勸導。「體」最主要的面相當然也包括「體育、運動」。《華工週報》中，經常可以見到為了讓華工們在勞動之餘得到應有的消遣，青年會安排了許多體能活動，尤其在〈華工近況〉中可以非常容易見到，如〈比賽拳術〉、〈體操設班〉等。[83]關於華工的衛生健康議題，如由龔質彬改寫的〈免癆神方〉、傅葆琛〈蒼蠅〉、傅若愚翻譯〈衛生：目疾預防法〉、〈華工近況：衛生可風〉等。[84]運動方面，最多出現在〈華工近況〉所舉辦的活動以及提到華工具有的陋習，如、〈禁賭有效：自治設會〉、〈戒賭例會〉等。[85]

---

[83]　〈華工近況：比賽拳術〉，《華工週報》，第 17 期（1919/6/11）。〈華工近況：體操設班〉，《華工週報》，第 37 期（1919/10/29）。

[84]　龔質彬改寫，謝洪賁原稿，〈免癆神方〉，《華工週報》，第 3、4、7 期（1919/2/5）、（1919/2/12）、（1919/3/12）。傅葆琛，〈蒼蠅〉，《華工週報》，第 12 期（1919/5/7）。傅若愚翻譯，〈衛生：目疾預防法〉，《華工週報》，第 16 期（1919/6/4）。〈華工近況：衛生可風〉，《華工週報》，第 19 期（1919/6/25）。

[85]　〈華工近況，禁賭有效／自治設會〉，《華工週報》，第 31 期（1919/9/17）。〈華工近況：戒賭例會〉，《華工週報》，第 33 期（1919/10/1）。

（四）群育的部份

　　「群育」的本身帶有社交（social）以及娛樂（recreation）等面向。關於娛樂，有很大的部分，與「體育」類呈現一致的目的，均是為了讓華工消耗過剩的精力，以及排遣長時間無所事事的苦悶時光所特別設置的。所以，《華工週報》中經常報導許多為華工舉辦的活動，如體育競賽、戲劇表演等。這樣活動的背後涵義，其實又涉及著讓華工群體以及眾人進行有效的交流互動。由於語言、風俗、文化等因素所產生的隔閡，華工之間或與當地群眾及管理華工的人員，每每會因為極為微小的衝突而發生集體爭執的事件。此類的困擾是青年會幹事們試圖想要解決的問題。青年會依靠辦理著兼附社交及娛樂兩個層面的活動，並且在各期《華工週報》頻繁的報導著由不同地方青年會與華工群體的活動，無形中消弭許多爭端。《華工週報》的策略，就是用這些報導來安撫與引導為數眾多的華工們，希望他們也能夠依循著相類似的模式，期待能夠解決問題，並過著一個健康的生活。

（五）愛國的部份

　　從《華工週報》各篇性質的統計數量來看，「愛國」方面的文章，大概是僅次於「智育」的部份。之所以將「愛國」作為刊物要旨，與當時的歷史背景具密切相關。《華工週報》創刊於第一次世界大戰剛結束之際，因為中國參戰以及華工赴歐工作，同時由於巴黎和會中關於日本繼承德國在山東半島的權益，造成了中國人民沸騰的討論，故《華工週報》的內容也呼應著當時高漲的愛國情緒。[86]

---

[86]　如陸士寅在《華工週報》中就特別針對山東問題提出他的解釋，將所有的原委透過簡單明瞭的文字，告知這些旅居在外的華工，讓身為中國人的他

　　其次，在當時中國內部所面臨的動盪政治環境，諸如南北政府協商的問題，同樣一直是《華工週報》所熱衷討論的主題之一。除此之外，為了讓在外工作的華工能夠知道祖國的最新資訊，於是《華工週報》中專闢的〈祖國近聞（消息）〉一欄便起了很大的作用。不過，參看該專欄的內容，其實很容易發現透過主編所特意挑選的新聞題材，絕大比例都限制在與國家政治有關的「大事」上。此現象的發生，不僅是從晏陽初以來諸位編者內在的自身意志行使有關，也應是整個時代的外在氛圍所起的效用。

　　至於「愛國」議題在《華工週報》中，也受到了某些看似沒有直接相關的運用，如許多作者均會將愛國視為所有價值的最高標準，將「愛國」置放在德、智、體、群四育之上，認為完善的執行這四項目標是一種「愛國」的手段。如傅智就對華工講到不可罵人、不可自鬩、不可賭錢、不可竊物、不可狹邪，其原因正是為了中國的「國體」保存。[87]這也是《華工週報》饒富趣味的一個部份。

▲《華工週報》登〈勸華工愛國歌〉

　　除了上述五項，《華工週報》的刊載圖文尚有一些是無法明確劃規其中的，如一些趣譚、猜謎或是為數不多的廣告，類似的篇目在傅、陸二人擔任主編的時候頻率明顯增加，相較起上述《華工週報》所涉及的五項主要的討論核心，在其他的部份所呈現出的型態是較為「柔性」的內容，甚至是偏向娛樂的範疇（群育），這大概

們一樣能夠參與其中。傅若愚也提到了山東問題與美國議院反對德約是因為涉及了山東問題，讓許多同為山東人的華工，能夠意識到問題的嚴重性。陸士寅，〈山東問題索隱〉，《華工週報》，第 31 期（1919/9/17）。傅若愚，〈山東問題與美國議院〉，《華工週報》，第 36 期（1919/10/22）。

[87] 傅智，〈華工當顧國體〉，《華工週報》，第 3 期（1919/2/5）。

是後兩位主編意會到,《華工週報》除了一味給予華工們「該有的」認識之外,同時更必須顧及實際生活輕鬆的一面。

六、小結

　　《華工週報》,一份屬於 20 年代的文化軟體,在一群基督徒承載著愛心與熱情,奮力向一群海外工作的華工傳播愛家愛國思想,重振弱勢勞工信心,點燃他們內心的自覺與人格尊嚴與對生命的自省。《華工週報》可謂是一份充滿人文精神與生命關懷的報紙。即使在 21 世紀的今天,也很難看到有一份刊物是如此的充滿使命感,充滿對特定族群無私的愛與奉獻,而這樣無私的愛與奉獻,如果沒有宗教信仰的力量做為支持,在 20 年代是不可能達成的。

　　晏陽初與一群青年會的熱血青年,深知辦報的目的與使命,秉持耶穌基督愛人的精神,在為期一年 45 期的刊物中,不辱使命,以「德智體群」與培養愛國情操等五大方向涵化其中,戮力的完成教化華工,改變其身心靈的工作;他們為時代留下了最好的見證,更為 14 萬的華工開拓了視野,增進了知識,使原本是社會邊緣人,更是海外流浪者的華工,得以成人識字。《華工週報》的意義與價值遠勝一般的報刊,是知識份子報國與為人民服務的最佳代表。

　　《華工週報》更是一份開拓民智的實驗型報紙,晏陽初與一群基督教徒用此成為平民教育的先導型刊物,成功的為中國後來的平民教育奠定基礎。平民教育之所以成功,《華工週報》這份只維持一年的刊物,功不可沒。可以說基督教文學在過去從未辦過一份像這樣給勞工看的刊物。一方面是時勢所造成的機會,但是也是基督徒知識分子掌握了這個機會,用文學來進行社會服務,發揮他們編輯與寫作的天份,留下這一份彌足珍貴的文學遺產。

　　《華工週報》也呼應了時代的需求，喚醒華工的民族意識與國家情懷，使華工沒有因為身處海外，與祖國隔離，反而在《華工週報》的諄諄教化下，得以認識國際事務，產生對國家的熱情與認同，更進而思索改良國事與社會的途

▲埋骨異域—在法國的華工墓場

徑，可以說培養了現代公民的意識。更可貴的是它對華工生活點滴的記載，留住了華工在時代洪流中的身影，為一群原本默默無聞，受到屈辱，但對一戰有巨大犧牲但卻又沒有得到歐戰盟國應有承認的華工，保存了尊嚴和人的價值；而在基督教青年會的關懷與照顧下，華工不但充分發揮了他們的工作力以貢獻歐洲戰場，也在德智體群與愛國精神上得到造就。從這個觀點來看，《華工週報》是值得後人深思和研究的一份刊物。

第七章　結論

　　按照基督教的教義，基督徒的人生應該是以神為中心的，也就是應該用神的眼光來看這個世界、看自己的國家與社會，進而來要求自己，讓自己的心思意念與行事為人都討神的喜悅，最後獲得神的獎賞與祝福。因此基督徒的人生，就彷彿把自己當作祭物，獻在聖壇上，奉獻給神。所以在解讀一個基督徒的言行及其所書寫的一切時，應該要用這個角度去探索，才可以更清楚的來了解其言行、文字所蘊含的生命。

　　1920 年代，在基督教界出現了一批知識分子的菁英，他們受過很好的教育，對神學也有修養，在社會上也享有很高的地位，但是他們願意耗盡心血，著作了大批的文學作品，從詩歌、禱詞到散文、小說，從精鍊的寫作到簡易的文字，另外加上各式各樣的雜記、議論等，可以說無所不包。假如不從基督教的精神與教義，配合上時代的背景，來解讀他們的著作，那不但不會了解到這些作品的意義，也不夠了解這批基督徒知識分子，更不會了解到在近代歷史上有這麼一段旺盛生命的基督教文學。

　　在本書中前四部分，都可以看出這些基督徒知識分子正面臨著新時代的嚴酷挑戰，特別是新一波的反教逆流。與十九世紀的反教不同之處，此時的反教者不再著重於暴力、辱罵與對基督教的無知，20 年代的反教，乃是基於科學的精神、教會機構與教會學校中不合國情的規定，以及教會缺乏對於正在興起的國家主義的體認，可以說比上一世紀的反教力量要來得更為深刻與強烈。這些

情況也讓基督徒必須去反省自己的信仰與教會的實況。可以說這些主要刊物上的作品，不是隨意的創作，而是他們在宗教立場上對時代的回應。

從基督教的精神來講，基督徒的一生就是一個見證，來反映他的信仰、他對神的追求以及神對他的帶領。這種見證在面對苦難或挑戰時，特別有意義，也是最能夠感動人的地方。這些基督徒，在國家與宗教遭遇到危難之際，願意放下世俗的纏累，拿起筆來，將自己的信仰和宗教的見解表達出來，可以說是一種見證。在他們寫作的時候，應該都沒有想到他們正在創造一種基督教文學。但是，過了八、九十年，再重新檢視這些作品的時候，其中的豐富性與特色，已經為中國基督教文學留下了極為珍貴的寶藏。

在這一批知識分子的著作中，並不盡然只是在回應時代，也有不少的作品流露出他們信仰的內涵以及屬靈的生命。趙紫宸在《生命月刊》中的作品就是最好的代表。基督教文學與其他文學作品最大不同的地方，就是在清楚的顯示一個以神為中心的思考，無論世界多美好，生活環境或豐盛或缺乏，國家社會或安定或紛擾，民族文化再悠久，都不能夠影響到他們對神的追求。這種生命的韌性，只有在對宗教執著時，才會彰顯出來。

在本書前四部分中所分析的刊物與作品中，都可以看到自我批評的一面，這些作者並不是全力在維護信仰，謳歌宗教，反而是或多或少的在指責或批評教會中的問題，例如，教會界沒有適當的回應國家主義的呼聲，教會牧者虛情假意，教會發展上缺乏本土化，乃至信徒也是敷衍度日。這種自我批評在基督教文學的創作上是少見的，而也正是 1920 年代基督教文學的一大特色。

本書的第五部分，是基督教文學中一個非常重要又罕見的例子。當基督教知識分子在文采與愛國精神上，展現出他們不落人後

的一面之時，基督教青年會卻為幾近文盲的歐戰華工創辦另一種平民文學。晏陽初等人開始創辦《華工週報》的時候，只是基於服務華工、教育華工而編輯、寫作，絕不是想要留下任何文學作品。但是從今天大眾文學的角度來看，要吸引沒有受過什麼教育的華工來閱讀，並且要傳達出德智體群的健康意識，這是難度極高的嘗試。而他們的努力，也更豐富了當時基督教文學的多元性。

為何 20 年代轟轟烈烈的基督教文學，卻極少為外界所知？最主要是他們多刊登在教會界的刊物。如前所述，這些作者不乏名人與地位，而其作品也有淋漓盡致的諷刺，或優美的文辭，大可刊登在外界主流媒體上；但是他們寧可發表於屬於小眾媒體的教會刊物上，用意當在鼓舞教會中的同道，並帶來反省和行動，這也是他們的可貴之處。

從基督教在華發展的歷史來看，到了 20 年代時，基督教已走過了它的黃金時代。自此先後遭遇到反教、國難與共產主義的衝擊。但是，對於 20 年代基督教知識分子而言，他們積極回應時代，把自己獻在聖壇之前，將對神的忠心，化為創作的動力，留下許許多多的作品，正因為他們的參與和付出，使得 20 年代的基督教文學極富特色，值得特別肯定，也值得後來學者探索與討論。

參考書目

中文專書

《聖經》

王文杰：《中國近世史上的教案》。福州：私立福建協和大學中國文化研究協會，1947 年。

王本朝，《20 世紀中國文學與基督教文化》。合肥：安徽教育出版社，2000 年。

王列耀，《基督教文化與中國現代戲劇的悲劇意識》。上海：三聯書店 2002 年。

王列耀，《基督教與中國現代文學》。廣州：暨南大學出版社，1998 年。

王成勉，《文社的盛衰：二〇年代基督徒本色化之個案研究》。台北：宇宙光出版社，1993 年。

王成勉，《教會、文化與國家——對基督教史研究的思想與案例》。臺北：宇宙光出版社，2006。

王成勉譯，魯珍晞（Jessie G. Lutz）原著，《所傳為何？基督教在華宣教的檢討（*Christian Missions in China: Evangelists of What?*）》。台北：國史館，2000 年。

王治心，《中國基督教史綱》。上海：上海古籍出版社，2004 年。

王明道主編，《基督徒詩歌》。出版地不詳，1936 年。

中華續行委辦會調查特委會編，《中華歸主：中國基督教事業統計（1901-1920）》。北京：中國社會科學出版社，1987。

王載編，《復興佈道詩》。福州：陽岐報社，1923 年。

王曉朝主編，趙紫宸，《趙紫宸文集》，第 1、2、3 卷。北京：商務印書館，2003、2004、2007 年。

王曉朝主編，趙紫宸，《趙紫宸英文著作集：趙紫宸文集》，第 5 卷。北京：
　　宗教文化出版社，2009 年。

王曉朝編，《趙紫宸先生紀念文集》。北京：宗教文化，2005 年。

古愛華著，鄧肇明譯，《趙紫宸的神學思想》。香港：基督教文藝，1998 年。

冰心，《冰心詩集》。台北：開明書店，1943 年。

朱光潛，《中國現代文學》，收錄《朱光潛全集》，第 9 卷。合肥：安徽教
　　育出版社，1987 年。

朱維之，《基督教與文學》。上海：上海書店出版社，1992 年。

何凱立著；陳建明、王在興譯，《基督教在華出版事業，1912-1949》。成
　　都：四川大學出版社，2004 年。

吳相湘，《晏陽初傳：為全球鄉村改造奮鬥六十年》。臺北：時報文化出版
　　企業股份有限公司，1981 年。

吳昶興，《基督教教育在中國──劉廷芳宗教教育理念在中國之實踐》。香
　　港：浸信會出版社，2005 年。

吳國安，《中國基督徒對時代的回應（1919－1926）──以《生命月刊》
　　和《真理週刊》為中心的探討》。香港：建道神學院基督教與中國文
　　化研究中心，2000 年。

呂實強，《中國官紳反教的原因（1861-1874）》。台北：中央研究院近代史
　　研究所，1973 年。

宋如珊、劉秀美編，《海峽兩岸華文文學學術研討會論文集》，桃園：中國
　　現代文學學會，2004 年。

李熾昌主編，《文本實踐與身份辨識：中國基督徒知識份子的中文著述，
　　1583-1949》。上海：古籍出版社，2005 年。

沈雲龍編，《國家主義論文集》。台北：中國青年黨中央黨部，1983 年。

邢福增，《尋索基督教的獨特性──趙紫宸神學論集》。香港：建道神學院，
　　2003 年。

周芬伶，《聖與魔：臺灣戰後小說的心靈圖象（1945-2006）》。台北：印刻
　　出版，2007。

周陽山，《中山思想新詮：總論與民族主義》。台北：三民書局，1990 年。

帕米爾書店編輯部，《國家主義》。台北：帕米爾書店，1977 年。

季玢，《野地裡的百合花：論新時期以來的中國基督教文學》。北京：中國
　　社會科學出版社，2010 年。

林治平主編，《近代中國與基督教論文集》。台北：宇宙光出版社，1981 年。

林治平編，《基督教入華百七十年紀念集》。台北：宇宙光出版社，1977 年。

林治平編，《基督教與中國近代化論集》。台北：台灣商務印書館，1988 年。

林榮洪，《曲高和寡：趙紫宸的生平及神學》。香港：宣道，1994 年。

林榮洪，《風潮中奮起的中國教會》。香港：天道書樓，1980 年。

邵玉銘，《傳教士‧教育家‧大使——司徒雷登與中美關係》。台北：九歌出版社，2003 年。

查時傑，《中國基督教人物小傳（上卷）》。台北：中華福音神學院出版社，1983 年。

段懷清、周俐玲編著，《中國評論與晚清中英文學交流》。廣州：廣東人民出版社，2006 年。

胡衛清，《普遍主義的挑戰：近代中國基督教教育研究（1877-1927）》。上海：上海人民出版社，2000。

唐小林，《看不見的簽名——現代漢語詩學與基督教》。北京：中國社會科學出版社，華齡出版社，2004 年。

夏志清著，王德威主編，《夏志清文學評論經典：愛情‧社會‧小說》。台北：麥田出版，2007。

徐國琦，《文明的交融——第一次世界大戰期間的在法華工》。北京：五洲傳播出版社，2007 年。

徐寶謙編，《宗教經驗譚》。上海：青年協會，1934 年。

晏鴻國編著，《晏陽初傳略》。成都：天地出版社，2005 年。

馬佳，《十字架下的徘徊：基督宗教文化和中國現代文學》。上海：學林出版社 1995 年。

高旭東，《中西文學與哲學宗教：兼評劉小楓以基督教對中國人的歸化》。北京：北京大學出版社，2004 年。

張先清編，《史料與視界：中文文獻與中國基督教史研究》。上海：上海人民出版社，2007 年。

張建國主編，《中國勞工與第一次世界大戰》。濟南：山東大學出版社，2009 年。

張建國、張軍勇編著，《萬里赴戎機：第一次世界大戰參戰華工紀實》。濟南：山東畫報出版社，2009 年。

張愛玲，《張愛玲全集》。台北，皇冠文化，2005 年 10 月。

梁家麟，《福臨中華——中國近代教會史十講》。香港：天道書樓，1988 年。

梁錫華，《已見集‧多角鏡下的散文》。香港：中國學社，1989 年。

許正林，《中國現代文學與基督教》。上海：上海大學出版社 2003 年。

陳三井《華工與歐戰》。臺北：中央研究院近代史研究所，1986 年。

陳偉華，《基督教文化與中國小說敘事新質》。北京：中國社會科學出版社，
　　2007 年。
陳啟天，《國家主義運動史》。上海：中國書局，1929 年。
喻天舒，《五四文學思想主流與基督教文化》。北京：崑崙出版社，2003 年。
曾琦等著，《國家主義論文集》，收入《少年中國學會叢書》，第 2 集。上
　　海：中華書局，1929 年。
楊天宏，《基督教與近代中國》。成都：四川人民出版社，1994 年。
楊森富，《中國基督教史》。臺北：臺灣商務印書館，1991。
楊劍龍，《曠野的呼聲：中國現代作家與基督教文化》。上海：教育出版社
　　1998 年。
葉仁昌，《五四以後的反對基督教運動──中國政教關係的解析》。台北：
　　久大文化，1992 年。
賈玉銘，《聖徒心聲》。出版地不詳，1943 年。
路易士‧羅賓遜（Lewis Stewart Robinson）著；傅光明、梁剛譯，《兩刃
　　之劍：基督教與二十世紀中國小說》。台北：業強出版社，1992 年。
聞黎明，《聞一多年譜長編》。武漢：湖北人民出版社，1994 年。
趙天恩，《中共對基督教的政策》。香港：中國教會研究中心，1983 年。
趙紫宸，《打魚》。上海：廣學會，1930 年。
趙紫宸，《玻璨聲》。出版地與出版者不詳，1938 年。
趙紫宸，《團契聖歌集》。北京：燕京大學基督徒團契出版，廣學會等經售，
　　1931 年。
趙紫宸詞、范天祥配曲，《民眾聖歌集》。上海：廣學會，1931 年。
趙夢蕤輯，《趙紫宸晚年詩詞選》，收錄於中國人民政治協商會議北京市委
　　員會編，《文史資料選編》，第 14 輯。北京：中國人民政治協商會議
　　北京市委員會，1982 年。
劉麗霞，《中國基督教文學的歷史存在》。北京：社會科學文獻出版社，2006 年。
賴德烈（Kenneth Scott Latourette）著，雷立柏等譯，《基督教在華傳教史》。
　　香港：道風，2009。
謝賓編著、謝扶雅編修、顧子仁增訂，《青年詩歌》。上海：青年協會書報
　　部，1927 年。
韓南（Patrick Hanan）著，徐俠譯，《中國近代小說的興起》。上海：上海
　　教育出版社，2004 年。
顧長聲，《從馬禮遜到司徒雷登：來華新教傳教士評傳》。上海：上海人民
　　出版社，1985。

顧長聲,《傳教士與近代中國》。上海:上海人民出版社,1981。
顧衛民,《基督教與近代中國社會》。上海:上海人民出版社,1996。

中文期刊與會議論文

〈晏陽初〉《維基百科,自由的百科全書》。http//zh.wikipedia.org/wiki/晏
　　陽初。
王向陽,〈國家主義與中國現代文學觀念的確立〉,《懷化學院學報》,第
　　26 卷,第 4 期,2007 年,頁 52-54。
王向陽、易前良,〈梁啟超政治小說的國家主義訴求〉,《文學研究》,第
　　12 期,2006 年,頁 86-91。
王向陽,〈淺論「新民說」中的國家主義思想〉,《華東師範大學學報》,第
　　35 卷,第 1 期,2003 年,頁 57-63。
王成勉,〈中華基督教初期發展之研究〉,收入於王成勉,《教會、文化與
　　國家——對基督教史研究的思想與案例》(臺北:宇宙光出版社,
　　2006),頁 77-98。
王成勉,〈基督教在華史中文書目選要〉,收入於王成勉譯,魯珍晞(Jessie
　　G. Lutz)原著,《所傳為何?基督教在華宣教的檢討(*Christian Missions
　　in China: Evangelists of What?*)》。台北:國史館,2000 年,頁 247-273。
史娜,〈從國家主義到以人為本〉,《前沿》,第 256 期,2010 年,頁 21-23。
田嵩燕,〈國家主義派的國家觀〉,《學術交流》,第 6 期,2004 年,頁 1-5。
白義華,〈國家主義與民族主義〉,《民主潮》,第 34 卷,第 2 期,1950 年,
　　頁 3-7。
冰心,〈晚禱(一)〉,收錄《冰心詩集》。台北:開明書店,1943 年,頁
　　26-28。
朱其永,〈醒獅湃國家主義再評析〉,《青海師範大學學報》,第 5 期,2009
　　年,頁 66-71。
何佳燁,〈冰心小說研究〉,台中:東海大學中國文學系碩士論文,2001 年。
何凱立,〈中華基督教文社與本色神學著作〉,《中國神學研究院期刊》,第
　　5 期,1988 年 7 月,頁 5-21。
吳小龍,〈國家主義理論評析〉,《中國政治青年學院學報》,第 3 期,2004
　　年,頁 38-44。
吳洪成,〈試論近代中國國家主義教育思潮〉,《河北大學學報》,第 4 期,
　　2007 年,頁 59-65。

吳紅宇，〈世界主義與國家主義〉，《廣州市財貿管理幹部學院學報》，第 57 期，2001 年，頁 2-5。

李宜涯，〈從副刊發展看副刊文學的演變〉，宋如珊、劉秀美編，《海峽兩岸華文文學學術研討會論文集》。桃園：中國現代文學學會，2004 年，頁 31-55。

邢福增，〈趙紫宸的宗教經驗〉，王曉朝主編，《趙紫宸先生紀念文集》。北京：宗教文化出版社，2005 年，頁 184-250。

周陽山，〈國家主義淺釋〉，《新中國評論》，第 25 卷，第 6 期，1963 年，頁 13-14。

周蜀蓉，〈本色化運動中的中華基督教文社〉，《宗教學研究》，2005 年，第 4 期，頁 88-93。

周慧玲，〈國劇、國家主義與文化政策〉，《當代》，第 107 期，1995 年，頁 50-67。

林巧茹，〈冰心文學基督教特色之研究〉，桃園：中原大學宗教研究所碩士論文，2003 年。

施華，〈梁啟超國家主義思想析論〉，《南京政治學院學報》，第 118 期，2004 年，頁 67-70。

施瑋，〈華文基督教文學淺議〉，《舉目》，第 28 期，2007 年 11 月，頁 14-18。

查時傑，〈民國基督教會史（三）：非基運動與本色化運動時期，1922－1927〉，《國立台灣大學歷史學系學報》，第 10、11 期合刊，1984 年 12 月，頁 375-435。

夏世忠，〈國家主派的民族主義思想評析〉，《馬克斯主義與現實》，第 3 期，2007 年，頁 180-182。

徐以驊，〈劉廷芳、趙紫宸與燕京大學宗教學院〉，收入於王曉朝編，《趙紫宸先生紀念文集》，頁 57-74。

徐寶謙，〈二十年信道經驗自述（續）〉，《真理與生命》，1934 年 5 月，頁 114-118。

高永光，〈新國家主義研究興起的探討〉，《國魂》，第 546 期，1991 年，頁 78-79。

高翠蓮，〈國家主義理論與中華民族自覺〉，《煙台大學學報》，第 19 卷，第 4 期，2006 年，頁 442-447。

張曉風，〈一個「牧子文人」的心路歷程——論林語堂在宗教上的出走與歸回〉，林語堂的生活與藝術——與市民有約研討會，論文抽印本。（2000 年 11 月 17-18 日）

梁家麟〈從趙紫宸的《基督教哲學》看二十世紀中國基督徒的信仰困擾〉，王曉朝主編，《趙紫宸先生紀念文集》，頁 467-515。

梁慧，〈中國現代基督徒是如何讀《聖經》的？──以吳雷川與趙紫宸處理《聖經》的原則與方法為例〉，李熾昌主編，李天綱、孫尚揚副主編，《文本實踐與身份辨識──中國基督徒知識份子的中文著述，1583-1949》。上海：古籍出版社，2005 年，頁 311-325。

郭洪紀，〈國家主義來源及早期型態〉，《齊齊哈爾師範學院學報》，第 5 期，1996 年，頁 1-7。

郭洪紀，〈儒家民本學說的內在理路與國家主義型態〉，《甘肅社會科學》，第 5 期，1996 年，頁 17-20。

陳三井〈基督教青年會與歐戰華工〉，《中央研究院近代史研究所集刊》，第 17 卷，1988 年 6 月，頁 53-70。

陳去非，〈浪子與遊俠──論詩人鄭愁予詩中的流浪者原型〉。引自（http://blog.udn.com/shesiya），登錄時間 2010 年 4 月 12 日。

陳維新，《駐法華工青年會紀要》，《中華基督教會年鑑》，第 6 期，1921 年，頁 208-210。

彭平一，〈論國家主義理論對梁啟超新民思想影響〉，《湖南城市學院學報》，第 24 卷，第 4 期，2003 年，頁 82-86。

曾陽晴，〈文社月刊中聖經故事之改編與重寫研究〉，發表於中原大學所舉辦的「文本解讀與經典詮釋──基督教文學學術研討會」（2010 年 4 月 17-18 日）。

湯因，〈四十年來之中國基督教出版界〉，《金陵神學院四十週年紀念特刊》。南京：金陵神學院，1950 年，頁 80-86。

黃永熙，〈范天祥（Bliss Mitchell Wiant）〉（1998 年），引自（http://wzjinxiumusic.blog.163.com/blog/static/5189319620083741142211），登錄時間 2010 年 4 月 12 日。

楊思信，〈清季民初國家主義教育思潮及其影響述論〉，《兵團教育學院學報》，第 4 期，2008 年，頁 15-20。

葉仁昌，〈信仰人格對當前台灣社會的意義──民主文化的再思與建構〉，中華福音神學院政教研討會：「政爭風雲中的教會路線與合一」（2004 年 6 月 12 日）。

劉廷芳，〈戰壕中的遺囑〉，《真理》，第 3 卷，第 33 期（1925 年 11 月 15 日），頁 2。

潘皓，〈聞一多「文化的國家主義」再讀解〉，《江西社會科學》，第 3 期，
　　2002 年，頁 39-41。

鄭正忠，〈國家主義與民族主義之異同〉，《民主潮》，第 32 卷，第 10 期，
　　1950 年，頁 5-9。

魯珍晞（Jessie G. Lutz）原著，王成勉譯，〈早期基督教在華史之史料與論
　　著〉、〈一九七〇年以來的西方著作〉，《所傳為何？基督教在華宣教的
　　檢討（Christian Missions in China: Evangelists of What?）》。台北：國
　　史館，2000 年，頁 211-220、221-246。

蕭乾，〈序：中西文化又一交叉點〉，路易斯・羅賓遜（Lewis Steuart Robinson）
　　著，傅光明、梁剛譯，《兩刃之劍——基督教與二十世紀中國小說》。
　　台北：業強，1992 年，頁 3-7。

閻建寧，〈試評國家主義派的政治主張〉，《石家庄經濟學院學報》，第 29
　　卷，第 2 期，2006 年，頁 261-264。

應元道，〈二十餘年來之中國基督教著作界及其代表人物〉，《文社月刊》，
　　第 1 卷，第 5 期，1926 年 4 月，頁 6-34。

應元道，〈四十年來之中國基督教文學事業〉，《金陵神學院四十週年紀念
　　特刊》。南京：金陵神學院，1950 年，頁 76-78。

謝雪如，〈高山仰止〉，王曉朝編，《趙紫宸先生紀念文集》。北京：宗教文
　　化，2005 年，頁 17-29。

謝頌羔，〈四十年來我對於基督教出版界的一點回憶與感想〉，《金陵神學
　　院四十週年紀念特刊》。南京：金陵神學院，1950 年，頁 86-88。

韓南（Patrick Hanan）著，徐俠譯，〈中國 19 世紀的傳教士小說〉，《中國
　　近代小說的興起》。上海：上海教育出版社，2004 年。

蘇嘉宏，〈民族主義與國家主義的區別〉，《中山社會科學譯粹》，第 3 卷，
　　第 1 期，1988 年，頁 114-117。

英文專書

Abrams, M. H. *A Glossary of Literary Terms*. NY: Holt, Rinehart and Winston,
　　Inc., 1971.

Bailey, Paul J. *Reform the People: Changing Attitude towards Popular Education
　　in Early Twentieth-Century China*. Vancouver: University of British Columbia
　　Press, 1990.

Barnett. Suzanne Wilson and John King Fairbank (eds.) *Christianity in China: Early Protestant Missionary Writings.* Cambridge, Mass.: Harvard University Press, 1985.

Bays, Daniel H. *Christianity in China: From the Eighteenth Century to the Present.* Stanford: Stanford University Press, 1996.

Buck, Pearl S. *Tell the People: Talks With James Yen about the Mass Education.* New York: the John Day Company, 1945.

Chen, Ta. *Chinese Migrations, With Special Reference to Labor Conditions.* Washington D. C.: Government Printing Office, 1923.

Cohen, Paul A. *China and Christianity: the Missionary Movement and the Growth of Chinese Antiforeignism, 1860-1870.* Cambridge, Harvard University Press, 1963.

Eber, Irene, Sze-kar Wan and Knut Walf (eds.) *Bible in Modern China: the Literary and Intellectual Impact.* Sankt Augustin: Institut Monumenta Serica, 1999.

Fairbank, John K. (ed.) *The Missionary Enterprise in China and America.* Cambridge, MA: Harvard University Press, 1974.

Hamrin, Carol Lee and Stacey Bieler, (eds.) *Salt and light: lives of faith that shaped modern China* (Eugene, Or.: Pickwick Publications, 2009)

LaFargue, Thomas. *China and the World War.* Stanford: Stanford University Press, 1937.

Lutz, Jessie Gregory. *China and the Christian colleges, 1850-1950.* Ithaca: Cornell University Press, 1971.

Lutz, Jessie Gregory. *Chinese Politics and Christian Missions: The Anti-Christian Movements of 1920-1928.* Notre Dame, IN.: Cross Cultural Publications Inc., 1988.

McGrath, Alister E. (ed.) *Christian literature: An Anthology.* Malden, Mass.: Blackwell Publishers, 2001.

Miller, David. *On Nationality.* Oxford: Blackwell, 1995.

Philip, Jones A. *Britain's Search for Chinese Cooperation in the First World War.* NY: Garland Publishing, Inc., 1986.

Seers, Dudley. *The Political Economy of Nationalism.* New York: Oxford University Press, 1983.

Shaw, Yu-ming. *An American Missionary in China: John Leighton Stuart and Chinese-American Relations.* Cambridge, Mass.: Council on East Asian Studies, Harvard University, 1992.

Soneth, Anthony D. *Nationalism in the Twentieth Century.* New York: New York University Press, 1979.

Stuart, John Leighton. *Fifty Years in China: The Memoirs of John Leighton Stuart.* New York: Random House, 1954.

Sumiko, Yamamoto. *History of Protestant in China: The Indigenization of Christianity.* Tokyo: The Institute of Eastern Culture, 2000.

Taft, William Howard, et. al. (eds.) *Service with Fighting Men. An Account of the Works of American Young Men's Christian Associations in the World War.* NY: Association Press, 1924.

Thrall, William Flint and Addison Hibbard. *A Handbook to Literature.* New York: Odyssey Press, 1960.

West, Philip. *Yenching University and Sino-Western Relations, 1916-1952.* Cambridge: Harvard University Press, 1976.

Whitehead, James D., Yu-ming Shaw, N. J. Girardot (eds.) *China and Christianity: Historical and future Encounters.* Notre Dame, Indiana: The Center for Pastoral and Social Ministry, University of Notre Dame, 1979.

Yip, Ka-che. *Religion, Nationalism and Chinese Students: The Anti-Christian Movement of 1922-1927.* Bellingham, WA.: Western Washington University, 1980.

英文期刊與學位論文

Austin, O. D. "From Far Cathay and Back Again," *Canadian Herald*(November 1919), p. 110.

Bieler, Stacey. "Yan Yangchu: Reformer with a Heart for the Village," in Carol Lee Hamrin and Stacey Bieler (eds.) *Salt and light: lives of faith that shaped modern China* (Eugene, Or.: Pickwick Publications, 2009), pp. 171-90.

Chao, Jonathan T'ien-en. "The Chinese Indigenous Church Movement, 1919-1937: A Protestant Response to the Anti-Christian Movement in Modern China," Unpublished Ph. D. Dissertation, University of Pennsylvania, 1986.

Chao, T. C. (trans.), "Christian Renaissance in China - Statement of Aims of the Peking Apologetic Group," *Chinese Recorder* (September 1920), pp. 636-39.

Cohen, Paul A. "The Anti-Christian Tradition in China," *The Journal of Asian Studies*, vol. 20, no. 2 (February, 1961), pp. 169-180.

Faris, Paul Patton. "Friends for the Chinese in France," *The Continent*, vol. 49, no. 45 (November 7, 1918), p. 1261.

Hass, Ernst B. "What is Nationalism and Why should We Study it?" *International Organization*, vol. 40, no. 3 (Summer 1986), pp. 707-744.

Ho, Hoi-lap. "Protestant Missionary Publications in Modern China, 1912-1949: A Study of Their Programs, Operations and Trends," Ph. D. Dissertation, University of Chicago, 1979.

Hsu, Pao Ch'ien. "The Christian Renaissance," *Chinese Recorder* (July 1920), pp. 459-467.

Lai, John Tsz-Pang. "Christian Literature in Nineteenth-Century China Missions-a Priority? or an Optional Extra?" *International Bulletin of Missionary Research*, vol. 32, no. 2 (April 2008), pp. 71-76.

Ling, Samuel D. "The Other May Fourth Movement: The Chinese Christian Renaissance, 1919-1937," Ph. D. dissertation, Temple University, 1981.

Robinson, Lewis Stuart. "Double-edged Sword: Christianity and Twentieth-century Chinese Fiction," Ph. D. dissertation, University of California, Berkeley, 1982.

Shaw, Yu-ming. "The Reaction of Chinese Intellectuals toward Religion and Christianity in the Early Twentieth Century," in Whitehead, James D. Yu-ming Shaw, N.J. Girardot. (eds.) *China and Christianity: Historical and future Encounters*. Notre Dame, Indiana: The Center for Pastoral and Social Ministry, University of Notre Dame, 1979, pp. 154-182.

Si, H. "With the Chinese Laborers 'Somewhere' in France," *The Chinese Students' Monthly*, vol. 13, no. 8 (June 1918), p. 449.

Tiedemann, Gary (ed.) *Handbook of Christianity in China. Vol. II: 1800-Present* (Leiden: Brill, 2010)

Wang, Peter Chen-main. "Were Christian Members of the Yenching Faculty Unique?: An Examination of the Life Fellowship Movement, 1919-1931,"

The Journal of American-East Asia Relations, no. 14（March 2009）, pp. 103-130.

West, Philip. "Christianity and Nationalism: The Career of Wu Lei-ch'uan at Yenching University," in John K. Fairbank, *The Missionary Enterprise in China and America*. Cambridge, MA: Harvard University Press, 1974, pp. 226-246.

Yamamoto, Tatsuro and Sumiko Yamamoto, "The Anti-Christian Movement in China, 1922-1927," *The Far Eastern Quarterly*, vol. XII, no. 2（February 1953）, pp. 133-147.

本書所使用之基督教期刊文章

《真理週刊》

〈真理週報發刊辭〉,《真理週刊》,第 1 卷,第 1 期（1923 年 4 月 1 日）, 第 1 版。

方止,〈如是我聞〉,〈真理週刊發刊辭〉,《真理週刊》,第 3 卷,第 21 期 （1925 年 8 月 23 日）,第 4 版。

方止,〈時事述評〉,《真理週刊》,第 3 卷,第 26 期（1925 年 9 月 27 日）, 第 2 版。

包德浩,〈當說的,就說！〉,《真理週刊》,第 3 卷,第 17 期（1925 年 7 月 26 日）,第 2 版。

包德培,〈傳教為什麼要列入條約〉,《真理週刊》,第 3 卷,第 12 期,（1925 年 6 月 21 日）,第 2-3 版。

朱延生,〈向「非基督教運動」諸君頂一句嘴〉,《真理週刊》,第 3 卷,第 4 期,（1925 年 4 月 26 日）,第 3 版。

吳雷川,〈主禱文論詞之三──願你的國來到〉,《真理週刊》,第 1 卷,第 40 期（1923 年 12 月 30 日）第 2 版。

吳雷川,〈耶穌復活歌〉,《真理週刊》,第 3 卷,第 2 期（1925 年 4 月 12 日）,第 1 版。

吳雷川,〈香山慈幼院〉,《真理週刊》,第 1 卷,第 15 期（1923 年 7 月 8 日）,第 3 版。

吳震春，〈上海租界捕房殺傷華人事感言〉，《真理週刊》，第 3 卷，第 10 期（1925 年 6 月 7 日），第 1 版。

吳震春，〈中華基督徒祭祀祖先的問題〉，《真理週刊》，第 2 卷，第 3 期（1924 年 4 月 13 日），第 1 版。

吳震春，〈反基督教運動與國家主義〉，《真理週刊》，第 3 卷，第 39 期（1925 年 12 月 27 日），第 1 版。

吳震春，〈信教與愛國〉，《真理週刊》，第 3 卷，第 18 期（1925 年 8 月 2 日），第 1 版。

吳震春，〈耶穌復生頌詞〉，《真理週刊》，第 2 卷，第 4 期（1924 年 4 月 20 日），第 1 版。

吳震春，〈時事述評〉，《真理週刊》，第 3 卷，第 11 期（1925 年 6 月 14 日），第 1 版。

吳震春，〈基督徒救國〉，《真理週刊》，第 1 卷，第 35 期（1924 年 11 月 25 日），第 1 版。

吳震春，〈基督教與中國時局〉，《真理週刊》，第 2 卷，第 36 期（1924 年 11 月 29 日），第 1 版。

吳震春，〈教會學校與中國教育的前途〉，《真理週刊》，第 2 卷，第 20 期（1924 年 8 月 11 日），第 1 版。

吳震春，〈敬告基督教會辦學諸君〉，《真理週刊》，第 2 卷，第 37 期（1924 年 12 月 7 日），第 1 版。

吳震春，〈滬案與基督教的聯想〉，《真理週刊》，第 3 卷，第 13 期（1925 年 6 月 28 日），第 1 版。

吳震春，〈論基督教與佛教將來的趨勢〉，《真理週刊》，第 1 卷，第 44 期（1924 年 1 月 27 日），第 3 版。

吳震春，〈論基督教與儒教〉，《真理週刊》，第 1 卷，第 43 期（1924 年 1 月 12 日），第 1 版。

吳耀宗，〈天橋幾分鐘的觀察〉，《真理週刊》，第 1 卷，第 14 期（1923 年 7 月 1 日），第 3 版。

吳耀宗，〈到那裡求道德去？〉，《真理週刊》，第 1 卷，第 42 期（1924 年 1 月 13 日），第 2 版。

吳耀宗，〈春之花〉，《真理週刊》，第 2 卷，第 3 期（1924 年 3 月 30 日），第 3 版。

吳耀宗，〈紐約生活的一瞥〉，《真理週刊》，兩週年紀念特刊（1925 年 3 月 29 日），第 7-8 版。

吳耀宗,〈結死黨〉,《真理週刊》,第 1 卷,第 26 期(1923 年 9 月 23 日),
　　第 1 版。

志忠,〈傳教士對於滬案之靜默談〉,《真理週刊》,第 3 卷,第 13 期(1925
　　年 6 月 28 日),第 3 版。

志新,〈京外各地信徒注義滬案之一斑〉,《真理週刊》,第 3 卷,第 13 期
　　(1925 年 6 月 28 日),第 1 版。

李榮芳,〈天國福音──國民的職務〉,《真理週刊》,第 3 卷,第 13 期(1925
　　年 6 月 28 日),第 3 版。

昉,〈村居雜感〉,《真理週刊》,第 3 卷,第 9 期(1925 年 5 月 31 日),
　　第 2 版。

胡白,〈原來如此〉,《真理週刊》,第 1 卷,第 16 期(1923 年 7 月 15 日),
　　第 3 版。

胡學誠,〈六月來所見的美國教會〉,《真理週刊》,第 2 卷,第 52 期(1925
　　年 3 月 29 日),第 7 版。

胡學誠,〈奴性〉,《真理週刊》,第 1 卷,第 10 期(1923 年 6 月 3 日),
　　第 4 版。

胡學誠,〈自命清高〉,《真理週刊》,第 1 卷,第 19 期(1923 年 8 月 5 日),
　　第 4 版。

胡學誠,〈我們今後對於國事應有的覺悟〉,《真理週刊》,第 1 卷,第 46
　　期(1924 年 2 月 10 日),第 1 版。

胡學誠,〈國民那裏去〉,《真理週刊》,第 1 卷,第 17 期(1923 年 7 月 22
　　日),第 4 版。

胡學誠,〈這樣的國會還要得麼〉,《真理週刊》,第 1 卷,第 4 期(1923
　　年 4 月 22 日),第 4 版。

胡學誠,〈聖誕節的雜感〉,《真理週刊》,第 1 卷,第 39 期(1923 年 12
　　月 23 日),第 4 版。

胡學誠,〈對西國傳教士們說幾句不客氣話〉,《真理週刊》,第 1 卷,第
　　40 期(1923 年 12 月 30 日),第 4 版。

徐謙,〈我對於孫中山先生的信仰為耶穌所傳之真道作證〉,《真理週刊》,
　　第 3 卷,第 3 期(1925 年 4 月 19 日),第 1 版。

徐寶謙,〈再質國家主義者〉,《真理週刊》,第 3 卷,第 24 期(1925 年 9
　　月 13 日),第 1 版。

徐寶謙,〈兩封有研究價值的信〉,《真理週刊》,第 3 卷,第 28 期(1925
　　年 10 月 11 日),第 2 版。

健雄，〈追求真理〉，《真理週刊》，第 3 卷，第 50 期（1926 年 3 月 14 日），第 4 版。

張志新，〈為民眾奮鬥的偉人——孫中山〉，《真理週刊》，第 3 卷，第 32 期（1925 年 11 月 8 日），第 3 版。

張欽士，〈滬遊雜感〉，《真理週刊》，第 3 卷，第 46 期（1926 年 2 月 14 日），第 2 版。

許佐同，〈詩一（牧人）〉，《真理週刊》，第 2 卷，第 29 期（1924 年 10 月 12 日），第 4 版。

許佐同，〈詩二（狗）〉，《真理週刊》，第 2 卷，第 29 期（1924 年 10 月 12 日），第 4 版

陳協東，〈論教會應重視女權〉，《真理週刊》，第 3 卷，第 25 期（1925 年 9 月 20 日），第 2 版。

陳國梁，〈再論教會教育〉，《真理週刊》，第 2 卷，第 43 期（1925 年 1 月 18 日），第 1 版。

陳國榮，〈傳教士與治外法權〉，《真理週刊》，第 1 卷，第 35 期（1923 年 11 月 25 日），第 1 版。

誠，〈國內大事紀〉，《真理週刊》，第 1 卷，第 1 期（1923 年 4 月 1 日），第 1 版。

趙國鈞，〈五四紀念愛國歌〉，《真理週刊》，第 2 卷，第 6 期（1924 年 5 月 4 日），第 3 版。

劉廷芳，〈討論差會和中國教會的關係的一個方法〉，《真理週刊》，第 2 卷，第 34 期（1924 年 11 月 16 日），第 1 版。

劉廷芳，〈被賣的那一夜——一九二五年受難節作〉，《真理週刊》，第 3 卷，第 4 期（1925 年 4 月 26 日），第 2 版。

廣林，〈一九二五年的新覺悟〉，《真理週刊》，第 2 卷，第 41 期（1925 年 1 月 4 日），第 1 版。

編輯部，〈真理週刊發刊辭〉，《真理週刊》，第 1 卷，第 1 期（1923 年 4 月 1 日），第 1 版。

編輯部，〈新聞——關於中國教會和差會問題的意見〉，《真理週刊》，第 2 卷，第 7 期（1924 年 5 月 11 日），第 3 版。

蔡錫山，〈愈下山〉，《真理週刊》，第 3 卷，第 27 期（1925 年 10 月 4 日），第 2 版。

蔡錫山，〈真理〉，《真理週刊》，第 3 卷，第 19 期（1925 年 8 月 9 日），第 4 版。

蔡錫山，〈遊牯嶺〉，《真理週刊》，第3卷，第7期（1925年5月17日），第2版。

簡又文，〈基督教與民族的生命〉，《真理週刊》，第3卷，第21期（1925年8月23日），第2版。

簡又文，〈救國的基督教〉，《真理週刊》，第3卷，第21期（1925年8月23日），第1版。

靡，〈隨想——信教與媚外〉，《真理週刊》，第2卷，第52期（1925年3月22日），第3版。

寶廣林，〈中華基督教教育會當知道的幾件事〉，《真理週刊》，第3卷，第20期（1925年8月16日），第1版。

寶廣林，〈今後有志建設中華教會者應有之決心〉，《真理週刊》，第2卷，第9期（1924年5月25日），第1版。

寶廣林，〈信仰與政治〉，《真理週刊》，第1卷，第2期（1923年6月17日），第1版。

寶廣林，〈基督徒政黨〉，《真理週刊》，第1卷，第13期（1923年6月24日），第1版。

覺華，〈我懷疑了！〉，《真理週刊》，第3卷，第16期（1925年7月19日），第3版。

《文社月刊》

〈本刊啟事〉，《文社月刊》，第1卷，第10冊（1926年9月）。

〈社員題錄〉，《文社月刊》，第3卷，第5冊（1982年3月），頁104-106。

《文社月刊》，第1卷，第1冊（1925年10月），頁55。

米星如，〈畢亞懷的悲哀〉，《文社月刊》，第3卷，第1冊（1927年11月），頁1。

米星如，〈聖像〉，《文社月刊》，第1卷，第11、12冊（1916年10月），頁137-147。

沈嗣莊，〈本社一年回顧〉，《文社月刊》，第11、12卷合冊（1926年10月），頁1。

沈嗣莊，〈敬告閱者〉，《文社月刊》，第2卷，第2冊（1926年12月），頁1。

沈嗣莊，《文社月刊》，第2卷，第9冊（1927年9月），頁1。

采真，〈四個箱子〉，《文社月刊》，第2卷，第6冊（1927年4月），頁66。

星如，〈叛徒的勝利〉，《文社月刊》，第 2 卷，第 5 冊（1927 年 3 月），頁 66。
星如，〈聖像〉，《文社月刊》，第 1 卷，第 11、12 冊（1916 年 10 月），頁 140。
桑世傑，〈哈密會督〉，《文社月刊》，第 3 卷，第 3 冊（1928 年 1 月），頁 1。
常工，〈朱善人〉，《文社月刊》，第 3 卷，第 2 冊（1927 年 12 月），頁 56。
楊鏡秋，〈富人〉，第 3 卷，第 8 冊（1928 年 6 月），頁 76。
趙紫宸，〈中華基督教文字事業促進社執行部長報告〉，《文社月刊》，第 1 卷，第 1 冊（1925 年 10 月），頁 48-49。
應元道，〈二十餘年來之中國基督教著作界及其代表人物〉，《文社月刊》，第 1 卷，第 5 期（1926 年 4 月），頁 30。

《生命月刊》

徐寶謙，〈北京證道團的宗旨及計畫〉，《生命月刊》，專號（1922 年 3 月），頁 10。
趙紫宸，〈小蒼別墅〉，《生命月刊》，第 4 卷，第 6 期（1924 年 2 月），頁 2-3。
趙紫宸，〈伯大尼〉，《生命月刊》，第 2 卷，第 7 期（1922 年 3 月），頁 1-3。
趙紫宸，〈我的宗教經驗〉，《生命月刊》，第 4 卷，第 3 期，頁 4-5。
趙紫宸，〈牧師經〉，《生命月刊》第 2 卷，第 9 期（1922 年 6 月），頁 1。
趙紫宸，〈保羅的後證〉，《生命月刊》，第 2 卷，第 8 期（1922 年 4 月），頁 1。
趙紫宸，〈宣教師與真理〉，《生命月刊》，第 3 卷，第 3 期（1922 年 11 月），頁 9。
趙紫宸，〈客西瑪尼〉，《生命月刊》，第 2 卷，第 3 期（1921 年 10 月），頁 1-2。
趙紫宸，〈晚省〉，《生命月刊》，第 5 卷，第 7 期，頁 51。
趙紫宸，〈聖誕前一夕〉，《生命月刊》，第 4 卷，第 4、5 期（1924 年 1 月），頁 2。
趙紫宸，〈詩〉，《生命月刊》，第 3 卷，第 2 期（1922 年 10 月），頁 3。
趙紫宸，〈對於信經的我見〉，《生命月刊》，第 1 卷，第 2 期（1920 年 5 月），頁 1-11。
趙紫宸，〈趕佛〉，《生命月刊》，第 4 卷，第 9、10 期合刊（1924 年 6 月），頁 98。
趙紫宸、吳雷川、吳耀宗，〈我為什麼要讀《聖經》？用什麼方法讀《聖經》？〉，《生命月刊》，第 1 卷，第 6 期（1921 年 1 月），頁 1。

《華工週報》

〈日日格言集〉，《華工週報》，第 11 期（1919 年 4 月 30 日）。

〈本報特別啟事〉，第 18 期（1919 年 6 月 18 日）。

〈本報特告〉，《華工週報》，第 1 期（1919 年 1 月 15 日）。

〈格言〉，《華工週報》，第 15 期（1919 年 5 月 28 日）。

〈華工近況：中文夜校〉，《華工週報》，第 40 期（1919 年 11 月 26 日）。

〈華工近況：比賽拳術〉，《華工週報》，第 17 期（1919 年 6 月 11 日）。

〈華工近況：戒賭例會〉，《華工週報》，第 33 期（1919 年 10 月 1 日）。

〈華工近況：重振學務〉，《華工週報》，第 38 期（1919 年 11 月 5 日）。

〈華工近況：振興學務〉，《華工週報》，第 42 期（1919 年 12 月 3 日.）。

〈華工近況：惟其德馨〉，《華工週報》，第 22 期（1919 年 1 月 16 日）。

〈華工近況：訴冤有人〉，《華工週報》，第 35 期（1919 年 10 月 15 日）。

〈華工近況：愛國可欽〉，《華工週報》，第 14 期（1919 年 5 月 21 日）。

〈華工近況：會務一斑〉，《華工週報》，第 23 期（1919 年 7 月 23 日）。

〈華工近況：禁賭有效／自治設會〉，《華工週報》，第 31 期（1919 年 9 月 17 日）。

〈華工近況：衛生可風〉，《華工週報》，第 19 期（1919 年 6 月 25 日）。

〈華工近況：學務發達〉，《華工週報》，第 29 期（1919 年 9 月 3 日）。

〈華工近況：興學可讀／班務加增／學務一斑〉，《華工週報》，第 35 期（1919 年 10 月 15 日）。

〈華工近況：離別感言／教會得入〉，《華工週報》，第 24 期（1919 年 7 月 30 日）。

〈華工近況：體操設班〉，《華工週報》，第 37 期（1919 年 10 月 29 日）。

〈養豬〉，《華工週報》，第 32 期（1919 年 9 月 24 日）。

里哈夫同人，〈週報周年祝詞〉，《華工週報》，第 45 期（1920 年 1 月 1 日）。

故吾來稿，〈敬告法國居民〉，《華工週報》，第 9 期（1919 年 4 月 3 日）。

晏陽初，〈中國的主權〉（續），《華工週報》，第 6 期（1919 年 2 月 26 日）。

晏陽初，〈注意注意〉，《華工週報》，第 7 期（1919 年 3 月 12 日）。

晏陽初，〈柯和璧先生〉，《華工週報》，第 8 期（1919 年 3 月 26 日）。

晏陽初，〈革心〉（一續）（二續）（三續），《華工週報》，第 12 期（1919 年 5 月 7 日）、第 13 期（1919 年 5 月 14 日）、第 14 期（1919 年 5 月 21 日）。

晏陽初,〈革心〉,《華工週報》,第 11 期（1919 年 4 月 30 日）。

晏陽初,〈恭賀新年:三喜三思（週報發刊詞）〉(續),《華工週報》,第 2 期（1919 年 1 月 29 日）。

晏陽初,〈恭賀新年:三喜三思〉(續),《華工週報》,第 1 期（1919 年 1 月 15 日）。

馬賽工人王佈仁,〈勸同胞求學詞〉,《華工週報》,第 8 期（1919 年 3 月 26 日）。

高承恩編,〈簡字教本〉,《華工週報》,第 21、23、24、25、26、27、28、29、31 期（1919 年 7 月 9 日）、(1919 年 7 月 23 日)、(1919 年 7 月 30 日)、(1919 年 8 月 6 日)、(1919 年 8 月 13 日)、(1919 年 8 月 20 日)、(1919 年 8 月 27 日)、(1919 年 9 月 3 日)、(1919 年 9 月 17 日)。

梁啟超,〈中國的主權〉,《華工週報》,第 4、5、6 期（1919 年 2 月 12 日)、(1919 年 2 月 19 日)、(1919 年 2 月 26 日)。

梁啟超,〈最苦與最樂〉,《華工週報》,第 1 期（1919 年 1 月 15 日）。

陸士寅,〈山東問題索隱〉,《華工週報》,第 31 期（1919 年 9 月 17 日）。

陸士寅,〈地球與日月的關係〉,《華工週報》,第 20 期（1919 年 7 月 2 日）。

陸士寅,〈西人的迷信〉,《華工週報》,第 16 期（1919 年 6 月 4 日）。

陸士寅,〈法國國慶紀念記事〉,《華工週報》,第 23 期（1919 年 7 月 23 日）。

陸士寅,〈英首相魯意喬治小史〉,《華工週報》,第 30 期（1919 年 9 月 10 日）。

陸士寅,〈資本與工作〉,《華工週報》,第 25、26 期（1919 年 8 月 6 日)、(1919 年 8 月 13 日)。

陸士寅,〈樂觀與悲觀〉,《華工週報》,第 28 期（1919 年 8 月 27 日）。

傅省三,〈華工在法與祖國的損益〉,《華工週報》,第 2 期（1919 年 1 月 29 日）。

傅省三,〈華工在法與祖國的損益〉,《華工週報》,第 7 期（1919 年 3 月 12 日）。

傅若愚,〈山東問題與美國議院〉,《華工週報》,第 36 期（1919 年 10 月 22 日）。

傅若愚,〈巴虛維黨與世界和平〉,《華工週報》,第 18 期（1919 年 6 月 18 日）。

傅若愚,〈和局的危機－近東問題!遠東問題!〉,《華工週報》,第 11 期（1919 年 4 月 16 日）。

傅若愚,〈和會議長克勒門梭小傳〉,《華工週報》,第 15 期（1919 年 5 月 28 日）。

傅若愚,〈勞動的神聖〉,《華工週報》,第 17 期(1919 年 6 月 11 日)。

傅若愚,〈德國會簽字否?〉,《華工週報》,第 15 期(1919 年 5 月 28 日)。

傅若愚,〈歐戰小史〉,《華工週報》,第 5、6、10、11、12、14 期(1919 年 2 月 19 日)、(1919 年 2 月 26 日)、(1919 年 4 月 16 日)、(1919 年 4 月 30 日)、(1919 年 5 月 7 日)、(1919 年 5 月 21 日)。

傅若愚翻譯,〈衛生:目疾預防法〉,《華工週報》,第 16 期(1919 年 6 月 4 日)。

傅智,〈華工當顧國體〉,《華工週報》,第 3 期(1919 年 2 月 5 日)。

傅葆琛,〈巴黎名勝撮要〉,《華工週報》,第 34、35、37、38、39、40、41、43、44 期(1919 年 10 月 8 日)、(1919 年 10 月 15 日)、(1919 年 10 月 29 日)、(1919 年 11 月 5 日)、(1919 年 11 月 19 日)、(1919 年 11 月 26 日)、(1919 年 11 月 12 日)、(1919 年 12 月 10 日)、(1919 年 12 月 17 日)。

傅葆琛,〈瓦特小傳〉,《華工週報》,第 11 期(1919/4/30)。

傅葆琛,〈法國風土略記 293133〉,《華工週報》,第 25、27、28、29、31、33、期(1919 年 8 月 6 日)、(1919 年 8 月 20 日)、(1919 年 8 月 27 日)、(1919 年 9 月 3 日)、(1919 年 9 月 17。)、(1919 年 10 月 1 日)。

傅葆琛,〈蒼蠅〉,《華工週報》,第 12 期(1919 年月 7 日)。

楊炳勛,傅若愚識,〈農學:烏米的生長與治法〉,《華工週報》,第 16 期(1919 年 6 月 4 日)。

楊炳勛,〈小麥烏幹烏米〉,《華工週報》,第 40 期(1919 年 11 月 26 日)。

楊炳勛,〈硬傷急救法〉,《華工週報》,第 34 期(1919 年 10 月 8 日)。

楊炳勛,〈農學:福美林的性質與用法〉,《華工週報》,第 17 期(1919 年 6 月 11 日)。

葉紹鈞,〈女子人格問題〉(一續)(二續)(三續),《華工週報》,第 18、19、20 期(1919 年 6 月 18 日)、(1919 年 6 月 25 日)、(1919 年 7 月 2 日)。

裴山,〈自立論〉,《華工週報》,第 24 期(1919 年 7 月 30 日)。

樂山,〈人的價值〉,《華工週報》,第 15 期(1919 年 5 月 28 日)。

魯士清,〈勸華工閱華工週報〉,《華工週報》,第 31 期(1919 年 9 月 17 日)。

龔質彬改寫,謝洪賚原稿,〈免癆神方〉,《華工週報》,第 3、4、7 期(1919 年 2 月 5 日)、(1919 年 2 月 12 日)、(1919 年 3 月 12 日)

附錄一

《華工週報》內容分類

（一）晏陽初主編（第一期～第十七期）

德　篇名（作者・期數）
　　本報特告（一）
　　恭賀新年：三喜三思續（初・二）
　　注意注意（二）
　　華工當顧國體：不可罵人、不可自鬮、不可賭錢、不可竊物、不可狹
　　邪（傅智・三）
宗教　中國的主權－續（初・六）
宗教　柯和璧先生（初・八）
　　最苦與最樂（梁啓超・九）
　　革心（初・十一）
　　日日格言集（十一）
宗教　革心－一續（初・十二）
宗教　革心－二續（初・十三）
宗教　革心－三續（初・十四）
　　人的價值（樂山・十五）
　　格言（十五）
　　華工歸家問題（若愚・十六）
　　勞動的神聖（若愚・十七）

智　篇名（作者・期數）
　　本報特告（一）
新知　歐美近聞（二）
新知　歐美近聞（三）
新知　祖國消息（三）

新知　華工近況（四）
新知　歐美近聞（四）
新知　祖國消息（四）
　　　兔瘸神方（龔質彬改寫、謝洪賚原稿‧三）
　　　兔瘸神方－續（龔質彬改寫、謝洪賚原稿‧四）
　　　中國的主權（初‧四）
　　　中國的主權－續（初‧五）
新知　歐美近聞（五）
新知　祖國消息（五）
新知　華工近況（五）
歷史　歐戰小史（傅智‧五）
　　　中國的主權－續（初‧六）
新知　祖國消息（六）
新知　歐美近聞（六）
歷史　歐戰小史－續（傅智‧六）
　　　華工在法與祖國的損益（傅省三‧七）
新知　祖國消息（七）
新知　歐美近聞（七）
　　　兔瘸神方－續（龔質彬改寫、謝洪賚原稿‧七）
　　　柯和璧先生（初‧八）
新知　祖國消息（七）
新知　華工近況（七）
新知　歐美近聞（八）
　　　勸同胞求學謌（馬賽工人王佈仁作‧八）
新知　歐美近聞（九）
新知　祖國近聞（九）
新知　華工近況：敬告法國居民（故吾來稿‧九）
　　　和平議會（十）
歷史　歐戰小史－二續（傅智‧十）
新知　歐美新聞（十）
新知　祖國新聞（十）
　　　馬賽青年會歡迎祈求同胞諸君歌（馬賽工人王佈仁著‧十）
　　　和局的危機－近東問題！遠東問題！（若愚‧十一）

新知　歐美近聞（十七）
　　　女子人格問題（轉載北京大學《新潮》・若愚識・葉紹鈞）
新知　祖國近訊（十七）
　　　農學：福美林的性質與用法（楊炳勛・十七）
新知　智囊（若愚譯・十七）
　體　篇名（作者・期數）
　　　恭賀新年：三喜三思續（初・二）
　　　免癆神方（龔質彬改寫、謝洪賁原稿・三）
　　　免癆神方－續（龔質彬改寫、謝洪賁原稿・四）
　　　免癆神方－續（龔質彬改寫、謝洪賁原稿・七）
　　　華工近況：大開運動（八）
　　　最苦與最樂（梁啟超・九）
　　　瓦特小傳（馬賽傅葆琛・十一）
　　　華工近況：改良設會、兵操實行（十二）
育樂　馬賽青年會歡迎祈求同胞諸君歌（馬賽工人王佑仁著・十）
　　　日日格言集（十一）
　　　蒼蠅（傅葆琛來稿・十二）
　　　人的價值：人的自輕輕人（樂山・十五）
　　　衛生：目疾預防法（若愚譯・十六）
　　　華工近況：比賽拳術（十六）
　　　勞動的神聖（若愚・十七）
　群　篇名（作者・期數）
　　　青年自奮（龔質彬・二）
　　　華工當顧國體：不可罵人、不可自鬩（傅智・三）
　　　日日格言集（十一）
　　　華工近況：兵工衝突（十六）
　愛國　篇名（作者・期數）
　　　恭賀新年：三喜三思（初・一）
　　　恭賀新年：三喜三思續－幸有代表（初・二）
　　　青年自奮（龔質彬・二）
　　　祖國消息：代表有人（二）
　　　華工當顧國體－不可罵人、不可自鬩、不可賭錢、不可竊物、不可狹
　　　邪（傅智・三）

歐美近聞：膠州還主、日要膠州（三）

祖國消息（三）

中國的主權（初·四）

華工近況：拯濟同胞（四）

祖國消息（四）

中國的主權－續（初·五）

歐美近聞：和會有望（五）

祖國消息（五）

華工近況：王君振彪（五）

中國的主權－續（初·六）

注意注意：什麼叫中華民國（六）

華工的論著（七）

華工在法與祖國的損益（傅省三·七）

祖國消息（七）

祖國近聞（九）

華工近況：敬告法國居民（故吾來稿·九）

和平議會（十）

注意論題：民國若要教育普及。你應當怎樣辦才好（十）

祖國新聞（十）

幹事大會紀略（傅智·十）

革心（初·十一）

和局的危機－近東問題！遠東問題！（若愚·十一）

祖國近訊（十一）

日日格言集（十一）

革心－一續（初·十二）

祖國近訊（十二）

歐美近聞－中日決戰（十二）

革心－二續（初·十三）

嗚呼……膠州問題（若愚·十三）

論西藏之梗概（陳維新·十三）

籌備進藏之辦法（十三）

祖國近訊（十三）

祖國近訊（十四）

華工近況－愛國可敬（十四）
祖國近訊（十五）
祖國近訊（十六）
勞動的神聖（若愚‧十七）
祖國近訊（十七）
不得了歌：因感時而發（觀欽‧十七）

其它 篇名（作者‧期數）
報告（七）
特告注意（七）
燈謎（梅景閣‧十）
燈謎（十三）
歐戰趣聞（十四）
笑林：小鬼穿新鞋（樂山‧十五）

（二）傅若愚主編（第十八期～第三十九期）

德　篇名（作者‧期數）
女子人格問題－一續（葉紹鈞‧十八）
女子人格問題－二續（葉紹鈞‧十九）
忠告同胞（若愚‧二十）
女子人格問題－三續（葉紹鈞‧二十）
宗教 華工近況：惟其德馨（二十二）
宗教 華工近況：會務一斑（二十三）
自立論（裴山‧二十四）
宗教 華工近況：離別感言、教會得入（二十四）
法國風土略記（傅葆琛‧二十七）
樂觀與悲觀（寅‧二十八）

智　篇名（作者‧期數）
巴虛維黨與世界和平（若愚‧十八）
新知 歐美近聞（十八）
女子人格問題－一續（葉紹鈞‧十八）
新知 祖國近訊（十八）
新知 華工近況（十八）
女子人格問題－二續（葉紹鈞‧十九）

新知 歐美近聞（十九）
新知 祖國近訊（十九）
新知 華工近況（十九）
　　女子人格問題－三續（葉紹鈞·二十）
新知 歐美近聞（二十）
新知 祖國近訊（二十）
新知 華工近況（二十）
　　地球與日月的關係（寅·二十）
新知 中國與合約（若愚·二十一）
新知 美大總統的宣言（寅譯·二十一）
　　女子人格問題－四續（葉紹鈞·二十一）
新知 歐美近聞（二十一）
新知 合約條款（若愚譯·二十一）
　　簡字教本（高承恩編·二十一）
新知 德元帥興登堡上聯軍大元帥福希書（寅譯·若愚評·二十二）
新知 祖國近訊（二十二）
新知 歐美近聞（二十二）
新知 華工近況（二十二）
　　匯兌市價（二十二）
　　法國國慶紀念記事（寅·二十三）
新知 華工近況（二十三）
　　華工近況：會務一斑（二十三）
　　簡字教本－續（高承恩編·二十三）
　　匯兌市價（二十三）
新知 祖國近訊（二十四）
新知 歐美近聞（二十四）
新知 華工近況（二十四）
　　棉花（勛·二十四）
　　簡字教本－續（高承恩編·二十四）
　　匯兌市價（二十四）
　　雜糧行情（二十四）
　　資本與工作（寅·二十五）
新知 祖國近訊（二十五）
新知 歐美近聞（二十五）

新知　華工近況（二十五）
　　　法國風土略記（傅葆琛・二十五）
　　　簡字教本（高承恩編・二十五）
　　　日用須知（二十五）
　　　匯兌市價（二十五）
　　　德國的新地圖（寅・二十五）
　　　資本與工作－續（二十六）
新知　祖國近訊（二十六）
新知　歐美近聞（二十六）
新知　華工近況（二十六）
　　　簡字教本－續（高承恩編・二十六）
　　　日用須知（二十六）
　　　匯兌市價（二十六）
新知　祖國近訊（二十七）
新知　歐美近聞（二十七）
新知　華工近況（二十七）
　　　法國風土略記（傅葆琛・二十七）
　　　簡字教本－續（高承恩編・二十七）
　　　談氊（傅葆琛・二十七）
　　　匯兌市價（二十七）
新知　祖國近訊（二十八）
新知　歐美近聞（二十八）
　　　法國風土略記－續（傅葆琛・二十八）
　　　中國物產一覽表（寅・二十八）
　　　簡字教本（高承恩編・二十八）
　　　匯兌市價（二十八）
　　　國民的天職－續（若愚・二十九）
新知　祖國近訊（二十九）
新知　歐美近聞（二十九）
新知　華工近況（二十九）
　　　法國風土略記－續前（傅葆琛・二十九）
　　　簡字教本－續（高承恩編・二十九）
　　　匯兌市價（二十九）
　　　國與家（若愚・三十）

歷史　英首相魯意喬治小史（寅‧三十）
新知　祖國近訊（三十）
新知　歐美近聞（三十）
　　　匯兌市價（三十）
　　　法國全圖（寅‧三十）
新知　歐美近聞（三十一）
新知　華工近況（三十一）
　　　法國風土略記－續前（傅葆琛‧三十一）
　　　勸華工月華工週報（魯士清來稿‧三十一）
　　　簡字教本－續（高承恩編‧三十一）
新知　祖國近訊（三十二）
新知　歐美近聞（三十二）
新知　華工近況（三十二）
　　　致葉紹鈞先生書（三十二）
　　　養豬（楊炳勛‧三十二）
　　　匯兌市價（三十二）
新知　祖國近訊（三十三）
新知　歐美近聞（三十三）
新知　華工近況（三十三）
　　　法國風土略記－續前（傅葆琛‧三十三）
　　　匯兌市價（三十三）
新知　祖國近訊（三十四）
新知　歐美近聞（三十四）
新知　華工近況（三十四）
　　　巴黎名勝撮要（傅葆琛‧三十四）
　　　硬傷急救法（楊炳勛‧三十四）
　　　匯兌市價（三十四）
　　　佛郎價值比（寅‧三十四）
　　　奉勸華工（魯士清來稿‧三十五）
新知　祖國近訊（三十五）
新知　歐美近聞（三十五）
新知　華工近況（三十五）
　　　華工近況：興學可讀、來函致謝、班次加增、學務一斑（三十五）
　　　巴黎名勝撮要－續前（傅葆琛‧三十五）

群	篇名（作者．期數）
	登客克華工青年會近況（王善治來稿．三十六）
愛國	篇名（作者．期數）

祖國近訊（十八）

勸華工愛國歌（陳維新．十八）

華工的心理（寅．十九）

祖國近訊（十九）

忠告同胞（若愚．二十）

祖國近訊（二十）

中國與合約（若愚．二十一）

合約條款（若愚譯．二十一）

中華亞洲歌（陳維新．二十一）

國民的天職（若愚．二十二）

祖國近訊（二十二）

國民的天職（若愚．二十三）

祖國近訊（二十四）

中華民國全圖（寅．二十四）

祖國近訊（二十五）

國力（寅．二十六）

祖國近訊（二十六）

國民的天職－續廿三期（若愚．二十七）

祖國近訊（二十七）

樂觀與悲觀（寅．二十八）

祖國近訊（二十八）

艾伯華工慶祝聯軍得勝記（駐愛伯地百二十隊華工張龍芝．若愚誌．二十七）

國民的天職－續（若愚．二十九）

祖國近訊（二十九）

國與家（若愚．三十）

祖國近訊（三十）

五分鐘的熱心（若愚．三十一）

山東問題索隱（寅．三十一）

介紹國貨（三十二）

祖國近訊（三十二）

祖國近訊（三十三）

國慶紀念感言（三十四）

祝國慶歌（三十四）

祖國近訊（三十四）

救國儲金－華工近況（三十四）

祖國近訊（三十五）

奉勸華工（魯士清來稿・三十五）

巴黎名勝撮要－續前（傅葆琛・三十五）

愛國新聯（南洋女子師範學生來稿・三十五）

山東問題與美國議院（若愚・三十六）

奉勸華工（魯士清來稿・三十六）

祖國近訊（三十六）

登客克華工青年會近況（王善治來稿・三十六）

崗城華工團國慶紀念盛況（三十六）

再告華工同胞（若愚・三十七）

祖國近訊（三十九）

其它 篇名（作者・期數）

本報特別啓示（十八）

笑林：絕妙喜聯（鳴岡・十八）

笑林（十九）

笑林：兩個傳神（稻紅・二十一）

尋人通信欄（二十一）

笑林：郵票寄人（二十二）

僑工訪友（二十二）

訪子尋友（二十三）

笑林隱居（二十三）

命令（大總統令・二十四）

笑林隱語（寅・二十四）

僑工訪友（二十四）

笑林：下流驕（二十五）

笑林（勛・二十六）

笑林：隱語（寅・二十七）

華工訪友（二十七）

（三）陸士寅主編（第四十期～第四十五期）

德　篇名（作者・期數）

歷史　中國歷史撮要－續（寅・四十四）

　　　巴黎名勝撮要－續前（傅葆琛・四十四）

　　　匯兌市價（四十四）

　　　波加利亞圖（寅・四十四）

　　　本報週年之回顧（四十五）

　　　週報週年祝詞（哈里夫同人謹祝・陳維新敬祝・美國牧師李渥德敬祝・四十五）

　　　週報期年紀念感言（熊正碗稿・傅葆琛・四十五）

新知　祖國近訊（四十五）

新知　世界近聞（四十五）

新知　華工近況（四十五）

　　　華工近況：熱心任事、學校捐款、會務發達（四十五）

歷史　中國歷史撮要－續（寅・四十五）

　　　先知識：商業（寅・四十五）

　　　匯兌市價（四十五）

體　篇名（作者・期數）

　　　祖國近訊：添募武士（四十）

　　　祖國近訊：焚燒土藥（四十二）

　　　華工近況：會務發達（四十五）

群　篇名（作者・期數）

　　　僑工有感（徐德三來稿・四十二）

愛國　篇名（作者・期數）

　　　祖國近訊（四十）

　　　祖國近訊（四十一）

　　　華工近況：普愛同胞、愛國可風（四十一）

　　　中日衝突惡耗（譯巴黎芝加哥日報・四十二）

　　　祖國近訊（四十二）

　　　中華民國歌（傅葆琛・四十二）

　　　民國八度國慶感言（駐扶拉司徐德三來稿・四十二）

　　　祖國近訊（四十三）

　　　愛國信封之機由（馬天濤・四十三）

　　　祖國近訊（四十四）

　　　華工近況：領土（四十四）

祖國近訊（四十五）

新年思想（全紹文・四十）

其它　篇名（作者・期數）

歡送本報主任傅若愚先生（四十）

本報啓事（四十）

英德兩國農夫之比較（薛桂輪・四十）

笑談：甲問乙答（四十）

若愚啓示（四十一）

僑工訪友（四十一）

笑談（四十一）

恭賀全劭文先生吉席之喜（寅・四十二）

僑工訪友（四十二）

笑林：飛鬼（四十二）

本報特告（四十三）

佛郎之價值（四十三）

巴耳底諸國地圖（寅・四十三）

本報啓事（四十四）

法華貿易公司廣告（四十四）

恭賀新禧（四十五）

笑林：實拳（四十五）

語言文學類　AG0134

聖壇前的創作
——20 年代基督教文學研究

作　　者 / 李宜涯
責任編輯 / 林千惠
圖文排版 / 姚宜婷
封面設計 / 陳佩蓉

發 行 人 / 宋政坤
法律顧問 / 毛國樑　律師
出版發行 / 秀威資訊科技股份有限公司
　　　　　114 台北市內湖區瑞光路 76 巷 65 號 1 樓
　　　　　電話：+886-2-2796-3638　傳真：+886-2-2796-1377
　　　　　http://www.showwe.com.tw
劃撥帳號 / 19563868　戶名：秀威資訊科技股份有限公司
　　　　　讀者服務信箱：service@showwe.com.tw
展售門市 / 國家書店（松江門市）
　　　　　104 台北市中山區松江路 209 號 1 樓
　　　　　電話：+886-2-2518-0207　傳真：+886-2-2518-0778
網路訂購 / 秀威網路書店：http://www.bodbooks.tw
　　　　　國家網路書店：http://www.govbooks.com.tw

2010 年 10 月 BOD 一版
定價：270 元
版權所有　翻印必究
本書如有缺頁、破損或裝訂錯誤，請寄回更換

國家圖書館出版品預行編目

聖壇前的創作：20 年代基督教文學研究 / 李宜涯作.--
　一版. -- 臺北市 ：秀威資訊科技, 2010.10
　　面 ；　　公分. -- (語言文學類 ；AG0134)
　BOD 版
　ISBN 978-986-221-634-7(平裝)

　1. 宗教文學　2.基督教　3.文學評論

815.6　　　　　　　　　　　　　　　99019550

讀者回函卡

感謝您購買本書，為提升服務品質，請填妥以下資料，將讀者回函卡直接寄回或傳真本公司，收到您的寶貴意見後，我們會收藏記錄及檢討，謝謝！
如您需要了解本公司最新出版書目、購書優惠或企劃活動，歡迎您上網查詢或下載相關資料：http:// www.showwe.com.tw

您購買的書名：_____

出生日期：_____年_____月_____日

學歷：□高中 (含) 以下　　□大專　　□研究所 (含) 以上

職業：□製造業　□金融業　□資訊業　□軍警　□傳播業　□自由業
　　　□服務業　□公務員　□教職　　□學生　□家管　　□其它_____

購書地點：□網路書店　□實體書店　□書展　□郵購　□贈閱　□其他

您從何得知本書的消息？

　□網路書店　□實體書店　□網路搜尋　□電子報　□書訊　□雜誌

　□傳播媒體　□親友推薦　□網站推薦　□部落格　□其他_____

您對本書的評價：（請填代號　1.非常滿意　2.滿意　3.尚可　4.再改進）

　封面設計____　版面編排____　內容____　文／譯筆____　價格____

讀完書後您覺得：

　□很有收穫　□有收穫　□收穫不多　□沒收穫

對我們的建議：_____

_____

_____

_____

11466
台北市內湖區瑞光路 76 巷 65 號 1 樓

秀威資訊科技股份有限公司　　　收

BOD 數位出版事業部

....

（請沿線對折寄回，謝謝！）

姓　　名：＿＿＿＿＿＿＿　年齡：＿＿＿　性別：□女　□男

郵遞區號：□□□□□

地　　址：＿＿＿＿＿＿＿＿＿＿＿＿＿＿＿＿＿

聯絡電話：(日) ＿＿＿＿＿＿＿　(夜) ＿＿＿＿＿＿＿

E-mail：＿＿＿＿＿＿＿＿＿＿＿＿＿＿＿＿＿